Un plan machiavélique

Du même auteur
aux Éditions J'ai lu

Liaisons secrètes, *J'ai lu* 5643
Coureur de jupons, *J'ai lu* 5760

Barbara Dawson Smith

Un plan machiavélique

Traduit de l'américain
par Élisabeth Luc

J'AI LU

Titre original :

SEDUCED BY A SCOUNDREL
Published by St. Martin's Paperbacks

À mes parents,
pour leurs cinquante merveilleuses
années de mariage.

Remerciements

Merci à Mike Hermann de m'avoir procuré les clés de ce roman.

Je tiens également à remercier mes critiques, Joyce Bell, Christina Dodd, Betty Traylor Gyenes et Susan Wiggs, pour leur extraordinaire clairvoyance.

Enfin et surtout, merci à Debbie Thomas de m'avoir présenté les véritables Dylan et Alicia, qui m'ont gracieusement prêté leurs noms.

1

Sur le point d'accomplir un acte insensé, lady Alicia Pemberton rassembla son courage.

Tenant fermement la rampe en fer forgé, elle maîtrisa son agitation intérieure et suivit le majordome dans l'escalier majestueux du Wilder's Club, un cercle de jeu en vogue de St. James' Street. Leurs pas résonnaient dans l'immense vestibule. Colonnes de marbre blanc, murs vert foncé, tableaux de maître, statues d'albâtre… la jeune femme se serait crue dans un élégant manoir de Mayfair.

Or elle savait pertinemment qu'elle venait d'entrer dans un tripot notoire.

À sa gauche s'ouvrait un vaste salon lambrissé. Parmi les fauteuils de cuir encore inoccupés, un élégant monsieur était plongé dans la lecture du *Times*. Dans la pièce de droite, tout aussi spacieuse, deux hommes en bras de chemise jouaient au billard. Avec un claquement sec, une boule jaune roula sur la feutrine verte pour disparaître dans l'ouverture à l'angle de la table. Tout à leur partie, les deux gentlemen ne remarquèrent pas la présence incongrue d'une femme dans ce cercle très fermé, habituellement réservé aux hommes.

Il était encore trop tôt pour les libations d'usage, dans ce lieu de perdition.

Face à tant d'opulence, Alicia prit conscience de la simplicité de son apparence. Elle portait une robe de mousseline démodée, d'un bleu délavé, aux manches élimées. Sa coiffe un peu enfantine, ornée de rubans blancs, aurait mieux convenu à une jeune débutante – ce qu'elle n'était plus depuis longtemps.

Alicia ravala ses regrets. Cette période insouciante était aujourd'hui révolue. Les rêves étaient bons pour les jeunes filles idéalistes, non pour une femme ayant une famille à protéger. Une famille en grande difficulté.

Le majordome s'arrêta devant une lourde porte en chêne, ornée de dorures.

— Vous n'êtes pas son genre, lui dit-il tout de go avec un fort accent écossais.

Sa voix éraillée tira la jeune femme de sa rêverie.

— Pardon ?

— Vous n'êtes pas le genre de Wilder.

C'était un homme imposant, aux cheveux grisonnants. Un bandeau de cuir noir lui couvrait un œil. Il la toisa d'un regard implacable.

— Si vous voulez un conseil, jolie demoiselle, vous feriez mieux de rentrer chez vous et de vous remettre à la broderie.

Alicia trouva le domestique bien insolent.

— J'ai une affaire à proposer à M. Wilder, protesta-t-elle.

— Une affaire, dites-vous ? Il n'a pas l'habitude de payer pour ses plaisirs, si c'est ce à quoi vous pensez. Il ne l'a jamais fait. Il faut dire que les plus belles femmes se jettent à son cou…

Malgré sa détermination à ne pas flancher, Alicia sentit son estomac se nouer. Ses intentions étaient donc si évidentes ?

Dans un sursaut de fierté, elle s'efforça d'afficher un air digne et aristocratique.

— M. Wilder m'attend, prétendit-elle. Veuillez me conduire auprès de lui.

Le majordome haussa les épaules.

— Comme vous voudrez...

Il ouvrit la porte de sa grosse main rougeaude, puis s'effaça.

Bien décidée à conclure au plus vite cette entrevue pénible, Alicia entra. Le domestique referma la porte.

Elle se retrouva seule.

L'antichambre était plongée dans la pénombre. Il y flottait un subtil parfum de cuir et d'eau de Cologne. Au-dessus d'un guéridon était accroché un tableau, représentant un paysage sauvage et rocailleux. Un épais tapis aux tons rouges et bleus amortissait le bruit de ses pas. La jeune femme cambra la taille, les bras le long du corps, les mains gantées, dans une posture élégante et féminine.

Elle franchit une porte en arcade et pénétra dans une vaste pièce éclairée par un lustre en cristal. En cette fin d'après-midi, les rideaux étaient tirés. Au milieu de la pièce trônait un imposant bureau en acajou. Alicia remarqua un grand registre ouvert à côté d'un encrier en argent et d'un plumier.

La jeune femme balaya du regard les murs bleu marine tapissés de livres et les fauteuils en cuir bordeaux. Sans la présence incongrue de dés en ivoire sur le bureau, elle se serait crue chez quelque riche banquier. Elle détourna les yeux avec un frisson d'effroi.

Dans la cheminée, une flambée crépitait gaiement, contrastant avec la tension qui l'étreignait. Elle avait confié sa carte de visite au majordome. Qu'attendait donc Dylan Wilder pour la recevoir ?

Certes, elle avait pris le risque de ne pas le trouver chez lui. Il menait une vie de bâton de chaise, passant ses nuits à boire et à jouer aux cartes. Sans doute dormait-il jusqu'à midi, pendant que les honnêtes gens vaquaient à leurs occupations. S'il cherchait à la faire patienter délibérément, tant pis. Alicia connaissait bien les petites manœuvres des gens qui possédaient le pouvoir. Après tout, n'avait-elle pas naguère appartenu à la haute société ?

Trop nerveuse pour s'asseoir, elle se mit à déchiffrer les titres des livres qui tapissaient les murs. Ils faisaient sans doute seulement partie du décor. Le propriétaire d'un tripot londonien ne pouvait s'intéresser réellement à la philosophie de Platon, au théâtre de Shakespeare ou aux subtilités de la géométrie d'Euclide. Dylan Wilder exploitait les espoirs de gentlemen crédules, avant de les dépouiller de leurs richesses. Il ne se souciait guère des familles anéanties ou des vies brisées par les dettes de jeu.

Alicia sentit la colère l'envahir, mais la raison reprit vite le dessus. Elle devait garder la tête froide, l'esprit clair, si elle voulait conclure ce marché difficile.

Et si elle échouait ? Non. Elle ne pouvait se permettre d'envisager cette hypothèse. Les conséquences seraient trop désastreuses pour sa famille.

Faisant les cent pas dans le bureau, elle remarqua une statuette d'albâtre posée sur la cheminée. À peine plus grosse que la main, elle figurait un couple enlacé dans une posture sans équivoque.

Les deux personnages étaient nus.

La jeune femme détourna pudiquement les yeux de ce spectacle. Toutefois, la curiosité l'emporta vite sur la pruderie. Elle prit l'objet entre ses mains. À la lumière dorée des flammes, la sculpture sembla prendre vie. L'homme était assis sur une pierre, la femme sur ses genoux, jambes écartées sur l'entrecuisse de son partenaire. Elle était cambrée en arrière tandis que son amant avait le visage enfoui entre ses seins. Ses traits délicats exprimaient la félicité.

Alicia fut atterrée par cette incitation à la luxure. Son esprit lui intimait de reposer la statuette sur la cheminée, mais elle ne parvenait pas à lâcher l'objet, comme fascinée, prise d'une curiosité malsaine. Malgré elle, elle s'imaginait entre les bras d'un amant. Entre les bras de Dylan Wilder…

Parfois la nuit, seule dans son lit, elle rêvait d'un mari imaginaire, dont les mains parcouraient sa longue chemise de nuit. Dans ces moments-là, elle sentait presque la chaleur d'un corps viril contre le sien…

Ces fantasmes étaient bien innocents, comparés à la réalité. Jamais elle n'aurait cru que l'acte sexuel s'accomplissait entièrement nu, que l'on attendrait d'elle autre chose que de s'allonger sur le dos en laissant l'homme prendre toutes les initiatives… et qu'elle devrait se comporter ainsi avec une crapule qui avait poussé sa famille à la ruine.

— Choquant, n'est-ce pas ?

Une voix grave et chaude la ramena au présent. Alicia fit volte-face, scrutant la pénombre. Au fond du bureau, une porte était ouverte. Sur le seuil se tenait un homme, la main nonchalamment posée sur le panneau de bois. Il avait surgi sans un bruit. Avec ses cheveux noirs et son teint mat, il semblait se fondre dans l'ombre de la pièce. Il portait un manteau sombre et un élégant foulard blanc, mais il émanait de sa silhouette élancée une sorte de brutalité si sauvage que la jeune femme en eut la chair de poule.

Depuis combien de temps l'observait-il ainsi ?

— C'est une pièce très ancienne et précieuse, expliqua-t-il. On l'attribue à un élève de Michel-Ange. Mais n'hésitez pas à la toucher, si vous le souhaitez...

Alicia se rendit compte qu'elle serrait toujours la statuette contre sa poitrine. Elle remit dignement l'objet en place.

— Vous épiez toujours vos visiteurs à leur insu ? s'enquit-elle d'un air pincé.

— Uniquement les femmes.

— Voilà qui me rassure.

Dylan émit un petit rire, sans cesser de l'examiner sous ses épais sourcils noirs.

— Lady Alicia Pemberton, je présume ?

— Quant à vous, vous devez être M. Dylan Wilder ?

Il inclina la tête avec l'arrogance d'un grand seigneur. Alicia dut serrer les dents pour ne pas laisser éclater sa colère. Mais elle n'avait pas coutume de rudoyer un inconnu, surtout lorsqu'elle cherchait à obtenir ses faveurs.

Dylan Wilder était un enfant illégitime, un enfant de la rue, issu des bas-fonds londoniens. À la force du poignet, il s'était hissé parmi les plus grosses fortunes de la capitale. Cette crapule notoire avait un port arrogant, un visage marqué qui reflétait son passé tumultueux. Son aspet déstabilisa Alicia. Jamais elle n'avait rien ressenti de tel face à un homme.

Il s'approcha enfin et se percha sur le coin de son bureau. Puis il ramassa les dés et joua distraitement avec, les faisant sauter dans sa paume, sans quitter la jeune femme des yeux. Dylan Wilder avait les prunelles d'un bleu profond et intense. Elle se sentit soudain vulnérable, troublée.

— Je vous en prie, asseyez-vous, dit-il avec un geste gracieux. Je suis étonné de voir une dame s'aventurer chez moi sans chaperon.

Bien décidée à ne lui accorder aucun avantage, Alicia resta debout.

— Ne soyez pas étonné. Je suis venue vous parler de la dette de mon frère.

— Ainsi, le jeune comte de Brockway m'envoie une femme pour plaider sa cause ?

— Gérald ignore tout de ma présence ici.

En fait, son frère serait fou de colère s'il découvrait ses intentions. Mais Alicia entreprenait cette démarche hasardeuse pour son bien. Avant de se résigner au pire, elle se devait de chercher une solution honorable.

« Seigneur, faites que je parvienne à le convaincre ! » songea-t-elle.

Elle croisa les doigts.

— Monsieur Wilder, peut-être n'avez-vous pas conscience que mon frère n'a que dix-huit ans. Étant mineur, il n'aurait jamais dû entrer dans cet établissement de jeu.

— Ce n'est plus un enfant, que cela vous plaise ou non.

— Il a la fougue de la jeunesse, répliqua-t-elle. Je suis bien placée pour le savoir. En tant que sœur aînée, j'ai toujours été responsable de lui.

Amusé, Wilder la considéra de la tête aux pieds.

— Et quel âge avez-vous donc ?

Son regard appuyé troubla la jeune femme qui s'imagina – l'espace d'une seconde – nue entre ses bras, sentant ses lèvres avides sur ses seins.

— Mon âge n'a rien à voir avec cette histoire, répondit-elle sèchement.

— C'est à moi d'en juger, chère demoiselle... Alors ? Je vous écoute...

Était-ce la fierté qui l'empêchait d'avouer son âge ? Après tout, pourquoi ne pas lui accorder cette requête ?

— Si vous tenez à le savoir, j'ai vingt-trois ans.

— Seigneur ! Vous n'êtes plus de première jeunesse.

Le sourire de Dylan s'élargit, formant de séduisantes fossettes sur ses joues. Alicia se sentit défaillir. Lorsqu'il plaisantait ainsi, il paraissait presque fréquentable.

Et beau comme un dieu.

Sentant qu'elle retenait son souffle, elle se ressaisit.

— Le problème, reprit-elle, c'est que mon frère ne saurait être tenu pour responsable d'une dette de jeu. C'est illégal.

Toute trace d'humour s'évanouit aussitôt du visage de Wilder, qui prit soudain un air calculateur.

— C'est exact. Mais il y va de son honneur de gentleman. Il ne lui restera plus un sou pour rembourser ses autres créanciers. Il va se retrouver en prison.

Cette perspective était tout à fait plausible, songea Alicia. La veille, le passage des huissiers l'avait alertée. Cordonniers, tailleurs, joailliers et négociants en vins commençaient à se rassembler telle une horde de loups, exigeant le paiement de leurs factures avant que le jeune comte ne songe à rembourser ses dettes de jeu.

Épouvantée, la jeune femme avait tiré son frère du lit et exigé de lui des explications. Tête baissée, Gérald avait avoué que, lors d'une nuit de beuverie, il avait perdu toutes ses économies et joué des sommes qu'il ne possédait pas. Ils étaient ruinés.

— Vingt mille guinées... avait-elle murmuré. Mon Dieu ! Qu'est-ce qui t'a pris ? C'est de la folie !

Gérald avait plongé son regard désespéré dans le sien.

— Je vais me refaire, c'est juré. Accorde-moi seulement un peu de temps.

— Pas question ! Tu ne remettras plus les pieds dans ces maudites salles de jeu. Sinon, tu finiras comme notre pauvre père.

Touché par ces paroles cinglantes, Gérald avait promis de demeurer à la maison. Ensuite, Alicia avait ravalé sa fierté pour aller supplier toutes leurs connaissances. En vain. Les banques refusaient de lui accorder le moindre crédit. Elle avait même rendu visite à un usurier de Threadneedle Street, qui l'avait jetée dehors car elle n'avait rien à lui proposer en gage.

Il ne lui restait plus qu'à négocier avec Dylan Wilder…

Celui-ci était toujours appuyé sur son bureau, ses longues jambes étendues devant lui, les chevilles croisées. Le bruit des dés attira l'attention d'Alicia sur ses mains. Combien de femmes avaient connu les caresses de ces mains puissantes ? Cette pensée la fit frémir de dégoût et… d'un autre sentiment qu'elle préférait ne pas identifier.

— Avez-vous d'autres parents ? s'enquit-il.

— Mon père est mort. Ma mère est…

Alicia s'interrompit, la gorge nouée, puis ajouta :

— … souffrante.

— Pas d'oncles ? De grands-parents ?… Un tuteur, peut-être ?

— Personne.

— Dans ce cas, vu votre âge avancé de vingt-trois ans, vous êtes responsable des dettes de votre frère.

Le piège venait de se refermer sur elle !

— En effet, concéda-t-elle, plus déterminée que jamais. Je pense que nous pourrions convenir de conditions de remboursement…

— Je le pense aussi.

Dylan ne semblait pas lui faire confiance. Son regard était impénétrable. Pour la millième fois, elle fit dans sa tête l'inventaire de la maison, déjà dépouillée de la plupart de son modeste contenu. Elle pouvait vendre les meubles de la chambre d'amis et du salon, mettre l'argenterie au mont-de-piété. Elle l'avait toujours conservée en cas de besoin. Elle pouvait effectuer de menus travaux de blanchisserie et de couture…

— Je suis en mesure de vous verser vingt guinées par mois, annonça-t-elle.

Wilder éclata de rire.

— À ce rythme, vous mettrez plus de quatre-vingts ans à me rembourser ! Sans compter les trois pour cent d'intérêt par an. Avec vingt guinées, vous ne cesseriez de vous enfoncer inexorablement. Au bout de quatre-vingt-trois ans, vous me devriez cent cinquante mille guinées d'intérêts.

L'ampleur du désastre laissa la jeune femme pantoise. Elle s'écroula dans un fauteuil de cuir, les poings serrés.

— Vous devez faire erreur. Il est impossible d'effectuer de tels calculs aussi rapidement.

— Quand il s'agit de chiffres, je ne me trompe jamais, affirma-t-il.

Elle voyait ses yeux pétiller à la lueur du feu de cheminée. Des yeux de rapace.

« Seigneur, je suis perdue », songea-t-elle.

Elle se leva et fit un pas en direction de Wilder. Ils se retrouvèrent face à face, tels deux combattants lors d'un duel. Wilder esquissa un sourire canaille. Il semblait savourer le désarroi d'Alicia, ce qui ne fit que renforcer la détermination de la jeune femme.

Il suffisait de lui imposer sa volonté. Après tout, ce Dylan Wilder n'était qu'un homme. Tous les hommes n'étaient-ils pas manipulables ?

Elle se força à se détendre et sourit froidement. Puis elle dénoua le ruban de sa coiffe, qu'elle laissa tomber dans son dos.

— Peut-être pourrais-je vous proposer un autre moyen de paiement…

— Je vous écoute, répliqua Wilder, un sourcil levé.

— Et si je devenais… votre maîtresse ?

Dylan fit la grimace, serrant fortement les dés dans son poing. Elle aurait juré qu'il était en colère, même si cette réaction n'avait aucun sens. Elle se demanda avec amertume à quoi il s'attendait.

— Connaissez-vous la probabilité d'obtenir un sept aux dés ? déclara-t-il soudain.

— Non. Je ne suis pas joueuse. D'ailleurs, je m'en moque…

— La probabilité est d'une chance sur six.

D'un geste brusque, Dylan lança les dés dans une petite boîte posée sur son bureau.

— Voyez vous-même le résultat.

Se demandant où il voulait en venir, elle s'approcha, méfiante. Une boucle noire effleurait le front de Dylan, accentuant son charme viril. Un subtil parfum épicé enveloppa Alicia comme un voile de soie. De près, elle remarqua ses joues rasées, ses pommettes saillantes, ses lèvres sensuelles qui appelaient les baisers…

Elle baissa les yeux sur le velours noir. Un dé affichait un deux, l'autre un cinq.

— Un coup de chance, murmura-t-elle, s'efforçant de ne pas montrer son mépris.

À en croire la rumeur, Dylan avait toujours eu une chance insolente.

Il secoua la tête.

— Ces dés sont truqués, avoua-t-il en les saisissant entre ses doigts fins. Une petite quantité de plomb est dissimulée sous certains points, de sorte que les dés retombent toujours sur la même face. Il suffit de les lancer d'une certaine façon, et les chances de gagner augmentent considérablement. C'est très commode pour un joueur sans scrupules.

Prise d'un soupçon, Alicia fronça les sourcils.

— Êtes-vous en train de me dire que vous avez… triché contre mon frère ?

Une lueur de contrariété traversa le regard de Dylan.

— Pas du tout. De toute façon, le jeune lord Brockway joue aux cartes.

— Rien ne vous empêche de truquer le jeu en faveur de votre établissement, répliqua-t-elle.

— Aucune tricherie n'est tolérée chez moi. J'ai confisqué ces dés à un aristocrate ayant désobéi à la règle, expliqua-t-il en les rangeant dans leur boîte.

— Alors, que voulez-vous ?

— Les choses ne sont pas toujours conformes aux apparences. C'est cela que je souhaitais vous faire comprendre en vous montrant ces dés truqués.

Les yeux sombres et perçants, il baissa le ton pour ajouter d'une voix suave :

— Et je n'ai rien d'un imbécile, vous savez.

Alicia eut envie de reculer, de s'éloigner de cet homme dangereux. Mais ç'eût été admettre sa défaite.

— Je n'ai rien affirmé de tel, lança-t-elle.

— Pourtant, vous vous attendez que j'oublie une dette de vingt mille guinées en échange d'une partie de jambes en l'air. Soit vous me prenez pour un imbécile, soit vous vous surestimez, ma chère…

L'assurance de la jeune femme vacilla quelque peu. Ne lui plaisait-elle pas ?

C'était impossible.

Faisant appel au charme ravageur qui avait fait d'elle une beauté très courtisée autrefois, Alicia parvint à rire.

— Vous vous méprenez, monsieur Wilder ! Je ne pensais pas effacer la dette en une nuit. J'espérais trouver un accord à long terme.

— Bien.

Encouragée de voir qu'il ne refusait pas en bloc, elle battit des paupières, cherchant à le séduire.

— Vous apprécieriez certainement les attentions d'une maîtresse qui ne vous demanderait jamais rien, ni cadeaux, ni faveurs… Une dame qui saurait se montrer discrète.

— Je risquerais de vous engrosser.

Elle réprima un frémissement d'effroi. Dans son milieu, mettre au monde un bâtard était la honte suprême. Pourtant, elle avait renoncé depuis longtemps à se marier et à fonder une famille. Pour une raison que Wilder ne pouvait connaître, elle s'était résignée à une vie de solitude.

— Dans ce cas, je m'occuperais de l'enfant, assura-t-elle. Vous n'auriez aucune obligation.

— C'est très aimable à vous.

Dylan affichait une mine impassible. Les mains moites, Alicia déboutonna lentement son manteau, qui glissa sur ses épaules avant de tomber sur le fauteuil.

— Vous verrez, je suis de compagnie fort agréable, murmura-t-elle. Je pourrais vous rendre visite tous les soirs à neuf heures… ou plus tard, si vous préférez…

Il posa un regard glacial sur son bustier au décolleté plongeant.

— Je peux posséder toutes les femmes que je veux, dit-il. Et lord Brockway a grand besoin d'une leçon.

Alicia retint une exclamation de peur.

— Non, je vous en prie ! Envoyer mon frère en prison serait une terrible erreur. Il est malade des poumons. S'il meurt, vous ne serez jamais remboursé. De plus, je peux vous offrir ce que peu de femmes de votre entourage possèdent. Voyez-vous, je...

Sentant ses joues s'empourprer, elle déglutit péniblement.

— Je... je suis encore pure.

Il haussa les sourcils, sardonique.

— Le sacrifice de la vierge, railla-t-il. Vous êtes prête à vous déshonorer pour sauver votre vaurien de frère ?

— Oui, murmura-t-elle, songeant à sa mère, sa pauvre mère...

Dylan demeura silencieux, immobile. Elle devinait son humeur orageuse. Sans doute se sentait-il lésé d'une jolie somme si mal acquise. Puis il tendit les bras et attira Alicia vers lui, l'emprisonnant entre ses cuisses fermes. Il glissa les doigts dans ses cheveux blonds et en ôta quelques peignes en nacre.

À son contact, la jeune femme fut parcourue d'un long frisson. Elle tenait à peine debout. La peur et la répulsion se livraient en elle un combat féroce, malgré une attirance honteuse et irrésistible.

Le cœur battant à tout rompre, elle releva fièrement le menton et croisa le regard de Dylan.

— Alors, marché conclu ?

— Cela dépend.

— De quoi ?

— Du plaisir que vous me procurerez.

Les doigts de Wilder lui caressèrent doucement la nuque, les épaules.

— Prouvez-moi que vous valez vingt mille guinées.

Ainsi, il voulait qu'elle le séduise…

La gorge nouée, Alicia reprit son souffle. Ce mufle se moquait de son manque d'expérience. Combien de femmes avait-il possédées ? Combien de maîtresses s'étaient données à lui, nues, ivres de désir ?

Elle préférait ne pas y songer. Mieux valait l'ensorceler d'un baiser langoureux. Autrefois, les hommes de la haute société se seraient battus pour avoir ce privilège.

Elle posa ses mains tremblantes sur les épaules de Dylan, sentant ses muscles fermes sous le tissu de la veste. Très lentement, elle se pencha vers lui. Jamais elle n'avait vu des yeux d'un bleu aussi foncé et profond. Elle était si proche qu'elle discernait chaque cil, long et soyeux. Au moment de toucher ses lèvres, elle perçut son souffle tiède. Puis, très vite, elle fut engloutie dans son parfum, sa saveur, sa bouche qui la fit trembler de tous ses membres.

Étrangement, Dylan ne lui rendit pas son baiser. Ses cuisses contre les siennes, il dégageait une force… et une indifférence incroyables.

Déterminée à susciter son désir, Alicia glissa la main sur sa joue, dans ses cheveux. Ses doigts gantés caressèrent les boucles noires, ses lèvres toujours sur les siennes. D'habitude, les hommes appréciaient ces baisers lascifs, qui les rendaient fous d'impatience. Dans sa jeunesse, Alicia avait enivré plus d'un prétendant grâce à quelques baisers volés. Elle décida de continuer jusqu'à ce qu'il se traîne à ses pieds, en adoration.

Elle se sentait envahie d'une sensation de puissance, mais son excitation était bien différente de celle que lui inspiraient ses anciens amoureux. Naguère, il s'agissait de jeunes gens de bonne famille. Dylan, lui, était un voyou.

Enfin, il entrouvrit les lèvres. Le sang d'Alicia ne fit qu'un tour. Dylan n'était pas indifférent à son charme. Il luttait au contraire contre son propre désir. Le moment était venu de l'ensorceler, de lui faire accepter cette liaison pour effacer la dette de son frère.

Elle releva la tête et ouvrit les yeux.

Dylan souriait, le regard moqueur.

— Si vous ne pouvez m'offrir mieux, je risque d'y perdre au change, grommela-t-il.

Le scélérat osait se moquer d'elle ! Alicia se figea, furieuse. Très vite, pourtant, la raison l'emporta sur sa fierté.

— Montrez-moi, implora-t-elle. Je suis disposée à apprendre…

— Non. Je préfère avoir dans mon lit des femmes d'expérience.

Le verdict était sans appel. Dylan Wilder allait envoyer Gérald en prison et condamner sa mère à un destin encore plus funeste.

Alicia se sentit défaillir. L'expression méprisante de Dylan lui disait qu'il était inutile de supplier, de faire appel à ses sentiments humains. Ce n'était qu'un être froid et cruel.

Elle recula, emplie d'amertume.

— Vous venez de me prouver une chose, monsieur Wilder. Votre fortune ne fera jamais de vous un gentleman.

Sur ces mots, elle tourna les talons, mais il la retint par le poignet. Il affichait une mine implacable et, en même temps, il était plus séduisant que jamais.

— Vous vous trompez, rétorqua-t-il d'un ton glacial. Mon argent me permettra un jour d'entrer dans votre monde.

Elle eut un petit rire méprisant.

— Si vous imaginez que…

— J'ai finalement décidé d'oublier la dette de votre frère, coupa-t-il. À une condition.

Elle fronça les sourcils, sur la défensive.

— Laquelle ?

— Vous allez m'épouser.

2

Posté près de la fenêtre de son bureau, Dylan écarta le lourd rideau de velours et observa la rue ensoleillée. Il ne prêta aucune attention aux élégantes voitures qui cahotaient sur les pavés, aux somptueuses maisons en pierre de Portland, aux colonnes de la façade du White's Club, en haut de St. James's Street. Son regard était vrillé sur une seule silhouette...

La tête haute, lady Alicia Pemberton franchit d'un pas vif la grille en fer forgé du cercle de jeu. Une brise printanière faisait voleter les plumes blanches de son chapeau, plaquait le tissu de sa robe sur ses courbes gracieuses. Dylan connaissait à présent la douceur de ces formes contre son corps, la peau soyeuse et chaude de son cou, de ses épaules, son subtil parfum de rose. Le souvenir de son baiser le hantait.

Sa propre réaction à ce contact furtif l'avait stupéfié. Il trouvait la jeune comtesse trop froide, trop hautaine. Il préférait les maîtresses ardentes, peu farouches, dénuées de toute inhibition, les femmes qui savaient donner autant de plaisir qu'elles en recevaient. Il avait horreur de ces petites pimbêches de la noblesse, qui se croyaient supérieures au reste du monde.

Fort d'une longue expérience, il savait à merveille contrôler ses ardeurs. Il appréciait la sensualité sous toutes ses formes, mais il ne pouvait se laisser distraire de son objectif par le désir charnel. Pas avant d'avoir atteint le but qu'il s'était fixé : épouser lady Alicia Pemberton.

Naturellement, elle avait décliné sa proposition – non sans un instant d'hésitation, toutefois. S'attendant à un refus catégorique, Dylan avait eu la surprise de déceler une lueur d'incertitude dans le bleu de son regard. Alicia ne voulait pas d'un mari, et il savait très bien pourquoi. Ses informateurs avaient effectué une enquête approfondie sur son compte.

Lui-même avait observé la jeune femme. Plusieurs fois, il l'avait suivie dans une voiture discrète, lors de ses activités quotidiennes, ses courses au marché ou chez les artisans. De crainte d'être repéré, il prenait soin de changer souvent de véhicule. Cette filature n'était en rien nécessaire à l'exécution de son plan, mais Dylan éprouvait du plaisir à glaner les moindres renseignements sur la femme que courtisait son ennemi juré, le marquis de Hailstock...

Il crispa les doigts sur le rideau de velours.

Les yeux plissés, il scruta sa proie. Lady Alicia venait d'atteindre le coin de la rue. Elle attendait que la charrette d'un charbonnier soit passée. Soudain, le véhicule roula dans une flaque de boue et éclaboussa la jeune femme. Au lieu de reculer d'un bond ou de brandir un poing rageur, elle se contenta d'attendre que le coupable s'éloigne pour traverser la rue animée. Ce flegme, cette impassibilité intriguèrent Dylan. Elle disparut de son champ de vision.

Il avait pris un plaisir inattendu à la provoquer, à la faire sortir de ses gonds. Il devait admettre qu'il éprouvait une certaine admiration pour la façon dont elle lui avait tenu tête. Sa détermination à aller jusqu'au bout pour sauver sa famille le surprenait. Elle était même disposée à renoncer à sa précieuse virginité.

Comme il aurait aimé rapporter à Hailstock cette proposition indécente…

Dylan connaissait parfaitement l'avarice du marquis. Lady Alicia était allée le voir. Malgré son immense fortune, Hailstock avait refusé de lui prêter les vingt mille guinées à moins qu'elle ne l'épouse. Elle avait décliné son offre, car Hailstock ne supportait pas la mère de la jeune femme.

Dylan, lui, était prêt à l'accepter sous son toit. Il entendait d'ailleurs exploiter au mieux ce point faible…

— Je sais ce que vous mijotez, fit une voix rauque derrière lui. Ne croyez pas que vous pourrez abuser un vieux singe comme moi.

Dylan lâcha le rideau et se tourna vers Fergus MacAllister. Les mains sur les hanches, l'imposant Écossais fronçait ses épais sourcils blancs.

Malgré ses trente ans, Dylan était toujours impressionné par le regard dur et implacable de son fidèle majordome.

— Je n'ai rien à cacher, affirma-t-il. Ne t'inquiète pas, je ne ferai aucun mal à cette fille.

— Aucun mal ? répéta Fergus en secouant la tête. Quand vous m'avez chargé d'espionner la demoiselle, vous vous êtes bien gardé de me préciser que vous aviez l'intention de plumer son frère. Ou de la transformer en catin.

— Je n'ai pas l'intention de la prendre pour maîtresse.

— Vous espérez que je vais avaler ça ! railla le vieil homme.

Agacé, Dylan alla s'asseoir derrière son bureau, dans son fauteuil en cuir. Il consulta son registre, glissa un doigt sur une colonne de chiffres, effectuant un rapide calcul mental. Puis, d'un ton détaché, il déclara :

— Crois-le ou pas, Fergus, j'ai l'intention de l'épouser.

Le majordome demeura un instant bouche bée.

— De toutes les manigances, c'est la plus cruelle... bredouilla-t-il. Vous ne recherchez que la vengeance en volant cette jeune femme à lord Hailstock.

— Cela ne te regarde en rien.

— La malheureuse a-t-elle son mot à dire ?

— Non.

Fergus s'approcha et pointa un index rageur vers son maître.

— Votre pauvre mère vous a pourtant appris à bien traiter vos semblables, à être un homme digne de ce nom. Aujourd'hui, vous voulez utiliser cet ange de pureté pour vos noirs desseins !

— Cet ange de pureté, comme tu dis, sera ma femme. Elle ne manquera de rien.

— Sauf d'amour, de respect et d'honneur !

Le chandelier projetait des ombres sur le visage du vieil homme borgne.

— Vous obtiendrez votre revanche, reprit-il, mais j'ignore comment vous oserez ensuite vous regarder dans une glace.

Dylan refusa de baisser les yeux. Il se rappela la lueur d'effroi qui avait traversé le regard de la jeune femme lorsqu'il avait menacé de faire jeter son frère en prison. Pourtant, il refusait de se laisser attendrir.

— Je vivrai comme j'ai toujours vécu, rétorqua-t-il. Quel que soit mon choix.

D'un geste décidé, il saisit sa plume et la trempa dans l'encrier d'argent.

— Tu peux disposer, déclara-t-il. Va travailler. Vérifie la facture du négociant en vins, pour voir s'il ne nous a pas volés.

Fergus se redressa fièrement.

— Monsieur commence à jouer les grands seigneurs, on dirait.

— Je n'ai pas oublié d'où je viens, répliqua Dylan d'un ton brusque. À présent, sors d'ici, Fergus. Je ne veux plus entendre un mot sur cette histoire.

Le vieil Écossais le foudroya du regard, les poings crispés. Puis, marmonnant quelques jurons en gaélique, il quitta la pièce, claquant la porte si brutalement que les chandelles faillirent s'éteindre.

Contrarié, Dylan posa sa plume. Il se passa la main dans les cheveux et se massa les tempes. Il s'en voulait terriblement d'avoir rudoyé Fergus, de l'avoir traité avec le mépris que les nobles réservaient aux personnes de rang inférieur. Toutefois, il ne pouvait se laisser détourner de son objectif.

Il décida d'accorder à lady Alicia Pemberton une journée de réflexion, puis il lui rendrait visite. Si elle s'entêtait à refuser sa proposition, il avait les moyens de la persuader.

Votre fortune ne fera jamais de vous un gentleman... avait-elle dit.

Cette froideur aristocratique mettait Dylan hors de lui. La jeune femme, pourtant au bord de la ruine, s'était adressée à lui avec la fierté d'une reine devant un manant. Jusqu'à présent, il l'avait considérée comme un simple pion, un moyen d'assouvir sa soif de vengeance. Désormais, il attendait leur mariage avec impatience, mais pour d'autres raisons. Il voulait venir à bout de cette réserve, de cette froideur.

Il voulait montrer à la fière lady Alicia qu'elle était une femme comme les autres.

— Gérald ! Tu es déjà levé ?

Alicia s'arrêta sur le seuil de la cuisine. Assis sur le banc de bois, les épaules voûtées, son frère dévorait à belles dents un feuilleté à la viande. Près de la cheminée, Mme Molesworth, une coiffe blanche sur ses cheveux gris, hachait grossièrement des oignons pour son ragoût. Elle salua vivement Alicia.

En apercevant sa sœur, Gérald se mit à tousser. La jeune femme se précipita pour lui donner une tasse de thé. Cette maudite toux l'inquiétait au plus haut point, mais elle ne voulait rien trahir de son angoisse.

— Merci, dit-il en avalant une gorgée du breuvage brûlant.

— Prenez donc une cuillerée de fortifiant, déclara la cuisinière en lui apportant un liquide qui sentait la réglisse.

Alicia passa la cuillère à son frère, qui fit la grimace.

— C'est infect, grommela-t-il.

— Allons, avale vite.

Combien de fois lui avait-elle donné cet ordre ? Depuis sa plus tendre enfance, Gérald souffrait d'une maladie des poumons qui le reprenait chaque automne et au début du printemps. Le médecin lui recommandait un fortifiant et un cataplasme en cas de crise sévère.

Un rai de lumière filtrait par la fenêtre, éclairant les cheveux châtains du jeune homme. D'une main tremblante, Alicia caressa les boucles de son frère, songeant qu'il se débarrasserait de son médicament si elle ne le surveillait pas.

À présent, Gérald risquait de croupir au fond d'une cellule humide, sans personne pour le soigner...

Levant les yeux vers elle, il écarta brutalement la cuillère.

— Épargne-moi ces simagrées, Alicia ! Je vais très bien.

Face à la lueur soucieuse de son regard, la jeune femme eut soudain de terribles soupçons. Elle en oublia sa fatigue, après une nouvelle nuit sans sommeil. Posant la cuillère sur la table, elle se servit une tasse de thé. Puis elle se tourna vivement vers son frère, faisant voleter sa vieille robe marron délavée.

— Pourquoi t'es-tu habillé pour sortir ? s'enquit-elle.

— Les affaires, bredouilla son frère en mordant dans la pâte feuilletée.

— Quel genre d'affaires, je te prie ?

Gérald ôta une miette de son élégante veste bleu marine.

— Cela ne te regarde pas.

— Dis-le-moi ! insista-t-elle, telle une gouvernante autoritaire, comme lorsqu'elle lui faisait réciter ses leçons. Si tu retournes jouer aux cartes, je...

— Non, il ne s'agit pas de cela !

Il la toisa avec mépris. Parfois, il se montrait aussi buté que leur père autrefois.

— Tu me prends vraiment pour un imbécile ? ajouta-t-il.

Alicia s'assit sur une chaise, tenant sa tasse à deux mains.

— J'espère que tu seras raisonnable, déclara-t-elle. Et si tu souhaites que je te laisse tranquille, tu n'as qu'à m'expliquer où tu vas de si bon matin.

Toute l'arrogance du jeune homme s'envola aussitôt. Il demeura silencieux et boudeur, tel un enfant contrarié.

Mme Molesworth posa une marmite dans l'évier.

— Parlez, monsieur. Votre sœur le saura, de toute façon…

Il saisit un autre feuilleté. En dépit d'un solide appétit, il demeurait maigre comme un clou, les côtes saillantes et les joues creuses.

— J'emmène la jument chez Tattersall.

Alicia tressaillit.

— Comment ? Tu sacrifies notre jument ? s'exclama-t-elle.

Il hocha nerveusement la tête.

— Il y a une vente aux enchères, aujourd'hui. C'est une belle bête, en bonne santé. J'en obtiendrai un bon prix.

Alicia sentit son cœur se serrer. Ses yeux s'embuèrent de larmes. Gérald avait dressé la superbe jument grise dans leur domaine du Northumberland, jusqu'à ce que leur père perde toutes ses terres au jeu. Son frère était profondément attaché à cette jument, à qui il prodiguait les soins les plus attentifs. Depuis cinq ans, après la vente de tous leurs autres chevaux et de leur calèche, Gérald s'en occupait lui-même, car ils n'avaient plus les moyens d'entretenir une écurie et son personnel. Il montait la jument dans les rues de Londres et sur les sentiers de Hyde Park. L'animal faisait la fierté du jeune homme. C'était le dernier vestige de leur richesse passée.

— Gérald, murmura Alicia en posant la main sur la sienne. C'est affreux...

Une lueur douloureuse dans ses yeux verts, le jeune homme détourna la tête. Puis il se leva.

— Il est temps d'y aller, déclara-t-il d'une voix tremblante d'émotion. Mais je dois d'abord la brosser. Je tiens à ce qu'elle soit présentable.

Sur ces mots, il quitta vivement la pièce et traversa le minuscule jardin en direction de l'écurie.

La gorge nouée, Alicia termina son thé. Distraitement, elle écoutait la cuisinière, qui s'affairait à la préparation d'un potage. Le son familier du feu crépitant dans la cheminée se mêlait au tic-tac de l'horloge. Pourtant, ils n'avaient rien de rassurant, ce jour-là...

Que Dylan Wilder aille au diable ! Il avait attiré un jeune homme crédule à sa table de jeu, l'avait dépouillé de tout son argent. À présent, il l'obligeait à se séparer de son bien le plus précieux. Certes, la conduite de son frère était impardonnable, mais elle en voulait tout autant à Wilder.

Pour couronner le tout, ce vaurien voulait qu'elle devienne sa femme !

Alicia en eut des frissons d'effroi. Elle avait peine à l'admettre, mais elle avait, l'espace d'un instant, été tentée d'accepter. Ce serait la fin de la pauvreté. Elle mangerait à sa faim, et aurait même l'occasion de porter d'élégantes toilettes à la dernière mode...

Alors elle avait songé à sa mère. Jamais elle ne laisserait Dylan se montrer cruel envers elle.

Malheureusement pour Alicia, il avait remarqué son hésitation... Elle le revit, sûr de lui, arrogant, fier comme un coq. Avec une froideur et un mépris extrêmes, il lui avait expliqué qu'il voulait devenir l'égal des nobles qui fréquentaient son cercle. Le sang bleu d'Alicia, ses prestigieux ancêtres lui permettraient de faire son entrée dans la haute société.

La jeune femme ne se considérait plus comme supérieure aux autres, même si les apparences avaient compté, autrefois. Elle s'était montrée vaniteuse, égoïste, se pavanant dans son rôle de débutante très en vue. Puis son père avait tout perdu, hormis sa demeure londonienne, une maison de campagne délabrée et une modeste rente, et tout avait changé du jour au lendemain. Après cinq années humiliantes de privations, elle éprouvait le plus grand respect pour les gens modestes.

Dylan Wilder était un homme à part. Sa fortune mal acquise ne lui donnait aucun droit de fréquenter l'aristocratie.

Elle avait été bien avisée de refuser la proposition de ce goujat. Sa place était dans la rue, parmi les bandits et les malfaiteurs de son espèce...

Soudain, elle sentit une main se poser sur son épaule et sursauta. Elle leva les yeux vers le visage inquiet de la cuisinière.

— Je suis désolée, madame Molesworth. Je réfléchissais.

— Allons, chère enfant, ne vous en faites pas pour le jeune comte. Il cherche simplement à se faire pardonner ses bêtises. Même s'il ne tirera jamais vingt mille guinées de sa jument, ajouta-t-elle, les lèvres pincées.

— Je sais...

Alicia commençait à désespérer de trouver le reste de la somme. Devraient-ils se résoudre à vendre la maison ? Dans son état de délabrement, elle ne valait plus grand-chose. Et il leur fallait un toit, un refuge pour leur mère.

Cherchant à rassurer la cuisinière, la jeune femme s'efforça de sourire.

— Au moins, nous ne sommes pas à la rue, déclara-t-elle. Mère est heureuse, ici. C'est déjà cela.

— Hum, grommela Mme Molesworth en brandissant un énorme couteau de boucher. Je l'étriperais bien, moi, cet ignoble Dylan Wilder !

— Il ne faut pas parler de la sorte. Ce serait nous abaisser à son niveau.

— Cette noblesse de sentiments est sans doute valable pour une dame comme vous, mais moi, je n'ai pas de ces scrupules. Que ce monstre ose s'approcher, et je l'égorge !

Alicia se demanda comment la brave femme réagirait si elle apprenait sa visite au club, sa proposition scandaleuse et la demande en mariage de Wilder.

Cachant sa nervosité, elle alla verser une cuillerée de thé dans la théière ébréchée.

— Je vais monter son petit déjeuner à mère. Elle va bientôt se réveiller.

Mme Molesworth jeta des carottes dans sa marmite.

— La soupe chauffe et j'ai pas mal de tâches à effectuer ce matin, mademoiselle. Mais je m'occuperai d'elle.

Alicia avait dû se séparer des autres domestiques, laissant toutes les corvées à la vieille femme dévouée.

— Vous travaillez trop.

— Mais non. Je terminerai mon raccommodage au chevet de Mme la comtesse.

La cuisinière tendit une assiette à Alicia.

— Asseyez-vous et mangez donc, ordonna-t-elle. Dieu seul sait quand j'aurai de nouveau l'occasion de préparer des feuilletés à la viande !

À quatre pattes dans le salon, Alicia s'affairait à astiquer le plancher quand on frappa à la porte. Perdue dans ses pensées, elle ne s'interrompit pas dans son travail. En entendant frapper de nouveau, elle se redressa. Évidemment, il n'y avait plus de valet pour ouvrir…

Décoiffée et couverte de poussière, elle écarta une mèche de son front. Elle eut envie de ne pas répondre. Encore un créancier, sans doute. Toutefois, il ne servait à rien de repousser l'échéance.

Les membres engourdis par sa position inconfortable, elle s'essuya les mains sur son tablier et se releva péniblement. Puis elle gagna le vestibule, évitant de poser les yeux sur le salon presque vide.

Devant la maison était stationnée une élégante calèche menée par un cocher. Sur le seuil se tenait un homme raffiné, en costume gris impeccable. Il ôta son chapeau et la salua, révélant une tignasse grisonnante.

C'était Richard, le marquis de Hailstock.

— Cher marquis, dit-elle en esquissant une révérence, tout en brossant inutilement sa robe poussiéreuse de la main, votre visite est inattendue…

— Chère Alicia, veuillez me pardonner cette intrusion.

Il considéra sa tenue négligée, mais il était trop poli pour émettre le moindre commentaire.

— J'espérais pouvoir vous parler, déclara-t-il. Mais si vous préférez que je revienne une autre fois…

Alicia l'avait chassé de son esprit depuis leur entrevue tumultueuse, survenue deux jours plus tôt. Devant son air affable, elle sentit renaître l'espoir. Peut-être avait-il réfléchi à sa requête ?

— Je vous en prie, monsieur, répondit-elle en s'effaçant. Entrez donc.

Faisant mine d'être en robe de soirée et non en tenue de souillon, elle le conduisit au salon. Leurs pas résonnèrent dans la pièce vide.

— Seigneur ! s'exclama le marquis sur le seuil. Que s'est-il donc passé ?

Le plancher était nu, les murs avaient été dépouillés de leurs somptueux tableaux. Les yeux de la jeune femme s'embuèrent. Mais elle retint ses larmes. Jamais elle ne pleurerait devant cet homme.

— J'ai tout vendu ce matin, expliqua-t-elle d'un ton nonchalant.

Une heure plus tôt, un brocanteur avait emporté les meubles en bois de rose et les tapis d'Orient. Le piano sur lequel elle jouait dans son enfance avait disparu, lui aussi, ainsi que les jolies figurines de sa mère, le petit secrétaire sur lequel Alicia avait tant de fois refait ses comptes, espérant trouver un moyen de régler ses dettes. Pourtant, les vingt-trois guinées qu'elle avait empochées ne la mèneraient pas très loin…

Au lieu de céder au désespoir, elle s'était mise à frotter le plancher avec acharnement.

— Je vous en prie, asseyez-vous, proposa-t-elle.

L'adversité ne l'empêchait pas d'être courtoise. Elle désigna à son visiteur les derniers meubles : un divan et deux chaises branlantes, près de la cheminée – pour que sa mère, Gérald et elle puissent deviser, le soir venu. Mme Molesworth se joindrait sans doute à eux avec son tricot.

— Comment va James ? s'enquit-elle.

À la mention de son fils unique, un jeune homme handicapé, le comte ne dissimula pas son chagrin.

— Il se porte plutôt bien... Mais je ne suis pas venu vous parler de lui.

Il effleura le coude d'Alicia et l'invita à s'asseoir à son côté sur le divan. Malgré elle, elle fut touchée par sa galanterie, ses attentions, la noblesse de son attitude. Il avait perdu sa seconde épouse l'année précédente. Alicia l'avait toujours connu, car il était un ami de ses parents. Sa mère avait même grandi avec Claire, la première marquise.

Dans un premier temps, elle avait eu du mal à accepter l'idée qu'il lui fasse la cour. Elle aimait les petits cadeaux dont il la couvrait, confiseries, fleurs et livres. Elle appréciait leurs discussions animées sur tous les sujets, du jardinage à la mode. Elle pensait avoir de l'affection pour lui, même si elle ne ressentait pas cette fièvre amoureuse dont elle avait toujours rêvé. Pourtant, elle savait qu'elle serait heureuse avec lui, en dépit de quelques divergences d'opinions.

Il prit sa main délicate dans les siennes, toujours gantées de cuir. La jeune femme savait qu'elle avait la peau abîmée par le travail, les ongles cassés.

— Ma chère Alicia, déclara le marquis, je suis horrifié de vous voir mener une vie de pauvresse, vous qui êtes issue de l'une des plus anciennes familles d'Angleterre.

Elle sentit renaître une lueur d'espoir. Était-il venu lui avouer qu'il avait eu tort ? Qu'il ne poserait aucune condition à leur mariage ?

— Je n'ai pas le choix, répondit-elle. Vous connaissez la situation financière de Gérald. M. Wilder exige d'être remboursé.

Les yeux de Hailstock se durcirent. Il resserra son emprise.

— Quel être immonde ! Comment reprocher à votre frère d'avoir hérité de la faiblesse de son père ? Wilder a honteusement tiré profit de ce défaut.

— J'espère que Gérald a retenu la leçon.

Elle songea à son frère, obligé de vendre sa jument adorée pour régler ses dettes. Son cœur se serra.

— Je sais qu'il ne ferait rien pour nuire délibérément à notre mère ou à moi, ajouta-t-elle.

— Néanmoins, le mal est fait. Et une aussi charmante jeune femme ne peut vivre dans ces conditions.

Hailstock désigna la pièce vide. Alicia secoua la tête.

— Je n'ai pas le choix.

— Reste la solution que nous évoquions l'autre jour, quand vous êtes venue solliciter mon aide…

Il plongea son regard dans le sien en lui caressant la joue.

— Épousez-moi, ma chérie. L'idée de verser un sou à Wilder me révulse, mais je suis disposé à le faire pour vous, lorsque vous serez ma femme. Je suis venu vous demander de réfléchir à ma proposition.

Comme il serait agréable de se décharger de ses soucis, de laisser le marquis s'occuper de tout, de mener à nouveau la vie insouciante d'une dame de la haute société…

— Auriez-vous changé d'avis à propos de ma mère ? s'enquit-elle. Lui permettrez-vous de vivre avec nous ?

Il pinça les lèvres.

— C'est impossible, vous devez l'admettre, répliqua-t-il. Je vous en prie, ne détournez pas la tête. Lady Brockway doit être placée là où l'on pourra s'occuper d'elle et répondre aux besoins qu'implique son état de santé.

— Je m'en occupe parfaitement moi-même ! rétorqua Alicia avec fougue. Je ne comprends pas comment vous pouvez la rejeter ainsi. Mes parents étaient vos amis, autrefois. Je me rappelle vous avoir vus rire ensemble, lors de réceptions mondaines ou de bals. Voir ma mère aussi heureuse faisait mon bonheur. Elle était la plus belle.

— Cette période est révolue, déclara le marquis. C'est regrettable, mais le temps passe et les gens changent. Vos regrets ne vous rendront jamais la mère que vous avez tant admirée.

— Je l'admire encore, corrigea Alicia. C'est bien le problème qui nous sépare. À mes yeux, elle n'est pas une pauvre folle que l'on peut rejeter comme un vieux vêtement inutile !

Hailstock se raidit.

— Réfléchissez, ma chère. Si vous refusez mon offre, vous n'aurez aucune chance de régler vos dettes. Votre frère sera jeté en prison, votre mère mourra de faim. Est-ce préférable à ce que je vous propose ?

Elle frémit. Sous sa colère, la peur subsistait.

— Même si je dois me retrouver à la rue, je ne confierai jamais ma mère à des inconnus et…

— Mademoiselle !

Des pas précipités retentirent dans le couloir. Mme Molesworth surgit, le visage empourpré, la coiffe de travers.

— Mademoiselle, venez vite !

Alicia se leva d'un bond, le cœur battant.

— C'est mère ?

— Oui, mademoiselle. Elle était en train de cueillir des fleurs dans le jardin, en chantonnant, tandis que j'arrachais les mauvaises herbes. J'ai dû aller dans la cuisine pendant une minute à peine, pour remuer la soupe, et à mon retour…

Elle se tut, tremblante d'émotion, les mains sur la bouche.

— Parlez, pour l'amour du Ciel ! Que s'est-il passé ?

— Mme la comtesse est partie... Elle s'est volatilisée !

3

Perchée sur un banc du parc, une femme vendait des jonquilles et des crocus dans un petit panier d'osier. Son visage poupin et délicat comme un camée était surmonté d'un chapeau de paille orné d'une voilette rose. Une capeline, doublée de satin bleu, pendait sur ses frêles épaules, dissimulant une modeste robe noire très usée et maintes fois raccommodée. Non loin de ses pieds nus, un pigeon picorait la poussière entre les pavés.

— Un joli bouquet, messieurs-dames ! chantonnait-elle. Qui veut mes jolis bouquets ?

Plusieurs badauds se groupèrent autour du banc. Une nurse guindée poussant une voiture d'enfant ralentit pour observer la scène. Un élégant monsieur esquissa une moue de mépris. Quelques épouses de négociants passèrent leur chemin, échangeant à voix basse des commentaires, hâtant le pas, de peur de s'aventurer trop près de la malheureuse créature.

— Elle est complètement folle, murmura une femme.

— C'est un scandale ! répondit son amie. Quel spectacle pitoyable pour les gens convenables...

— Heureusement, il n'y a pas de gens convenables, par ici, lança Alicia.

Les deux femmes firent volte-face, le souffle coupé.

Alicia savoura son effet, décidée à jouer de son nom et de son rang pour leur clouer le bec.

Les deux mégères plongèrent dans une révérence un peu raide.

— Mademoiselle, quelle surprise ! bredouilla l'une.

Sa compagne faillit trébucher tant elle avait hâte de déguerpir.

De son ton le plus méprisant, Alicia déclara :

— Je vous conseille de saluer la comtesse de Brockway, comme l'exige son titre.

— Certainement, mais… mais…

La plus grande articula péniblement :

— Il est bientôt midi. Venez, Louise.

Elles s'éloignèrent sans demander leur reste.

Alicia dut ravaler les insultes qui lui brûlaient les lèvres. De vraies vipères ! En ces temps difficiles, mieux valait toutefois ne pas se brouiller avec le voisinage. Les conséquences d'une hostilité ouverte seraient néfastes pour sa pauvre mère.

Cherchant à se ressaisir, elle s'approcha du banc. Le pigeon s'envola aussitôt, déployant ses ailes grises. Éléonore scruta d'abord la jeune femme d'un air perplexe, puis un sourire naquit sur son visage mutin. Ses yeux bleus se mirent à pétiller, tandis qu'elle brandissait un petit bouquet orné d'un ruban rose.

— Deux sous, mademoiselle. Deux sous pour mes jolis bouquets…

Alicia sourit à sa mère. Pour dissimuler son chagrin, elle saisit quelques crocus et respira leur doux parfum. Ces moments douloureux, où sa propre mère ne la reconnaissait pas, étaient difficiles à supporter. Éléonore Brockway la dévisageait comme si elle n'était qu'une inconnue.

Fidèle à son habitude, Alicia joua le jeu, se pliant de bonne grâce aux lubies de sa mère malade.

— Merci, madame. Malheureusement, je n'ai pas d'argent sur moi. Vous voulez bien m'accompagner chez moi ?

— Je vous l'offre, répondit lady Éléonore avec emphase, prenant un accent populaire des faubourgs. Je ne puis m'éloigner. Voyez-vous, j'ai de nombreux clients à satisfaire.

Alicia en doutait. Sa mère attirait surtout les regards méfiants, voire scandalisés, des promeneurs. Aux fenêtres de certaines demeures, les rideaux s'écartaient. Alicia eut envie de leur tirer la langue, comme une enfant. Elle préféra toutefois se montrer discrète.

— J'insiste pour vous payer, reprit-elle. Venez, j'habite tout près d'ici.

Elle redressa la capeline de sa mère et la prit gentiment par le bras pour l'inciter à se lever.

— Oh, zut ! fit lady Éléonore, les lèvres tremblantes. En vérité, personne ne veut me les acheter, ces maudites fleurs. Personne !

Ce chagrin de petite fille peina Alicia.

— Qu'importe. Les gens n'apprécient pas la beauté des fleurs, voilà tout.

Lady Éléonore retrouva le sourire.

— Oui, vous devez avoir raison.

Tandis que les deux femmes traversaient le parc, Alicia observa la rangée d'élégantes maisons. Comme ses voisines, la leur était en pierre, ornée de colonnes à l'entrée, et comptait trois étages, avec un toit surmonté de plusieurs cheminées. Son regard se posa soudain sur un véhicule parqué non loin de chez elle.

Conduit par un cocher en livrée très distingué, l'attelage de deux chevaux noirs était assorti à la calèche. Elle était stationnée à l'endroit même où se trouvait la voiture de lord Hailstock, quelques instants plus tôt. Le marquis avait filé sans explication, après l'annonce de l'escapade de la comtesse. Alicia n'avait pas eu le temps d'être déçue ou fâchée par ce départ précipité, ne songeant qu'à retrouver sa mère.

Elle soupira. Ce nouveau visiteur devait être l'un des riches et oisifs amis de Gérald. Ils venaient rarement – en partie à cause de la mère d'Alicia, mais aussi parce que celle-ci réprouvait les fréquentations de son frère.

S'ils n'avaient pas habité au milieu de la rue, elle aurait sans doute fait entrer sa mère par l'arrière, mais elle se refusait à passer sous les fenêtres de tous ses voisins, redoutant les railleries et les paroles blessantes. Mieux valait entrer rapidement par la porte principale.

Elle traversa la rue encombrée, sans lâcher la taille de sa mère. Celle-ci chantonnait distraitement, sautillant comme une enfant sur les pavés. Soudain, ses pieds nus trébuchèrent sur une pierre. Elle lâcha son panier de fleurs. Perdue dans un monde imaginaire, lady Éléonore ne remarqua même pas les regards curieux des voisins.

« C'est mieux ainsi », songea Alicia, relevant fièrement la tête. Sa mère n'aurait pas supporté l'humiliation de voir dans le regard des autres ce qu'elle était devenue. Mieux valait qu'elle reste enfermée dans sa bulle, à l'abri de la méchanceté humaine.

Malheureusement, lors de ses accès de démence, elle avait pris l'habitude de fuguer à la moindre occasion.

Quand Alicia eut ramassé les fleurs, les deux femmes contournèrent la voiture, dont les vitres reflétaient leurs visages. Les portières n'arboraient aucun blason. Une odeur de cuir flottait sous celle, plus forte, des chevaux. Impassible, le cocher ne leur accorda pas même un regard.

Alicia venait de gravir la première marche du perron, quand elle entendit la portière s'ouvrir. Malédiction ! Se plaçant devant sa mère, la jeune femme esquissa un sourire poli et se prépara à congédier l'importun visiteur. Il suffisait de l'informer que son frère se trouvait actuellement chez Tattersall. Le dandy ne manquerait pas de s'y précipiter.

Son plan s'écroula à la seconde où elle vit surgir une imposante silhouette du véhicule. Une boucle de cheveux noirs tombait sur son large front, et ses yeux bleus pétillaient au soleil. Son élégant costume sombre, son gilet gris argenté étaient ceux d'un gentilhomme, mais Alicia savait d'expérience que l'habit ne faisait pas le moine.

Dylan Wilder.

D'un pas nonchalant, il se dirigea vers les deux femmes. Son corps souple et musclé, son sourire canaille, tout en lui invitait au péché... Alicia sentit son cœur s'emballer. Le souvenir de leur baiser lui revint en mémoire. Sans parler de la dette...

Était-il venu en exiger le remboursement ? Lui imposer sa volonté de l'épouser ?

Même cette perspective n'avait pas d'importance, par rapport à sa crainte qu'il ne se moque de sa mère. Elle entendait lady Éléonore chantonner doucement derrière elle, sentait le frôlement de sa robe tandis que la vieille dame dansait à cette musique imaginaire.

Par chance, Wilder avait le regard rivé sur elle. Il prit sa main dans la sienne. Au contraire de Hailstock, il ne portait pas de gants. Les doigts glacés de la jeune femme se retrouvèrent emprisonnés dans une main chaude et puissante.

— Comtesse, je suis enchanté de vous revoir…

— Sachez que vous n'êtes pas le bienvenu chez moi, monsieur Wilder.

— Vous ne vous êtes toujours pas remise de ce baiser, on dirait.

Il avait le regard d'un enfant espiègle. Avant qu'elle puisse assener une réplique cinglante, il lui baisa la main. La caresse de son souffle fit naître des frissons dans tout son corps. La colère, sans doute, songea-t-elle. Il s'était joué d'elle, il l'avait laissée se ridiculiser.

Elle retira vivement sa main.

— Je ne suis pas femme à me pâmer pour un rien, rétorqua-t-elle d'un ton sec. De plus, je ne reçois pas, ce matin. Veuillez m'excuser.

Décidée à faire rentrer sa mère, elle tourna le dos à Wilder.

Lady Éléonore choisit cet instant pour se manifester.

— Oh… bonjour, monsieur ! Vous me prendrez bien un joli bouquet pour votre dulcinée ?

Intrigué, le jeune homme haussa les sourcils tandis qu'elle lui tendait son pitoyable panier de fleurs flétries. « Seigneur, songea Alicia, pourvu qu'il ne se doute pas qu'il s'agit de la comtesse ! »

Ses espoirs s'évanouirent aussitôt.

— Lady Brockway, je présume, murmura-t-il. Je comprends maintenant d'où Alicia tient sa beauté…

— Alicia ? répéta la vieille dame en clignant les yeux. Autrefois, j'ai connu une jeune fille qui portait ce prénom. Une très belle enfant…

De crainte que Wilder ne s'esclaffe ou ne lui décoche une remarque perfide, Alicia prit sa mère par la taille et lui fit gravir les marches du perron.

— Ne vous occupez pas de lui. Il n'est pas intéressé par vos bouquets. À présent, je vous dois deux sous, rappelez-vous.

— Pas intéressé, mon œil ! lança sa mère en adressant un sourire malicieux à Dylan. Un beau garçon comme lui a certainement une bien-aimée à chérir. Rien de mieux qu'un joli bouquet de fleurs.

— Je suis désolée, mère, mais ce monsieur s'en allait, justement. Et nous...

— Attendez une minute, intervint Dylan. Je souhaite en effet acheter un bouquet.

Il gravit vivement les marches et se posta devant les deux femmes. Puis il s'inclina pour saluer lady Éléonore.

— Auriez-vous l'obligeance de me présenter votre marchandise, madame ?

— Certainement, mon bon monsieur.

En gloussant de joie, la vieille dame lui montra ses malheureux bouquets.

— Choisissez celui qui vous plaît.

Alicia observait la scène, tendue, prête à intervenir à la première insulte de Wilder. Elle n'hésiterait pas une seconde à le gifler ou à l'écarter brutalement de la porte afin de pouvoir rentrer chez elle. Elle ne se sentirait en sécurité qu'à l'intérieur.

— Il faut prendre le plus beau, monsieur. Celui-ci, peut-être... Il faut toujours offrir ce qu'il y a de mieux à sa dulcinée.

La vieille dame lui tendit quelques crocus fanés.

— Vous avez raison, admit le jeune homme en dévisageant Alicia.

L'intensité de ce regard d'azur la troubla, au point qu'elle ressentit des picotements sur tout le corps. Le ventre noué, les jambes tremblantes, elle se mordit la lèvre. Ce monstre voulait l'épouser, se servir de son nom pour entrer dans la haute société, et la mettre dans son lit par la même occasion. Elle ne parvenait pas à détacher les yeux de cette bouche pulpeuse, de ces fossettes irrésistibles...

Il tira de sa poche une pièce d'or, qu'il remit à lady Éléonore.

— J'achète l'ensemble, annonça-t-il. Voilà qui devrait convenir.

Alicia demeura bouche bée en le regardant s'emparer de toutes les fleurs, blanches, roses, bleues, jaunes ou pourpres. Puis il lui tendit l'énorme bouquet.

— Pour la dame de mon cœur...

Stupéfaite, Alicia serra les fleurs contre sa poitrine, respirant leur parfum enivrant. Elle était sans voix. Qu'est-ce qui avait poussé Wilder à ce geste ? Il devait y avoir un piège. Il en était toujours ainsi avec les crapules de son espèce. Dans une seconde, il allait leur assener des remarques cruelles, humilier sa mère jusqu'aux larmes.

Lady Éléonore tapait dans ses mains.

— Ah, monsieur, elle est bien jolie, déclara-t-elle. Et gentille, avec ça.

— Hum, répondit-il, une lueur moqueuse dans le regard. Nous formons un beau couple. Très bien assorti.

— On peut le dire, confirma la vieille dame en posant sur eux un regard attendri. Comme c'est romantique !

— Je suis ravi d'avoir votre approbation.

D'un geste vif, il attira Alicia contre son flanc, la tenant fermement par la taille. Chargée de ses fleurs, la jeune femme était incapable de le repousser.

— Dès notre rencontre, j'ai compris que nous étions faits l'un pour l'autre.

Il eut l'insolence de lui adresser un clin d'œil complice, comme si elle devait accepter de jouer le jeu face à sa mère.

Il méritait qu'elle lui crache au visage. Elle détestait sa façon de la serrer ainsi, comme si elle lui appartenait. Ce joueur invétéré ne l'avait tout de même pas gagnée aux dés !

Pourtant, il semblait avoir conquis sa mère, qui affichait un sourire de pur bonheur. Une étrange tendresse envahit le cœur d'Alicia, effaçant sa colère. Elle faillit sourire à son tour.

Quel insolent ! Toute cette comédie ne visait qu'à la séduire. Dylan aimait jouer avec les femmes. Il se moquait totalement de la vieille comtesse. Quand il en aurait assez de s'amuser, il l'enfermerait à l'asile.

Elle se libéra de son emprise.

— Venez, ordonna-t-elle à sa mère. Vous allez m'aider à disposer ces fleurs dans un vase.

Lorsque Wilder lui ouvrit la porte et l'aida galamment à entrer, lady Éléonore gloussa comme une enfant. Alicia le surveillait de près, guettant le moindre signe de mépris. Mais Dylan se montrait parfaitement courtois, accompagnant la comtesse, lui faisant mille compliments sur son extravagant chapeau.

Mme Molesworth apparut dans le vestibule.

— Madame la comtesse ! Vous nous avez fait peur !

La cuisinière posa un regard interrogateur sur Dylan.

Manifestement, elle ne le connaissait pas. Alicia n'avait pas l'intention de révéler son identité. Elle ne voulait pas transformer la maison en champ de bataille. Dylan s'en irait vite en comprenant qu'il n'avait aucune chance d'utiliser sa famille pour parvenir à ses fins.

Elle s'approcha de sa mère et reposa les fleurs dans le panier.

— Il va nous falloir un vase, déclara-t-elle en s'essuyant les mains. Vous voulez bien conduire ma mère à la cuisine ?

Mme Molesworth hocha la tête et entraîna lady Éléonore dans le couloir.

— Regardez ! s'exclama celle-ci en désignant le fond du panier. J'ai gagné une pièce d'or ! C'est le gentil monsieur qui me l'a donnée. Oh, je crois qu'il est vraiment amoureux de cette charmante jeune fille…

Alicia rougit violemment. Consciente de la présence de Wilder, elle chercha à préserver sa dignité. À son grand soulagement, Mme Molesworth se contenta de sourire aux divagations de la vieille dame. Les deux femmes disparurent dans l'escalier menant à l'office.

Pressée de se débarrasser de l'importun, Alicia se tourna vers lui. Mais l'oiseau s'était envolé. Le soleil inondait la pièce d'une lueur dorée.

Elle ne l'avait même pas entendu s'éloigner…

C'est alors qu'elle l'aperçut dans la bibliothèque, s'intéressant aux quelques livres qui restaient. Elle entra dans la pièce lugubre. Du temps de son père, les murs étaient tapissés d'ouvrages reliés. À présent, il n'y avait même plus de feu dans la cheminée. La jeune femme sentit son cœur se serrer au souvenir de ces jours heureux.

— Monsieur Wilder, je vous prie de vous retirer sans tarder…

Autant parler aux murs ! Il était plongé dans un texte ancien, concentré sur sa lecture.

— Vous possédez un exemplaire très rare de l'œuvre de Plutarque, murmura-t-il. Seigneur, je l'ai recherché dans tout Rome…

Wilder lisait donc le latin ? Alicia dissimula son étonnement. Aurait-il reçu une bonne éducation ?

Qu'importe ! Sa présence était indésirable.

— Posez ce livre, reprit-elle d'un ton sec. La prochaine fois que vous souhaiterez me parler, veuillez m'adresser un message. Je préfère éviter de vous recevoir sous mon toit.

— J'aimerais ajouter cet ouvrage à ma collection, répondit-il distraitement sans détacher les yeux du texte. Votre prix sera le mien.

— Il est à vous… pour vingt mille guinées.

Dylan esquissa un sourire.

— Bien joué, admit-il. Mais je passe.

Il referma le livre et le posa sur l'étagère. Puis il se tourna vers elle pour l'observer. À travers les volets clos, le soleil projetait sur son visage implacable des ombres inquiétantes.

Alicia s'humecta les lèvres. Le regard de Wilder était si intense qu'elle se sentait littéralement clouée sur place, mise à nu…

— J'ai vingt-trois guinées à vous remettre, déclara-t-elle. Je pense que vous déduirez de cette somme la pièce que vous avez donnée à ma mère…

— Certainement pas. C'était un cadeau.

Elle se crispa.

— La comtesse de Brockway n'est pas une mendiante. Nous ne voulons pas de votre charité.

Dylan leva les sourcils, amusé par cet orgueil. Puis il s'approcha de la jeune femme d'un pas souple et gracieux, ses bottes de cuir noires foulant le parquet nu.

Alicia ne pouvait s'enfuir. Son cœur battait la chamade. Les mains moites, elle se réfugia dans l'embrasure de la porte. Il n'y avait pas un bruit, pas même le tic-tac d'une horloge. Celle du salon avait été vendue avec le reste des meubles.

Dylan s'arrêta à quelques centimètres d'elle. Alicia dut serrer les dents pour ne pas défaillir. Jamais elle ne trahirait sa peur face à ce goujat !

Il effleura des doigts son cou gracile, son épaule, traçant un sillon brûlant sur sa peau nue.

Rassemblant ses dernières forces, elle recula d'un pas… et se retrouva plaquée contre le chambranle.

— Non ! Ne me touchez pas !

Il eut un sourire ravageur, la foudroyant de ses yeux bleu intense.

— Petite grincheuse ! Je voulais seulement ôter ce pétale de votre décolleté…

Doucement, il se pencha pour en humer le parfum. Une vague de chaleur envahit la jeune femme. Dylan cherchait surtout à sentir le parfum de sa peau, elle le savait pertinemment.

— Ne prenez pas cet air affolé, murmura-t-il. Je ne suis pas venu dans l'intention de vous séduire.

La prenait-il pour une idiote ?

— Eh bien, dites-moi ce que vous voulez et fichez le camp. Je ne veux pas que ma mère fonde en larmes en apprenant qui vous êtes.

— Je parie qu'elle n'a aucune idée des frasques de votre frère ou de votre situation financière. Ce n'est certainement pas vous qui iriez lui en parler.

Étonnée par sa clairvoyance, Alicia s'agrippa au chambranle.

— J'espère bien que vous ne lui en parlerez pas non plus, dit-elle. Je vous interdis de revenir chez moi.

Dylan parut agacé.

— Je ne vois pas l'intérêt pour moi d'importuner votre mère.

— Vous ne manqueriez pas de vous moquer d'elle à la première occasion ! Vous faites mine de plaisanter, mais vous riez d'elle.

— Je ne suis pas de ceux qui condamnent ce qu'ils ne comprennent pas.

Elle eut un rire méprisant.

— Expliquez-moi pourquoi vous feriez preuve de la moindre gentillesse à son égard. Donnez-moi une bonne raison !

Il haussa les épaules.

— Ma mère était actrice, déclara-t-il en faisant volte-face pour arpenter la pièce. Elle me demandait souvent de lui faire répéter ses rôles. Elle a tout joué. D'Ophélie, dans *Hamlet,* à Marie, reine d'Écosse... Elle jouait tout le temps, que ce soit dans la vie ou sur la scène...

Il s'arrêta devant la cheminée et reprit :

— Vous voyez, ce qui peut étonner certains ne me choque en rien. Vous viendrait-il à l'idée de vous moquer de moi et de ma mère ?

Alicia secoua la tête, intriguée par cette confidence. Elle imagina un petit garçon aux cheveux noirs, déclamant des vers, donnant la réplique à sa mère... Cette comparaison avec la comtesse, qui adorait se déguiser en fleuriste ou en Cléopâtre, était troublante.

Mais il y avait une différence importante : la mère de Wilder avait toute sa raison. Elle se mettait volontairement dans la peau d'un personnage.

— Joue-t-elle encore au théâtre ? s'enquit-elle.

— Elle est morte, répondit-il d'un ton dur. Mais assez parlé de moi ! Je suis venu discuter de nous deux.

Nous deux. La jeune femme frissonna.

— J'aurai bientôt un peu d'argent à vous verser, bredouilla-t-elle. Mon frère va vendre la jument...

Sa voix se brisa, mais elle parvint à se ressaisir.

— Voyez, nous faisons tout notre possible pour rembourser notre dette.

Wilder s'esclaffa.

— Même le plus beau des chevaux ne rapporterait qu'une infime partie de la somme.

— Vous devrez vous en contenter dans l'immédiat, lança-t-elle, le souffle court. À moins que vous n'acceptiez de me prendre pour maîtresse.

Alicia vit la fureur briller dans ses yeux bleus.

— Vous savez parfaitement ce que je veux. Je veux vous épouser.

— Vous me demandez l'impossible.

— Si vous vous inquiétez pour le sort de lady Brockway, je suis disposé à l'accueillir sous notre toit. Après tout, elle nous a donné sa bénédiction, ajouta-t-il d'un air mutin.

Elle le détesta encore davantage, pour avoir éveillé en elle une lueur d'espoir, tout comme il avait manipulé sa mère avec ses mensonges. Cet homme n'était pas digne de confiance. La simple pensée de l'avoir pour mari la rendait malade. Ce n'était qu'un joueur invétéré, un beau parleur, qui la menait en bateau. Son père avait été la proie de bandits de son espèce. À présent, Gérald suivait ses traces. Ce pauvre Gérald, si crédule, qui risquait de croupir au fond d'une cellule…

Pourtant, Wilder ne pouvait tout lui prendre. Elle avait encore sa maison, un refuge pour sa mère malade.

— Je vais hypothéquer la maison, annonça-t-elle. Ainsi, je serai en mesure de vous rembourser.

— Je crains que ce ne soit hors de question.

Il sortit de la poche de son manteau un document, qu'il lui tendit. Manifestement, il s'attendait à ce qu'elle vienne le chercher ! Elle eut envie de rester immobile. Mais si ce document concernait sa dette, il fallait qu'elle en prenne connaissance…

Redressant les épaules, elle avança lentement vers lui. Son regard perçant pesait sur elle. Cet homme lui faisait un peu peur. Mais elle s'efforçait de dissimuler ce sentiment.

Leurs doigts se frôlèrent furtivement.

Alicia réprima un frisson et s'éloigna. Elle gagna la fenêtre pour déchiffrer l'écriture en lettres noires. L'écriture de Gérald, sur un document officiel… À mesure qu'elle lisait, elle sentit sa gorge se nouer.

C'était un acte légal. Au nom de Dylan Wilder.

Gérald avait perdu la maison au jeu.

4

— Je suis désormais le propriétaire de cette maison.

Sa voix résonna dans la pièce comme dans un tunnel. Le souffle coupé, Alicia dut s'appuyer contre la fenêtre. Dans le silence qui suivit, elle vit une fine poussière voleter au soleil. D'une main tremblante, elle tenait encore le document.

Sa mère avait perdu son refuge à tout jamais.

— Je vous écoute, insista Dylan en posant une main ferme sur son épaule. Avez-vous quelque chose à me dire ?

Abasourdie, elle secoua la tête. Tout à son émotion, elle ne l'avait pas entendu s'approcher. Elle ne sursauta même pas à son contact, devinant le tissu anthracite de son costume et ses boutons argentés, sans parvenir à détacher le regard de l'acte de cession. Il signait l'arrêt de mort de sa pauvre mère.

— Vous n'allez pas vous évanouir, j'espère…

— M'évanouir ?

— Vous êtes livide. Vous n'avez donc plus aucune chaise, dans cette maudite demeure ?

— J'ai tout vendu.

Elle n'évoqua pas les trois sièges du salon. Qu'allait-il advenir de sa mère, à présent ?

— Vous devrez vous contenter d'une marche d'escalier, dans ce cas. Venez.

Il prit la jeune femme par le poignet, posant ses longs doigts sur sa peau glacée. Alicia réagit comme un automate. Elle le suivit, le cœur battant à tout rompre.

Ainsi, Dylan Wilder avait réussi à convaincre Gérald de lui céder la maison... Pourquoi son frère ne lui en avait-il pas parlé ?

Alicia ne comprenait pas la trahison de son frère. Désormais, Dylan Wilder avait brisé ses dernières défenses. Elle se retrouvait à la rue.

À moins que, la mort dans l'âme, elle n'accepte de l'épouser.

Soudain, elle vit des taches noires danser devant ses yeux. Prise d'un malaise, elle trébucha sur le seuil. Le document lui glissa de la main et tomba sur le carrelage du vestibule. Étouffant un cri, elle se pencha pour le ramasser.

Wilder fut le plus prompt. Il saisit la feuille et la rendit à la jeune femme. Lorsque leurs doigts se frôlèrent, Alicia ressentit comme une brûlure.

Elle se raidit. Dylan aussi. Leurs regards se croisèrent. Il fronça ses épais sourcils noirs, les yeux vrillés sur son visage. Si elle n'avait pas connu cet homme, elle aurait juré qu'il s'inquiétait pour elle.

Or Dylan se moquait éperdument de son bien-être. Il n'hésiterait pas une seconde à la jeter à la rue avec sa famille. De quel droit pouvait-il détruire trois vies humaines ?

Il posa la main sur sa joue.

— Vous êtes glacée...

Cette compassion feinte brisa les dernières résistances de la jeune femme.

— Bandit ! hurla-t-elle, folle de rage, en se redressant d'un bond.

Dylan recula vivement, retrouvant avec peine son équilibre. Il la toisa, les yeux étincelants de colère.

— Mégère ! rétorqua-t-il sur le même ton. Si vous croyez m'impressionner...

— Ne vous avisez plus jamais de poser la main sur moi ! gronda-t-elle en froissant le document pour le lui jeter au visage.

Il le saisit au vol.

— Un mari a le droit de toucher sa femme.

— Vous n'êtes pas mon mari !

— Je le serai bientôt. Dès que toutes les formalités seront réglées.

Irritée par tant d'arrogance, elle chercha à se ressaisir. Plus jamais elle ne perdrait le contrôle d'elle-même devant ce mufle ! Elle releva fièrement le menton.

— Il nous reste encore un petit domaine à la campagne. Nous irons nous réfugier là-bas.

— C'est une maison en ruine ! Elle est inhabitable.

Alicia était sidérée. Wilder était décidément bien informé. Deux ans plus tôt, un incendie avait ravagé le manoir du Northumberland.

— Je trouverai un autre mari, un noble.

— Avec une mère folle ? Vous rêvez, ma chère !

D'un air très concentré, il lissa le document et le glissa dans sa poche.

— Je crois savoir que les nobles accordent une grande importance à la pureté du sang, reprit-il. Même le marquis de Hailstock ne peut tolérer une tare dans sa famille.

Alicia tressaillit. Comment était-il au courant de tout cela ? Comment avait-il appris que Richard ne voulait l'épouser que si sa mère allait à l'asile ?

Puis elle comprit.

— Vous m'avez espionnée, accusa-t-elle.

— Il est primordial de connaître ses adversaires.

La jeune femme fut choquée. La défaite avait un goût amer. Wilder la tenait à sa merci. Il lui avait tout pris.

— Pourquoi moi ? s'enquit-elle. Il existe une foule de ladies ruinées qui seraient disposées à vous épouser pour votre argent. Des dames issues de lignées plus prestigieuses que la mienne.

Dylan haussa les épaules.

— Peut-être, concéda-t-il. Mais le destin en a décidé ainsi. Vous convenez parfaitement à ce que je recherche.

À ce qu'il recherchait... Ce goujat la considérait comme une jument qu'on achète à la foire.

— Je vais réfléchir, répondit-elle froidement. À deux conditions, cependant. D'abord, vous signerez un document légal m'accordant la tutelle exclusive de ma mère. Elle vivra sous mon toit jusqu'à la fin de ses jours. Jamais je ne vous laisserai l'enfermer dans un trou à rats où elle subirait les pires sévices.

La mâchoire de Dylan se crispa.

— Je vous l'ai déjà dit, je n'ai aucune animosité envers lady Brockway.

— Pourquoi devrais-je faire confiance à une brute qui contraint une femme désespérée au mariage ?

Le cœur serré, la jeune femme secoua la tête et ajouta :

— Vous signerez ce document, sinon je ne vous épouserai pas.

Dylan hocha vivement la tête.

— À votre guise... Quelle est l'autre condition ?

— Notre mariage ne sera pas consommé.

Le rire de Wilder résonna dans le vaste vestibule.

— Ne soyez pas ridicule ! Hier, vous étiez disposée à devenir ma maîtresse !

Elle sentit ses joues s'empourprer de colère.
— Les règles du jeu ont changé.
— Charmante petite vierge effarouchée, commenta-t-il, la mine réjouie, vous n'imaginez pas les plaisirs dont vous vous priveriez…
Son sourire insolent ne fit qu'attiser la fureur d'Alicia. Toutefois, au lieu de se jeter sur lui comme une vulgaire poissonnière, elle s'efforça de rester digne.
— Je vous assure, monsieur Wilder, que je n'ai jamais été aussi sérieuse. Je ne vous ouvrirai pas la porte de ma chambre. Jamais.
— On regrette souvent les serments prêtés sous le coup de la colère.
— Manifestement, vous ne fréquentez que la racaille dénuée de tout sens moral.
— Au lit, la morale est une piètre partenaire.
Alicia pinça les lèvres, avant de rétorquer :
— Le marché est équitable. Je demande l'annulation de la dette de mon frère et vous avez besoin d'entrer dans la haute société. Je ne vous devrai rien de plus.
Il l'observa, quelque peu intrigué. Il ressemblait à un voyou déguisé en gentilhomme. Alicia devinait souvent les pensées des gens, mais pas celles de Dylan Wilder. Après tout, n'était-il pas issu des bas-fonds, là où l'honneur n'est qu'une faiblesse ?
— J'accepte, à une condition : vous permettrez que j'essaie de vous attirer dans mon lit.
La jeune femme s'imagina nue, allongée près de lui, langoureuse. Elle dut réprimer un frisson en sentant une chaleur troublante l'envahir.
— Non ! Vous risqueriez de vous imposer à moi par la force.
Les yeux impénétrables de Dylan la toisèrent, non sans malice.

— Bien au contraire... Vous ne vous sentez pas capable de me résister, n'est-ce pas ?

Elle le considéra avec dédain.

— Vous avez une bien haute opinion de vous-même. Je préfère embrasser un hérisson que céder à vos avances.

Le sourire de Dylan s'élargit, révélant des dents d'une blancheur étincelante.

— Vous avez encore beaucoup à apprendre dans l'art du baiser.

— Et vous dans le domaine des bonnes manières.

— Je propose que nous nous éduquions l'un l'autre...

Il s'approcha de la jeune femme. Malgré la panique qui s'emparait d'elle, elle refusa de reculer. Allait-il l'embrasser ? Lui montrer comment une crapule de son espèce s'y prenait pour séduire une honnête femme ? S'il osait la ridiculiser une fois de plus...

Mais il ne la toucha pas. Il enfila son manteau et plaqua les mains sur ses hanches, dans une posture nonchalante.

— Alors, lady Alicia ? Donnez-moi votre réponse avant de me faire effectuer le tour du propriétaire.

Elle ne supportait pas l'idée d'obéir à cet être suffisant.

— Vous avez l'intention de vous installer ici ? railla-t-elle.

— En fait, nous habiterons ma maison, près du cercle de jeu.

— Jamais sans ma mère. Et vous permettrez à Gérald de rester ici.

— D'accord.

Ses exigences semblaient amuser Dylan plus qu'elles ne l'irritaient.

— À présent, promettez-moi de m'épouser.

Alicia leva la tête vers lui. Elle rassembla son courage, croisa nerveusement les doigts.

— Seulement si vous jurez de cesser de me poursuivre de vos assiduités dès que je le demanderai.

Le sourire rusé réapparut sur les lèvres de Dylan.

— Si toutefois vous me le demandez…

Il la caressa longuement du regard, s'attardant sur ses hanches, ses seins, jusqu'à ce qu'elle ressente des picotements sur sa peau.

— Sous vos grands airs, comtesse, vous êtes une femme de chair et de sang. Avant la fin de la saison londonienne, vous me supplierez de vous accueillir dans mon lit.

Elle tressaillit.

— C'est une menace ?

— C'est une promesse…

Dans la chambre principale, la pénombre s'installait peu à peu. Près de la table de chevet, Alicia versa quelques gouttes de laudanum dans une tasse de tisane. Elle y ajouta un peu de sucre en poudre et remua le breuvage pour le dissoudre. Puis elle se tourna vers sa mère, allongée dans le lit à baldaquin.

— Votre potion est prête.

Appuyée sur deux oreillers, lady Éléonore semblait perdue dans ce grand lit drapé de velours rose un peu fané. Un bonnet de dentelle était perché sur ses cheveux gris. Elle gardait sa capeline de fourrure près d'elle, comme un enfant s'attache à une vieille couverture. La lueur de la chandelle faisait briller ses yeux bleus.

— Ah, tu es gentille, dit-elle en prenant la tasse de porcelaine avec précaution. Dieu te bénisse de t'occuper de moi. Il fait trop froid pour dormir dehors, même pour une mendiante.

Alicia dissimula une grimace. La comtesse de Brockway n'avait jamais passé la nuit dans la rue, et elle ne le ferait jamais. Les deux femmes partageaient cette chambre car il était plus économique de chauffer une seule pièce. De plus, Alicia pouvait surveiller sa mère à tout moment. Avant que le médecin ne lui prescrive du laudanum, il lui arrivait d'errer dans la maison en pleine nuit. Elle s'aventurait dans le grenier pour fouiller les malles de vieux vêtements. Alicia redoutait que sa mère ne renverse une chandelle et ne mette le feu à la maison. Sans parler des risques de chute.

Un jour, après avoir enfilé une somptueuse robe digne de la reine de Saba, lady Éléonore avait trébuché dans l'escalier. Elle avait dû rester alitée pendant quinze jours, souffrant d'une entorse à la cheville. Une autre fois, se prenant pour Jeanne d'Arc, elle avait saisi un bouclier et une épée, et s'apprêtait à sortir dans la nuit glaciale pour affronter un ennemi invisible…

Il lui fallait un ange gardien, et non un diable de gendre qui allait l'arracher à son environnement familier.

Déchirée par la cruauté du destin, Alicia caressa les cheveux gris de la vieille dame.

— Buvez, dit-elle doucement. Jusqu'à la dernière goutte.

Docile, la comtesse avala sa tisane, puis lui rendit la tasse vide. Elle s'essuya les lèvres avec un mouchoir en dentelle qu'elle glissa dans sa manche. Enfin, elle s'allongea, tandis qu'Alicia s'installait à son tour sous les couvertures.

Lady Éléonore émit un soupir d'aise.

— Tu sais, chérie, que ce garçon a décidément quelque chose de familier…

— Qui ?

— Ce charmant jeune homme que tu fréquentes. Peut-être m'avait-il déjà acheté des bouquets ?

Alicia se raidit, cherchant à ne pas montrer sa rancœur.

— Vous devez le confondre avec un autre.

— On n'oublie pas facilement un garçon aussi séduisant. Il doit être fou amoureux, pour t'offrir toutes ces fleurs. Ah, c'est si romantique...

Alicia n'osait regarder le vase, contenant les fleurs flétries, qu'elle avait posé sur la cheminée pour faire plaisir à sa mère. Elle en voulait terriblement à Dylan d'avoir usé de son charme pour abuser une femme vulnérable. Pourtant, que cela lui plaise ou non, il allait bientôt faire partie de sa vie. C'était son devoir.

Selon son souhait, elle lui avait fait faire le tour du propriétaire. Il s'était montré parfaitement courtois, même si elle ne lui accordait aucune confiance...

— Il s'appelle Dylan Wilder, expliqua-t-elle en se mordant la lèvre.

Dans la soirée, elle s'était forcée à écrire une lettre pour lord Hailstock, l'informant de son prochain mariage. Le moment était venu d'annoncer la nouvelle à sa mère.

— Désormais, vous le verrez plus souvent. Aujourd'hui, nous... nous nous sommes fiancés.

La vieille dame cligna les yeux. Son regard se riva sur sa fille, plus lucide que d'habitude.

— Alicia ? fit-elle rêveusement. Ai-je bien entendu ? Tu vas te marier ?

Son intonation élégante et distinguée surprit la jeune femme. Ravie par cette métamorphose, elle se mit à genoux.

— Oui, murmura-t-elle. Oh, mère... maman...

Les yeux embués de larmes, elle lui sourit. Ces rares moments de lucidité étaient comme un rayon de soleil. Ils duraient même parfois quelques heures. Mais pourquoi en cet instant précis, alors qu'elle n'osait exprimer ses craintes, ses incertitudes ?

La comtesse prit la main de sa fille.

— Ma chérie, c'est une merveilleuse nouvelle. Qui est donc ce M. Wilder ? Pourquoi ne l'ai-je jamais rencontré ?

— Tout s'est passé très vite, répliqua Alicia, éludant la question. Disons qu'il s'agit d'un coup de foudre.

Sa mère plissa le front. L'effroi se peignit sur ses traits.

— Seigneur ! dit-elle en se redressant sur un coude. J'ai encore perdu la tête, n'est-ce pas ?

— Vous avez été... souffrante. Mais je suis sûre que vous allez mieux, maintenant.

— Quel jour sommes-nous ? De quel mois ?

— Le 11 avril.

— Doux Jésus ! Mon dernier souvenir remonte à Noël, quand Gérald m'a offert un superbe bouquet de fleurs.

La comtesse secoua tristement la tête.

— Que m'arrive-t-il donc ?

Cherchant à maîtriser le tremblement de ses mains, Alicia lui caressa le bras.

— Tout va s'arranger, assura-t-elle d'une voix apaisante. Vous êtes fatiguée, c'est tout. Vous avez du mal à vous concentrer. Fermez les yeux, et reposez-vous. Je répondrai à vos questions plus tard.

La comtesse obéit.

— Tu as toujours été une fille adorable. Je ne veux pas t'encombrer de ma présence...

— Ce n'est pas le cas ! Vous êtes ma fierté et ma joie, répondit Alicia avec ferveur en embrassant sa mère sur la joue.

— Je suis un peu bête, n'est-ce pas ? Ton père se moquait toujours de mes lubies.

Elle esquissa un sourire nostalgique, qui effaça la tension de son visage. Puis elle se tourna sur le côté.

— Demain, nous nous occuperons des préparatifs, décida-t-elle. Et tu devras inviter ton fiancé, pour que je fasse sa connaissance. Si tu l'aimes, je l'aimerai aussi.

— Bien sûr, répondit Alicia, le cœur serré.

— Ce sera l'événement de la saison, reprit lady Éléonore. Ton frère t'accompagnera jusqu'à l'autel de l'église St. George. Tu porteras un bouquet de lys orné de rubans de satin blanc…

Sa voix s'éteignit. Très vite, son souffle régulier indiqua à Alicia qu'elle s'était endormie.

Une mélancolie familière s'empara de la jeune femme. Au matin, la comtesse aurait sans doute tout oublié. Elle se rappelait des détails très anciens de façon précise, alors que les événements quotidiens lui échappaient totalement. Dans ce cas, ces absences étaient cependant une bonne chose. Pourvu que sa mère ne découvre jamais les circonstances de ce mariage, ou la véritable nature de l'homme qu'elle allait épouser…

Avant la fin de la saison, vous me supplierez de vous accueillir dans mon lit.

Trop nerveuse pour dormir, elle saisit un chandelier et gagna la porte. Grâce au laudanum, sa mère passerait une bonne nuit de sommeil. Alicia pouvait la laisser seule sans crainte. Elle allait descendre à la cuisine pour se préparer une tasse de thé. Ensuite, elle chercherait à oublier ses soucis dans la lecture. Une ou deux heures passées à déchiffrer un texte latin lui changeraient les idées. Surtout un auteur tel que Plutarque…

Ainsi, Dylan Wilder avait sillonné la ville de Rome en quête de cet ouvrage particulier ? La collection de livres anciens était-elle donc une activité si lucrative ? Le propriétaire d'un cercle de jeu ne pouvait s'intéresser à la littérature latine sur un plan purement intellectuel. Sinon, quand aurait-il le temps de dépouiller ses clients et de séduire les catins ?

Quand pourrait-il s'acharner sur des veuves démentes et des comtes crédules ? Ou compromettre une femme désespérée ?

Sentant monter sa colère, Alicia pénétra dans le couloir sombre. Aussitôt, elle heurta une silhouette.

Un cri de douleur fusa.

À la lueur de sa chandelle, elle reconnut son frère. Celui-ci sautillait, se tenant un pied. Il était décoiffé, la cravate dénouée, et tenait sous le bras un petit coffret.

— Aïe ! Tu m'as marché sur le pied !

— Chut ! fit Alicia en refermant la porte de la chambre. Tu vas réveiller mère. Elle vient de prendre son médicament.

— Tu as failli me brûler, par-dessus le marché, protesta le jeune homme. Tu devrais faire attention.

— Enfin ! Tu es rentré ! Nous devons discuter, déclara Alicia en saisissant son frère par le bras pour l'entraîner vers le grand escalier. Dylan Wilder est venu, aujourd'hui. Il m'a parlé d'un petit détail concernant la maison.

— Ah… ça… bredouilla Gérald, agrippé à son coffret, les épaules voûtées. Je voulais t'en parler, je te le jure.

— Quand ? Une fois que nous aurions reçu l'avis d'expulsion ?

Il écarquilla les yeux.

— Il m'a promis de ne pas nous mettre dehors. Je vais lui apprendre, moi, à revenir sur sa parole !

Gérald voulut se précipiter dans l'escalier, mais sa sœur lui barra la route. La flamme de la chandelle vacilla lorsqu'elle posa la main sur sa poitrine.

— M. Wilder n'a rien affirmé de tel. Au contraire, il a accepté d'effacer ta dette. Vois-tu, je vais l'épouser, expliqua-t-elle, la gorge nouée.

— L'épouser ? répéta Gérald, éberlué. Tu vas épouser ce saligaud ?

— Oui.

— Mais... tu n'es pas son genre. Il aime plutôt les filles qui...

Gérald s'éclaircit la gorge, les joues empourprées.

— Il apprécie les filles... communes.

Alicia ravala son amertume.

— Qu'importe, nous avons conclu un accord. Nous nous marierons dès que toutes les formalités seront réglées.

— Non ! Je trouverai la somme ! s'exclama-t-il en posant son coffret à terre.

Il s'agenouilla et souleva le couvercle. La lueur de la chandelle révéla quelques pièces d'or.

— Ce n'est pas grand-chose, soupira-t-il, mais Wilder les acceptera peut-être en acompte.

Soudain, comprenant la situation, Alicia se calma un peu.

— Tu as vendu la jument.

— Chesterfield m'en a donné deux cents guinées. Il a négocié avec acharnement, le bougre, mais au moins elle sera bien traitée, chez lui.

— Oh, Gérald...

Émue jusqu'aux larmes, elle se pencha pour enlacer son frère. Ses cheveux fins effleurèrent sa joue.

Se relevant d'un bond, il frappa rageusement la rampe du poing.

— Nom de Dieu ! Si j'avais le talent de Wilder, je transformerais ces deux cents guinées en vingt mille. Ce monstre y parviendrait en une nuit de jeu.

— Il n'est pas question que tu rejoues aux cartes ! s'écria Alicia, angoissée à l'idée que son mariage allait inciter son frère à fréquenter ce milieu impitoyable. Promets-moi de ne jamais te rendre au cercle de Wilder.

— Mais tout le monde y va ! C'est un endroit très élégant. Il n'y a aucun mal à dîner entre amis, de temps en temps.

— Promets-le-moi, Gérald, insista-t-elle.

— Je connais mon devoir envers toi et mère, dit-il. Je ne jouerai plus jamais.

— Je l'espère.

Alicia n'était pas rassurée pour autant.

— Tu devrais savoir que M. Wilder n'accepte aucun paiement partiel. Tout ce qu'il veut, c'est m'épouser.

Gérald ouvrit la bouche pour protester. Puis il s'écroula sur la première marche de l'escalier et leva vers sa sœur un regard atterré.

— C'est injuste… Tout est ma faute.

Aux yeux d'Alicia, le seul responsable était Dylan Wilder.

— Ce qui est fait est fait, affirma-t-elle avec un sourire forcé. Tout se déroulera pour le mieux. Toi et mère, vous aurez un foyer confortable et de quoi manger à votre faim. C'est le plus important.

Son frère secoua la tête.

— Tu te sacrifies pour nous. Je ne peux pas te laisser commettre une telle erreur.

— Il le faut, décréta-t-elle avec un rire insouciant. Allons, Gérald, ne fais pas cette tête ! Bien des femmes se marient pour l'argent. En vérité, je serai ravie d'aller de nouveau à des réceptions, de porter de belles toilettes.

— Mais le… le devoir conjugal ? s'enquit le jeune homme, un peu gêné.

Avant la fin de la saison, vous me supplierez de vous accueillir dans mon lit.

Réprimant un frisson d'effroi, elle inspira profondément.

— Il a promis qu'il n'exigerait rien de moi. Tu vois, c'est un accord entre nous, rien de plus.

Gérald sembla reprendre espoir.

— Ainsi, tu n'es pas trop fâchée ? Je n'accepterais pas ce mariage s'il t'inspirait le moindre dégoût. Malgré ses origines modestes, Dylan Wilder peut se conduire en gentleman.

« C'est plutôt une crapule de la pire espèce », songea la jeune femme. Mais elle garda cette réflexion pour elle.

Espérant que Dieu lui pardonnerait ses mensonges, elle affirma :

— Bien sûr que je ne suis pas fâchée ! Je serai contente d'être à nouveau riche. Et de savoir que nos problèmes sont enfin résolus.

5

Par une ouverture pratiquée dans le mur, les notes assourdies du violon et du piano envahissaient le bureau éclairé aux chandelles. La musique provenait du salon, à l'étage inférieur, où d'élégants messieurs jouaient leur fortune sur un coup de dés. Un système de sonorisation, spécialement conçu par Dylan, propageait la mélodie dans toutes les pièces de la maison. Ce système unique distinguait le cercle de jeu de tous les autres de St. James' Street. Dans une atmosphère de sérénité et de raffinement, les joueurs avaient tendance à se laisser aller à de plus gros paris.

D'ordinaire, il se joignait à sa clientèle, flânant de table en table, surveillant discrètement le déroulement des jeux, félicitant les gagnants, consolant les perdants.

Ce jour-là, toutefois, il célébrait ses fiançailles. Le premier pas vers la vengeance suprême… Si ses calculs étaient exacts, il risquait à tout moment de recevoir une visite.

Installé dans un fauteuil de cuir, près de la cheminée, Dylan caressait une superbe rousse vêtue de soie verte, qui se pendait à son cou. Lydia s'était faufilée discrètement dans l'escalier, comme chaque fois qu'elle avait un peu de temps libre. Actrice en vogue, elle interprétait actuellement un grand rôle au théâtre de Covent Garden. Elle aurait pu se faire entretenir par n'importe quel amant, mais c'est toujours vers Dylan qu'elle revenait. Il appréciait beaucoup sa sensualité torride.

Pourtant, ce soir, ses minauderies l'agaçaient. Il avait eu tort de la laisser s'attarder. Même ses courbes enchanteresses ne parvenaient pas à le distraire. Depuis quelque temps, Dylan ne songeait plus qu'à une jeune comtesse blonde, bien trop froide et hautaine à son goût.

Notre mariage ne sera pas consommé.

Ainsi, Alicia refusait qu'il s'impose à elle...

— Je suis désolé, Lydia, mais je vais te demander de partir, déclara-t-il soudain.

La jeune femme haussa des sourcils parfaitement dessinés. Mutine, elle lui prit la main et la guida vers les plis de son jupon.

— Comment ? Mais nous venons à peine de commencer... susurra-t-elle.

Dylan crispa les doigts sur une cuisse laiteuse et ferme. Lydia l'aurait volontiers épousé. Par le passé, il avait croisé bien des femmes désireuses de lui mettre la corde au cou. À l'époque, il ne cherchait qu'à prendre le plaisir que ces créatures de rêve lui offraient si volontiers.

Lady Alicia Pemberton était différente. Ce qu'il éprouvait pour elle allait au-delà du simple désir de vengeance. C'était un sentiment de possession, qui commençait à l'obséder. En deux rencontres, Alicia avait réussi à l'étonner, à l'insulter, l'amuser, le fâcher, l'exciter et l'intriguer tour à tour ! En dépit de ses origines nobles et de ses manières guindées, elle faisait preuve d'une loyauté à toute épreuve envers sa mère. Dylan admirait son courage et sa ténacité.

En même temps, il lui en voulait de le détourner de son projet initial. Alicia représentait le fruit défendu, rien de plus. Dès qu'il l'aurait mise dans son lit, elle perdrait tout son attrait. Il ne ressentirait sans doute plus le moindre désir pour sa noble épouse...

Plus déterminé que jamais, il assena à Lydia une fessée vigoureuse.

— J'attends une visite, déclara-t-il. Tu tombes mal, chérie.

— Allez, une petite fois, rien qu'une, ronronna-t-elle en se frottant contre lui. Passons-nous à côté... ou préfères-tu rester ici ?

Dylan avait fait installer un boudoir dans la pièce attenante, pour ses soirées de débauche. Toutefois, il ne ressentait guère de désir en cet instant.

— Ni l'un ni l'autre. Je suis désolé, il faut vraiment que tu rentres chez toi.

Lydia pinça les lèvres. Refusant de céder à ses caprices, Dylan l'entraîna vers la porte et l'embrassa furtivement.

— Allez, file sans faire d'histoires. Demain, tu recevras une surprise de chez le bijoutier.

Il se garda d'informer sa maîtresse de ses projets de mariage. Il ne souhaitait pas rompre avec elle mais, au moindre problème, il changerait sans difficulté de partenaire. Le monde fourmillait de femmes faciles.

En la faisant sortir, il vit Fergus MacAllister descendre le couloir, l'air furibond. Mais ce n'est pas cette humeur noire qui intéressait Dylan : c'est l'homme qui talonnait le majordome.

Richard, marquis de Hailstock.

Il arrivait à l'heure prévue.

Dylan poussa gentiment sa maîtresse dans l'autre direction.

— File !

L'actrice s'éloigna d'un pas sautillant, lui envoyant un dernier baiser par-dessus son épaule. Puis elle emprunta l'escalier de service menant à l'office.

— Eh bien, grommela Fergus, c'est un vrai défilé, ce soir ! On ne peut pas dire que l'on ne croise que des anges, dans ces couloirs...

Il foudroya une nouvelle fois Dylan du regard, puis désigna le marquis.

— Je lui ai dit d'attendre en bas, mais il n'a rien voulu entendre.

— Quelle insolence de la part d'un domestique ! s'insurgea Hailstock. Restez donc à votre place...

— Vous également ! répliqua Dylan sur le même ton. Je vous rappelle que vous êtes ici chez moi.

Il renvoya Fergus d'un geste de la main et introduisit Hailstock dans l'antichambre de son bureau.

L'agacement de Dylan fit place à de la jubilation lorsqu'il saisit un verre en cristal. Il y versa un liquide ambré, puis se tourna vers son visiteur. Crispé, celui-ci s'était planté au milieu du tapis d'Orient.

— Du cognac ? proposa Dylan en levant son verre. Il est excellent. Le même que Bonaparte.

— Au diable vos alcools de contrebande ! gronda le marquis. Il ne s'agit pas d'une visite de courtoisie, et vous le savez très bien !

— Comme vous voudrez...

Dylan but une longue rasade d'alcool, puis alla se percher sur le bord de son bureau. Malgré sa nonchalance apparente, il sentit à peine le goût du cognac dans sa gorge.

Cela faisait vingt ans qu'il n'avait pas vu le marquis d'aussi près. Hailstock avait désormais les cheveux striés de gris et un léger embonpoint. Des rides sillonnaient ses traits d'aristocrate. Pourtant, il n'avait pas vraiment changé. Ses yeux gris affichaient toujours cet air supérieur et méprisant, ce rictus de dédain qu'il avait croisé à l'âge de dix ans. Il émanait du marquis une arrogance sans limites. Son costume bleu foncé et sa culotte fauve provenaient de chez le meilleur tailleur de Bond Street. Sa montre en or venait de chez Locke, et ses boutons de manchettes ornés de diamants de chez Gray. Quant à ses chaussures de cuir, elles portaient la marque du célèbre Wilson.

Dylan observait Hailstock depuis vingt ans. Il n'ignorait rien des petites habitudes de son père.

— Votre prix sera le mien, déclara Hailstock d'un ton acerbe. Croyez-moi, vous ne regretterez pas d'annuler vos fiançailles avec lady Alicia.

— Pas question.

Le marquis fit un pas vers lui.

— Scélérat ! Vous l'avez obligée à vous épouser en poussant son frère à la ruine. Mais Alicia n'est pas un lot que l'on gagne au jeu. Vous allez la traîner dans la fange.

Dylan sentit sa gorge se nouer. Il vida son verre et le posa avec soin sur le bureau en acajou.

— Peut-être, répondit-il, le regard vrillé dans celui du marquis. Mais elle sera à moi, et non à vous… père.

Hailstock eut l'impression que, dans la cheminée, le feu venait de s'éteindre. Même la musique parut baisser d'intensité. Une sorte de stupeur envahit le marquis qui demeura pétrifié, le souffle coupé.

— Vous n'êtes pas mon fils ! répliqua-t-il enfin, la mâchoire crispée. Je n'ai qu'un fils, James, mon héritier.

Dylan s'attendait à cette réponse. Il l'avait déjà entendue à une occasion – un jour funeste, qui restait gravé dans sa mémoire à tout jamais.

La douleur de cette première rencontre avec son père resurgit soudain. Il s'efforça de penser à un autre tournant de sa vie, à ce matin où il s'était agenouillé au chevet de sa mère mourante, à Édimbourg, enfant de dix ans sur le point de perdre le seul parent qu'il connaissait. Jamais il n'oublierait la peur qui l'avait étreint.

Mary Wilder avait toussé, crachant du sang dans son mouchoir. D'une main tremblante, Dylan lui avait tendu un verre d'eau. L'enfant sentait que quelque chose n'allait pas, mais il refusait de croire au pire. Les joues roses de sa mère avaient fait place à un teint gris. Depuis des jours, elle n'avait plus la force de monter sur scène.

Elle avait avalé une gorgée d'eau et laissé sa tête retomber sur l'oreiller.

— Cette fois, je meurs, avait-elle soufflé.

— Ne dites pas cela, mère ! Nous resterons toujours ensemble.

Elle lui avait caressé les cheveux avec tendresse.

— Non, mon fils… C'est impossible. Tu sais, je n'ai jamais réussi à avoir un enfant… jusqu'à ta venue. J'en ai perdu tant… Tu es un don du Ciel. Mais aujourd'hui, tu dois te rendre chez ton père.

— Je préfère rester avec Fergus !

— Fergus t'accompagnera, mais il n'est pas ton père. Le marquis de Hailstock est un seigneur très puissant. Son sang noble sera pour toi un atout précieux.

Elle lui avait glissé dans la main une épingle de cravate ornée d'un diamant.

— Voici la preuve de tes nobles origines. Je voulais la vendre pour te nourrir, mais j'ai toujours réussi à m'en sortir.

— Mais… je ne veux pas !

— Un garçon a besoin de son père. Le marquis

t'aimera quand il verra quel bel enfant tu es. Promets-moi d'aller le voir lorsque je serai partie…

Affligé par le chagrin, l'enfant n'avait pas osé refuser.

Quelques semaines plus tard, après l'enterrement de sa mère, par une froide journée d'automne, Fergus et lui avaient pris le chemin de l'Angleterre. Dylan avait beaucoup pleuré sa mère dans la diligence, tout en rêvant d'un père bienveillant.

Mais, devant la somptueuse demeure de Mayfair, il s'était fait refouler par le majordome du marquis.

Désespéré, il était entré de force, laissant Fergus en retrait. Poursuivi par les domestiques, il avait couru de pièce en pièce, toutes plus magnifiques les unes que les autres, jusqu'à un vaste salon où il avait surpris le marquis, assis par terre, en train de jouer aux soldats de plomb avec un bel enfant de deux ans, son fils James.

Le demi-frère de Dylan. L'héritier légitime.

Il s'était jeté aux pieds du marquis, avait balbutié sa supplique. Mais son père l'avait froidement rejeté. En découvrant l'épingle de cravate, il avait affiché un rictus d'effroi. Il avait ordonné à ses domestiques de le chasser…

Plongeant les yeux dans le regard du marquis, Dylan revint au présent.

— Vous pouvez me renier aussi longtemps que vous voudrez, dit-il. Le fait demeure que, après avoir vu ma mère jouer dans une pièce à Édimbourg, vous l'avez séduite.

— C'est ce qu'elle vous a raconté ! cracha Hailstock avec mépris. Je n'ai jamais rencontré cette garce !

Brûlant de rage, Dylan se retint de se jeter sur lui. Il ne servait à rien de le frapper. Il y avait d'autres moyens de l'humilier.

Il fit le tour du bureau et ouvrit un tiroir. Il en tira l'épingle de cravate en forme de H.

— Vous lui avez remis ceci pour acheter son silence.

— Cela prouve uniquement que vous êtes un voleur ! répliqua le marquis.

— Ou vous, un menteur.

Dylan rangea l'objet dans le tiroir.

— Les choses ne se sont pas vraiment déroulées comme vous vous y attendiez, n'est-ce pas ? reprit-il. Votre bâtard est devenu un homme riche. Et votre fils légitime un infirme… par votre faute.

Hailstock blêmit. Il agrippa le dossier d'une chaise. Sa chevalière scintilla à la lueur des flammes.

— Crapule ! Si vous osez impliquer James dans nos histoires, je vous anéantirai !

Dylan ne pouvait reprocher au marquis de protéger le jeune homme de vingt-deux ans, cloué au lit. Son père lui avait offert un cheval pour ses dix-huit ans. Le même jour, James avait fait une chute très grave.

— Vous avez de la chance, monsieur le marquis. Je me moque éperdument de James. C'est lady Alicia qui m'intéresse.

— Vous n'êtes pas digne d'elle, décréta Hailstock. Ce mariage serait une mascarade grotesque !

— Mais il me permettra d'entrer dans la haute société. Ainsi, votre bâtard sera invité aux mêmes réceptions que vous…

Hailstock fulminait.

— Tel est donc votre plan machiavélique ! Laissez tomber. Si vous prétendez avoir le moindre lien de parenté avec moi, personne ne vous croira. Ce sera votre parole contre la mienne.

— Je n'ai aucune intention de révéler la vérité sur mes origines. Du moins pour l'instant…

Il voulait d'abord voir son père souffrir, comme il avait souffert.

— Les Pemberton ne sont plus acceptés nulle part. Lady Brockway est une pauvre folle, une paria. Elle mériterait d'être à l'asile.

— Vous avez donc peur d'une vieille dame qui a perdu la raison ?

En son for intérieur, Dylan était heureux d'avoir rencontré la comtesse. Elle avait une lueur mutine dans le regard qui lui plaisait.

— Toute association avec lady Brockway ne fera que vous ridiculiser, bougonna Hailstock.

— Cela reste à prouver.

Le marquis était furieux, mais un autre sentiment troublait son regard. Un sentiment sombre, désespéré. Les poings serrés, il fit un pas vers Dylan.

— Par pitié, prenez une autre épouse, une noble veuve qui ne souffrira pas de vos frasques. Ne souillez pas une jeune femme innocente, uniquement pour satisfaire vos ambitions !

Hailstock se souciait-il vraiment du bien-être d'Alicia ?

Et s'il s'intéressait à elle pour autre chose que ses valeureux ancêtres ? Et s'il l'aimait sincèrement ?

Dylan entrevit aussitôt l'aspect positif de cette situation.

Si Hailstock adorait à ce point Alicia, sa vengeance serait d'autant plus délectable.

6

— Mademoiselle !

Mme Molesworth gravissait quatre à quatre les marches menant au grenier.

— Mademoiselle ! Vous avez de la visite !

Alicia fronça les sourcils. Elle tenait entre les mains une robe bleue qui sentait le renfermé, pour avoir séjourné dans une malle pendant une cinquantaine d'années. Marmonnant des paroles incompréhensibles, lady Éléonore se penchait sur une malle pleine d'accessoires démodés, son inséparable capeline en fourrure posée à côté d'elle, près d'un tas de vieilles perruques, de chaussures à boucles et autres tricornes.

La jeune femme n'avait guère le temps de recevoir le moindre visiteur. Tant qu'elle n'aurait pas de tenue correcte, elle préférait repousser les tâches pénibles qu'exigeait l'étiquette.

Le faire-part de ses fiançailles avec Dylan Wilder était paru le matin même dans le *Post*. Celui-ci n'avait pas perdu de temps pour répandre la nouvelle. La plupart des notables ne s'abaisseraient pas à présenter leurs félicitations à la fiancée d'un directeur de cercle de jeu, mais beaucoup étaient capables de venir ne serait-ce que par curiosité, histoire de grappiller quelques ragots croustillants.

Ôtant une toile d'araignée de son tablier, elle se fraya un chemin parmi les caisses et les meubles brisés. Sur le palier, elle se pencha au-dessus de la rampe.

Mme Molesworth se tenait en contrebas, sa coiffe légèrement de travers sur ses cheveux gris. Elle adressa des signes impatients à la jeune femme.

— Vite, mademoiselle ! Il ne faut pas faire attendre ces personnes.

— Renvoyez-les. Je suis en train d'aider la reine d'Angleterre à choisir une toilette.

Alicia espérait par la même occasion renouveler sa garde-robe, mais elle n'avait encore rien découvert d'intéressant.

— Je refuse d'être congédié comme un malpropre, fit une voix familière. Vous devriez le savoir.

Dylan Wilder apparut derrière la cuisinière. Le sang d'Alicia ne fit qu'un tour. Il affichait un sourire canaille qui creusait ses irrésistibles fossettes. Ses dents blanches étincelaient. Une boucle de cheveux noirs pendait sur son front, lui conférant l'air d'un pirate.

Après tout, c'était bien un pirate, songea-t-elle. Mais pas dans le sens romantique du terme. Dylan n'était qu'un brigand sans scrupules, qui exploitait la faiblesse des gens.

Or Alicia n'avait rien d'une chiffe molle.

— Retournez donc à vos tables de jeu, monsieur Wilder. Je suis occupée.

Fidèle à son habitude, il ignora sa requête et gravit les marches pour la rejoindre.

— Allons, allons… est-ce une façon de saluer votre fiancé ?

Sachant que sa mère se trouvait dans le grenier, Alicia resta au sommet de l'escalier, agrippant sa vieille robe comme s'il s'agissait d'un bouclier.

— Il est impoli de s'imposer chez quelqu'un sans annoncer sa visite.

— Alors je me réjouis que Mme Molesworth m'ait invité à entrer, répliqua-t-il, une lueur diabolique dans les yeux.

Il s'arrêta devant la jeune femme.

— Je vais vous apprendre à accueillir votre bien-aimé…

Prenant son visage entre ses mains, il l'embrassa sur la joue. Le contact de ses lèvres était si tendre qu'elle se sentit fondre. Une douce chaleur l'envahit tout entière, enflammant ses sens. Affolée, elle recula d'un bond.

— Ôtez vos sales pattes de moi !

— À votre guise, répondit-il, toujours souriant. Pour ce qui est de l'intimité, vos désirs sont des ordres. C'est notre marché.

— Alors vous pouvez partir.

— Mais je n'avais pas l'intention de vous séduire aujourd'hui, chuchota-t-il. Il est trop tôt… Pour l'heure, je vous enlève.

— M'enlever ?

— Je vous emmène faire quelques emplettes dans les boutiques de Regent Street.

La jeune femme fut tentée par cette proposition alléchante. La perspective de passer l'après-midi à flâner dans les magasins, à essayer chapeaux et bottines à la dernière mode, était très agréable. Elle pourrait découvrir les nouveaux tissus, les nouveaux modèles.

Toutefois, elle secoua la tête.

— Je n'ai ni le temps ni l'argent nécessaires à de telles frivolités.

— Cette situation va changer, déclara Wilder en considérant sa vieille robe défraîchie et maintes fois raccommodée. Je compte vous offrir une garde-robe digne de votre rang. Ma femme se doit d'être élégante.

Ma femme. Alicia fut prise d'une nausée. Dans quelques jours, cet être immonde aurait le droit de lui dicter sa conduite. Se rappelant les nombreuses vies que les activités de Dylan avait gâchées, elle répondit :

— Je ne dépenserai pas un sou de votre fortune mal acquise.

— Vous avez accepté de me faire entrer dans la haute société. Vous ne pourrez recevoir les notables en haillons.

— Je suis excellente couturière. Je transformerai d'anciennes toilettes.

— Celle-ci, par exemple ?

Il se moquait d'elle, examinant la robe bleue qu'elle serrait contre son cœur.

— Elle était à la mode il y a cinquante ans. Et elle empeste ! ajouta-t-il.

Alicia dut admettre qu'il avait raison sur ce point. Toutefois, il était possible de nettoyer la soie et de transformer la coupe en modifiant le corset et en raccourcissant les manches. Même la dentelle jaunie pouvait être récupérée, pour orner jupons et camisoles, du moment qu'elle ne se déchirait pas.

« Les gens vont s'en rendre compte, songea-t-elle. Ils feront des commentaires désobligeants sur la fière lady Alicia, qui préfère s'attifer de vieilleries pour faire honte à son riche mari... »

Elle eut envie de saisir cette occasion d'humilier Dylan Wilder. Mais un tel comportement lui semblait mesquin et puéril. Était-il donc si compromettant d'accepter quelques robes ? Pour remplir sa part du contrat ?

— Je ne puis m'absenter tout de suite, prétendit-elle. Je passe l'après-midi avec ma mère.

— C'est ce que je vois.

Le regard de Dylan se porta sur lady Éléonore, qui arborait un superbe éventail et dansait avec un cavalier invisible.

— Madame Philpot ! appela-t-il. Vous pouvez monter !

Une femme mince et élancée, aux cheveux gris et aux yeux verts pétillants, gravit les marches d'un pas décidé. Elle était vêtue d'une robe à col haut, en serge grise, de celles que portaient les gouvernantes ou les nurses.

Alicia adressa un regard interrogateur à Dylan. Son sourire aurait bouleversé n'importe quelle femme.

— Chère lady Alicia, dit-il, je vous présente Mme Hortense Philpot, veuve du capitaine Philpot, héros de la marine tombé lors de la bataille de Trafalgar. Elle va passer l'après-midi en compagnie de lady Éléonore.

Mme Philpot fit une révérence.

— Sauf si vous y voyez un inconvénient, mademoiselle…

— Je ne voudrais pas vous blesser, mais…

Alicia fusilla Dylan du regard.

— C'est hors de question, reprit-elle. Je ne puis confier ma mère à une inconnue.

— Pardonnez-moi d'être présomptueuse, insista Mme Philpot d'un ton anxieux, mais je comprends votre hésitation. Ma chère maman a souffert d'accès de démence pendant de longues années. Je l'ai soignée avec dévouement jusqu'à sa mort, l'an dernier.

— J'en suis navrée, répondit Alicia, troublée.

— Vous voudrez certainement rencontrer lady Brockway, intervint Dylan en prenant la femme par le bras. Ou devrais-je dire, la reine d'Angleterre ?

Il la conduisit dans le grenier encombré, avant même qu'Alicia puisse s'y opposer. La jeune femme les suivit, crispant les doigts sur sa robe bleue. Elle le regarder baiser galamment la main de sa mère.

— Votre Majesté, j'aimerais vous présenter une nouvelle dame de compagnie.

— Je serais honorée de servir Votre Majesté, déclara Mme Philpot en faisant la révérence.

Lady Éléonore éclata d'un rire joyeux.

— Dépêchons-nous ! s'exclama-t-elle en tapant des mains. Je prépare une grande réception au palais.

La gouvernante saisit une robe de brocart et de velours jaune, qu'elle tendit à la comtesse.

— Puis-je suggérer à Votre Majesté cette toilette somptueuse ?

Elles s'approchèrent d'un grand miroir abîmé, où lady Éléonore s'admira, tenant la robe contre elle.

— Mon Dieu, elle sera parfaite pour recevoir le roi de France. Voyez-vous, il est mon invité.

— Nous allons devoir prendre grand soin de votre coiffure, murmura Mme Philpot d'un air de conspiratrice. J'ai entendu dire que le roi de France comptait lancer une nouvelle mode : la perruque poudrée. Votre Majesté pourrait peut-être le devancer…

Lady Éléonore serra les mains sur sa poitrine.

— Quelle idée formidable ! Nous autres Anglais devons donner le ton.

Les deux femmes examinèrent plusieurs perruques.

Alicia fut saisie d'un élan de tendresse, qui faillit dissiper ses doutes. Elle aimait voir sa mère heureuse. Elle avait connu tant de tristesse, ces dernières années.

Cependant, comment faire confiance à cette

inconnue ? Une gouvernante engagée par Dylan Wilder, de surcroît ! Le monde entier connaissait ses penchants en matière de femmes.

— Votre Majesté, déclara Alicia, je suggère que vous descendiez. Je vous aiderai à enfiler votre robe.

Sa mère leva la main d'un geste royal.

— Je n'ai plus besoin de votre aide. Vous pouvez disposer.

— Mais...

— Vous l'avez entendue, marmonna Wilder dans son dos. La reine a fait son choix. Vous ne lui manquerez même pas.

Son souffle tiède lui caressa la nuque. Malgré cette proximité troublante, Alicia refusa de bouger. Dylan était trop grand, trop fort... et elle pouvait difficilement chasser le propriétaire des lieux. Profitant de sa distraction, il lui prit la vieille robe et la jeta sur un mannequin. Puis il la saisit par la taille et l'entraîna vers l'escalier.

En se retournant, elle vit Mme Philpot poser une perruque très sophistiquée sur la tête de lady Éléonore. Le rire joyeux de sa mère résonna dans l'escalier. Après tout... sa mère était en parfaite sécurité...

Elle-même n'était pas certaine de l'être, en compagnie de Dylan Wilder.

Il la tenait si proche de lui que leurs hanches se frôlaient. Alicia sentait la pression de sa main ferme et possessive sur ses reins. Son subtil parfum épicé l'enveloppa. Pourquoi perdait-elle toute volonté chaque fois qu'il la touchait ?

Avant la fin de la saison, vous me supplierez de vous accueillir dans mon lit.

La jeune femme s'écarta, ignorant le sourire satisfait de Dylan. La tête haute, elle gagna le deuxième étage.

Le soleil éclairait un espace vide, sur le mur, où avait été accroché un superbe tableau figurant un paysage bucolique. Le long couloir donnait sur une enfilade de portes menant à des chambres inoccupées. Depuis bien longtemps déjà, la maison avait cessé de résonner de rires insouciants et de gammes de piano. Quand elle était petite, Alicia adorait se cacher sur le palier pour épier les invités de ses parents. Puis, après la mort de son père, sa mère avait perdu la raison, et les membres de la haute société avaient cessé de venir.

Mme Molesworth se précipita vers elle, les mains sur le cœur.

— Mme Philpot est très gentille, assura-t-elle. Nous avons bavardé un peu. Jamais je n'aurais trouvé de meilleure dame de compagnie pour Mme la comtesse.

— Je vous remercie, madame, dit Wilder en s'inclinant. Votre approbation compte beaucoup aux yeux de lady Alicia...

Il adressa un clin d'œil à la cuisinière.

Celle-ci rosit comme une jeune fille.

Le regard d'Alicia passa de l'un à l'autre. Aurait-il réussi à charmer sa cuisinière ? Celle-là même qui le menaçait de mort quelques jours auparavant !

— La compétence de Mme Philpot reste à prouver, déclara Alicia. Quelles sont ses références ?

Ce ton sec parut amuser Dylan.

— Lady Alicia ne plaisante pas, on dirait, lança-t-il à Mme Molesworth. Pourtant, Mme Philpot bénéficie d'une recommandation élogieuse de la duchesse de St. Chaldon. Il n'y a pas de quoi s'alarmer, n'est-ce pas ?

La cuisinière hocha la tête.

— En effet.

— Et de toute façon, vous ne perdrez pas lady Brockway des yeux.

— Très bien, monsieur… Il fait un peu frais, aujourd'hui, alors j'ai pris la liberté d'aller chercher la capeline et le chapeau de lady Alicia.

— Parfait, répliqua Wilder. J'apprécie les gens efficaces.

Mme Molesworth se trémoussait comme une enfant, flattée de ce compliment. Alicia dut se maîtriser pour ne pas ajouter qu'il aimait aussi les femmes vulgaires et immorales.

— À propos d'efficacité, je préfère y aller seule, déclara-t-elle. Les hommes n'ont guère de patience dans les boutiques.

— Pas *tous* les hommes…

Il prit le chapeau et le posa sur la tête d'Alicia, puis noua le ruban de ses longs doigts. Ce contact fit frémir la jeune femme. Elle eut soudain le souffle court. Ce ne pouvait être que l'effet de la colère face à sa désinvolture…

— Vous êtes prête, décréta Mme Molesworth en lui ôtant son tablier avant de lisser sa robe. On ne peut vous laisser vous habiller comme une simple fille de ferme. De plus, une sortie vous fera le plus grand bien. Cela vous donnera un peu de couleurs.

Alicia voulut protester, mais elle se rendit compte que ce serait uniquement par fierté. Autant permettre à son fiancé de lui offrir une garde-robe. Après tout, elle allait bientôt refaire son entrée dans la haute société, dans l'intérêt de Dylan, pour satisfaire ses ambitions de grandeur. Elle devait respecter sa part du marché.

Préoccupée, elle le laissa agrafer sa capeline. Puis il l'escorta sous le soleil de cet après-midi froid et sec. La calèche noire les attendait devant la maison.

La tenant toujours par la taille, il la fit monter à bord. Elle s'installa sur le confortable siège en velours bordeaux. Les portières étaient bordées d'une frise en brocart. Un tissu damassé tapissait le plafond. Les rideaux en soie ivoire, ornés d'un gland doré, étaient ouverts.

Au lieu de s'asseoir en face d'elle, Dylan prit place à son côté. Avec son manteau bleu foncé, sa culotte fauve et son foulard blanc, il était bien trop séduisant pour être honnête...

Alicia se recroquevilla contre la portière et croisa les doigts sur ses genoux. Elle avait prévu de passer l'après-midi à transformer de vieilles robes. Elle était soulagée d'échapper à cette corvée, mais préférait ne pas songer à la manière dont Dylan avait acquis son argent.

Pourtant, à sa grande honte, elle mourait d'impatience de visiter les boutiques.

Le véhicule s'ébranla enfin. Cela faisait une éternité qu'elle n'avait pas roulé dans une voiture aussi élégante, en compagnie d'un homme. Elle se prit à rêver que son compagnon était un prétendant attentionné, qui se montrerait gentil et plein de considération envers sa future épouse...

— Notre mariage est prévu pour jeudi, annonça-t-il sans préambule.

— Dans deux jours ! s'exclama-t-elle en se tournant vers lui.

— Oui.

— Mais... il faut au moins un mois pour tout organiser, envoyer les invitations...

— Nous n'inviterons que nos proches parents.

Elle le dévisagea.

— Je croyais que vous souhaitiez en faire un événement mondain.

— Et qui viendrait, selon vous ? Quand vous

serez ma femme, vous renouerez le contact avec les nobles, et vous les persuaderez de m'accepter dans leur milieu. C'est un travail de longue haleine.

L'estomac d'Alicia se noua. Elle avait espéré s'habituer peu à peu à la perspective de ce mariage.

— Les bans doivent être publiés trois dimanches à l'avance…

— J'ai obtenu une dispense de l'archevêché.

— Comment ? Vous n'avez tout de même pas soudoyé le plus haut dignitaire de l'Église ?

— N'ayez crainte. Ce n'est pas une question d'argent, répondit-il, les yeux pétillants. Voyez-vous, j'ai affirmé vous avoir séduite et mise enceinte.

La jeune femme rougit violemment.

— Vous avez sali ma réputation ! Et devant un homme d'Église, par-dessus le marché !

— Allons, ne montez pas sur vos grands chevaux. J'ai précisé que tout était ma faute.

La jeune femme fit l'inventaire des insultes les plus cuisantes qu'elle connaissait.

— *Es barbarus,* marmonna-t-elle en latin.

Il éclata de rire.

— Je suis un barbare, en effet, répliqua-t-il. N'hésitez pas à décocher vos flèches !

Le fait qu'il comprenne le latin ne fit qu'attiser la colère d'Alicia.

— Comment voulez-vous que la bonne société accueille une femme dont la vertu a été traînée dans la boue ?

— Cela m'étonnerait que l'archevêque aille répandre la nouvelle.

— Ce ne sera pas nécessaire. Le simple fait de se marier grâce à une dérogation spéciale implique que nous…

Elle hésita, n'osant terminer sa phrase.

— Que nous avons succombé au feu du désir charnel ? fit Wilder en levant un sourcil. Ne me dites pas que vous redoutez l'opinion des gens. Vous êtes d'une autre trempe.

— Vous ne m'écoutez pas. Vous êtes décidément incorrigible.

— Et vous, vous êtes irrésistible, répondit-il avec un sourire ravageur.

À sa grande stupeur, Alicia faillit s'esclaffer, mais elle se retint à temps.

— Un mécréant qui s'invente des péchés imaginaires n'a rien de drôle.

— Pas plus qu'une vieille fille incapable d'adresser un mot gentil à son fiancé.

Il lui prit la main et la porta à ses lèvres. Il lui baisa la paume, l'intérieur du poignet. Son souffle tiède la troubla.

— Et si nous nous comportions de façon aimable, aujourd'hui ?

Elle chercha à se dégager de son emprise. En vain.

— Tant que vous garderez vos distances, monsieur Wilder…

— Appelez-moi Dylan. Toutes les femmes m'appellent ainsi.

— Monsieur Wilder, insista-t-elle, veuillez me lâcher !

— Prononcez d'abord mon prénom.

Derrière le sourire charmeur du jeune homme, elle devinait une résolution à toute épreuve. Et elle ne supportait plus le contact brûlant de sa peau.

— Lâchez-moi… Dylan.

Il ne bougea pas. À son grand désarroi, il se mit à observer sa main. Sans ses gants, la jeune femme se sentait vulnérable. Elle avait honte de ses ongles cassés, de ses ampoules. À la suite de sa visite chez Dylan, elle était si furieuse qu'elle avait déchiré sa dernière paire de gants en chevreau.

— Comment se fait-il qu'une dame de votre qualité ait des mains de lavandière ?

Elle retira sa main. Cette fois, il la laissa faire.

— Je fais la lessive.

— Vous n'avez pas d'autre domestique que votre cuisinière ?

— J'avais une bonne et un valet, mais j'ai dû m'en séparer après que Gérald a eu la mauvaise idée d'aller jouer chez vous.

C'était faux, mais elle préférait le rendre responsable de tous ses malheurs.

— Ces peaux dures et ces cornes n'apparaissent pas du jour au lendemain.

— Qu'en savez-vous ? rétorqua-t-elle en posant les yeux sur ses mains soignées, impeccablement manucurées, aux ongles coupés ras. Vous ne savez que distribuer les cartes et lancer les dés.

— Et caresser les femmes, mon autre passion, ajouta-t-il avec un sourire.

Il glissa la main derrière elle, effleura sa nuque. Alicia se raidit pour ignorer les sensations délicieuses qui s'emparaient d'elle. Combien d'autres femmes avait-il ainsi caressées ? Pourquoi se posait-elle la question, d'ailleurs ?

Il semblait si sûr de lui, nonchalant, comme s'il appréciait son comportement distant.

— Ce que vous faites de votre temps ne compte pas à mes yeux, grommela-t-elle.

— Pourtant, vous ne cessez de m'adresser des reproches.

— Naturellement ! Un joueur invétéré ne saurait faire un mari responsable.

Dylan afficha un air sérieux.

— Ni un père responsable… vous le savez d'expérience.

Ces paroles avisées la pétrifièrent. Elle se sentit vulnérable, dénudée. Dylan ne pouvait connaître les détails de son passé. Peu de gens étaient au courant.

— Mon père était un homme attentionné. Je ne vous permettrai pas de le critiquer.

— Il a pourtant abandonné sa famille dans le plus grand dénuement.

— Nous avions de quoi vivre. Jusqu'à ce que vous nous dépouilliez totalement.

— Alors vous apprécierez de vivre de nouveau dans le luxe, déclara-t-il d'un ton sec. En vérité, vous devriez passer vos journées à apprendre à me satisfaire…

Avant la fin de la saison, vous me supplierez de vous accueillir dans mon lit.

— Vous satisfaire ne fait pas partie de notre accord, répliqua-t-elle avec dignité. Votre bien-être ne m'importe guère.

Le véhicule s'engagea dans Regent Street.

— Vous me blessez, chérie. Vous ne comprenez donc pas que je vous taquine ?

Non, elle ne le savait pas, pas plus qu'elle ne savait pourquoi son cœur battait à tout rompre. Il n'était pourtant qu'un vaurien, un joueur impénitent.

Dans deux jours, Dylan Wilder serait son mari.

7

Le jour du mariage était arrivé. Alicia descendit solennellement le grand escalier, transie de froid. Elle avait à peine fermé l'œil de la nuit. Aux premières lueurs de l'aube, elle s'était enfin résolue à accepter son destin. Se concentrant sur la journée qui s'annonçait, la jeune femme s'était préparée avec soin, oubliant momentanément ses tourments.

À chacun de ses pas, la somptueuse robe en satin bleu pâle bruissait délicatement. Ses fils d'argent étincelaient de mille feux dans cette matinée pluvieuse. La mariée n'osait imaginer combien d'heures la couturière avait consacrées à cet ouvrage délicat.

Un collier de diamants et de pierres précieuses ornait son cou gracile. Un saphir plus gros qu'un pouce exaltait la pâleur de son teint d'ivoire. Le joaillier lui avait livré le bijou la veille, accompagné de boucles d'oreilles assorties, en précisant qu'il s'agissait d'un cadeau de mariage, de la part de M. Wilder.

L'espace d'un instant, Alicia avait songé à les renvoyer à son fiancé. Ces bijoux n'avaient-ils pas été achetés avec de l'argent mal acquis ? Toutefois, la moindre résistance de son côté n'aurait pas manqué de susciter des représailles de la part de Dylan.

Elle s'était rappelé leur après-midi passé dans les boutiques de Regent Street.

Dylan avait fait preuve d'un goût exquis dans la sélection des tissus et des échantillons, optant systématiquement pour des modèles récents et audacieux. Sa finesse avait enchanté la modiste, une jeune Française très réputée, qui avait d'abord refusé de terminer la robe de mariage en deux jours. Après sourires et compliments, elle avait fondu comme neige au soleil et accédé à la demande de Dylan.

En regardant son fiancé se livrer à cet innocent badinage, Alicia avait eu l'impression de n'être qu'un objet. On l'avait mesurée sous toutes les coutures, parée de mille échantillons de tissus. Pourtant, malgré ses réserves, la jeune femme devait s'avouer qu'elle adorait la perspective de posséder une nouvelle garde-robe.

La petite voix de sa conscience lui avait intimé de n'accepter que le minimum de toilettes, et non cette abondance de robes, de tenues adaptées à chaque occasion, que Dylan avait choisies pour elle. Il avait également commandé des dessous, jupons, corsets et camisoles ourlées de dentelle. Ce monstre au sourire charmeur avait insisté, malgré la gêne d'Alicia. Finalement, elle avait dû céder.

Après tout, une présentation impeccable était indispensable au respect de leur accord. N'avait-elle pas conclu un pacte avec le diable ?

Alicia s'arrêta au pied des marches, posant une main gantée sur la rampe. Soudain, elle eut le sentiment d'être observée. Le vestibule était aussi morne que le ciel. La pluie martelait tristement les carreaux, se mêlant aux sons familiers qui provenaient du salon.

Un murmure de conversation.

La jeune femme n'avait pas le cœur à bavarder. Plus tôt, sa mère avait dévalé l'escalier, heureuse comme la petite fille qu'elle croyait être. Alicia se força à sourire. Comment ne pas faire bonne figure, le jour de son mariage ?

Ses chaussures de satin foulèrent en silence le marbre froid. Après avoir pris une longue inspiration, elle entra dans le salon.

Serrant un petit bouquet de lys contre sa robe rose, sa mère était assise, seule dans un coin. Pour une fois, elle ne portait pas son inséparable capeline de fourrure. Mme Philpot l'avait sans doute débarrassée de cette fâcheuse manie. Lady Éléonore ne babillait plus gaiement. Elle se comportait comme une enfant qui vient d'être grondée.

À l'autre extrémité de la pièce dépouillée de ses meubles, Mme Philpot se tenait près de la fenêtre. Son regard inquiet se porta sur Alicia, puis revint à l'homme qui faisait les cent pas devant lady Éléonore.

Lord Hailstock.

Le sang d'Alicia ne fit qu'un tour. Bien qu'ami proche de la famille, le marquis avait été un prétendant de la jeune femme. Elle ne l'avait d'ailleurs pas convié à son mariage. Que faisait-il ici ? Si par malheur il avait osé contrarier sa mère par quelque réflexion désobligeante…

— Milord, quelle surprise ! s'exclama-t-elle en se précipitant vers lui.

Il avait les cheveux décoiffés et semblait tendu.

— Mon Dieu, Alicia, je viens seulement d'apprendre que la cérémonie avait lieu ce matin. Pourquoi cette hâte ?

Elle se tourna vers sa mère, puis répliqua :

— Allons dans la bibliothèque. Nous y serons plus tranquilles pour bavarder.

Au moment où ils quittaient le salon, lady Éléonore s'exclama :

— Attendez ! Je vous en prie !

Ses yeux affolés passaient de l'un à l'autre. Elle reprit d'une petite voix timide :

— Richard, pourquoi ma chère Claire n'est-elle pas venue avec vous ? Serait-elle souffrante ?

— Vous savez très bien qu'elle est partie, rétorqua sèchement le marquis.

— Où cela ? demanda la comtesse sans comprendre.

— Bon sang, Éléonore ! Claire est…

— Elle est en voyage, intervint Alicia avant que Hailstock ne puisse lui assener la terrible vérité.

Autrefois, sa mère avait été la meilleure amie de la première épouse de Hailstock. Toutes deux avaient grandi ensemble. Claire était une modeste orpheline, engagée pour tenir compagnie à lady Éléonore, fille unique et choyée d'un comte. Ce matin-là, celle-ci se croyait revenue au temps de sa jeunesse insouciante.

— Un voyage ? répéta-t-elle, troublée. Mais elle ne m'en a pas parlé… J'avais quelque chose à annoncer… je n'arrive pas à me souvenir…

— Vous devriez dire à votre fille qu'elle a tort de se marier à la sauvette… grommela Hailstock.

— Assez ! coupa Alicia en l'entraînant hors de la pièce.

Mme Philpot alla s'asseoir à côté de la comtesse.

— Je vais vous tenir compagnie, en l'absence de Claire. Nous allons bien nous amuser, d'accord ?

Un sourire tremblant effleura les lèvres minces de lady Éléonore, qui hocha la tête. En une semaine à peine, Mme Philpot lui était devenue indispensable. Jamais elle ne perdait patience, et elle était toujours de bonne humeur.

Rassurée de savoir sa mère en de bonnes mains, Alicia conduisit lord Hailstock dans la bibliothèque et referma la porte.

— Pourquoi faites-vous de la peine à ma mère ? demanda-t-elle sans préambule. Je n'en vois vraiment pas l'intérêt. Que lui avez-vous dit, avant que je n'arrive ?

— Je lui ai simplement rappelé qu'elle n'était plus une enfant, qu'elle était veuve et mère de deux adultes.

Le regard perçant, il secoua la tête et ajouta :

— Alicia, vous ne lui rendez pas service en cédant à tous ses caprices.

— Au contraire, je la rends heureuse. D'ailleurs, il ne s'agit en rien de caprices.

— C'est justement pourquoi il faut la maintenir à l'écart des personnes saines d'esprit.

Les mains derrière le dos, il arpenta le plancher nu.

— Je m'inquiète pour vous, reprit-il. La pauvre femme est si imprévisible ! Rappelez-vous le jour où elle se prenait pour Jeanne d'Arc. Elle aurait pu vous agresser avec son épée.

— Ma mère déteste la violence ! protesta Alicia. Jamais elle ne ferait de mal à quiconque.

— Et si son état empirait ? On ne sait jamais de quoi elle est capable.

— Je la connais mieux que quiconque. Et elle vivra à mes côtés après mon mariage.

Hailstock afficha une mine perplexe.

— C'est ce que Wilder vous a promis ? Il ne faut pas croire ses belles paroles. Cet homme n'est qu'un escroc. L'honnêteté est un mot qui ne fait pas partie de son vocabulaire.

En son for intérieur, Alicia partageait cette opinion, mais elle eut soudain l'étrange envie de le défendre.

— Dylan a fait plus que promettre. Il a signé un papier, me cédant la tutelle exclusive de ma mère jusqu'à la majorité de Gérald.

La veille, un notaire austère avait en effet rédigé le document nécessaire. Elle l'avait lu avec attention, satisfaite de constater qu'il était valable et inattaquable.

— Wilder n'honorera jamais ce contrat. Ce n'est pas un gentleman. Cette crapule se considère au-dessus des lois. Croyez-moi, il trouvera un moyen d'envoyer lady Éléonore à l'asile.

Un doute s'insinua dans l'esprit de la jeune femme. Le marquis aurait-il raison ? Était-elle naïve ?

— Je dois lui faire confiance, répondit-elle d'un ton ferme. Je n'ai pas le choix.

— Si, vous avez le choix. Il vous suffit de m'épouser.

Elle secoua la tête.

— J'ai la certitude que vous feriez enfermer ma mère.

Hailstock s'approcha et prit ses mains gantées dans les siennes, comme s'il s'adressait à une enfant.

— Ma chère, je vous connais depuis votre naissance. J'ai appris à vous aimer et à vous respecter en tant que femme. Je ne puis permettre un mariage aussi désastreux…

Malgré sa résolution, Alicia fut touchée par ces paroles. Au fil des ans, Richard avait été un père et un ami, surtout après la mort du comte. Le marquis était venu plus souvent, proposant son aide, bien que son père lui ait désigné un tuteur et un exécuteur testamentaire en la personne d'un directeur de banque.

— Il est trop tard pour m'en dissuader, murmura-t-elle.

Hailstock lui caressa la main avec douceur, mais ses yeux brillaient de colère.

— Non, il n'est pas trop tard. Je vous en supplie, n'épousez pas Wilder ! Il ne vous apportera que du chagrin. Il s'affichera aux bras de traînées et salira votre réputation.

La jeune femme retira sa main et s'efforça de paraître calme.

— Je sais très bien à qui j'ai affaire. Je me marie en toute connaissance de cause.

— Vous êtes issus de deux mondes totalement différents, insista le marquis. Vous feriez mieux de m'épouser. Je saurai vous traiter comme une femme de votre rang…

Il laissa échapper un soupir avant de poursuivre :

— Quant à lady Éléonore, je suis disposé à la tolérer sous mon toit, tant qu'elle restera confinée dans ses appartements.

Cette proposition étonna Alicia. Autrefois, elle l'aurait acceptée. Mais elle revit Dylan Wilder s'inclinant avec courtoisie devant sa mère, jouant le jeu de ses fantaisies, lui achetant ses fleurs…

Pourquoi lord Hailstock ne pouvait-il pas la traiter aussi humainement ?

Elle secoua la tête.

— Je ne veux pas qu'on l'enferme. Ma mère doit vivre au sein de sa famille.

— Si vous vous moquez de votre bien-être, pensez à celui de votre frère. Wilder ne manquera pas de corrompre Gérald en le poussant à jouer. Le jeune homme ne fera pas de vieux os, à l'image de votre père.

Elle crut recevoir un coup de poignard en plein cœur. Gérald avait promis de se tenir à distance du cercle de jeu. Pourquoi ne pas lui faire confiance ?

— Ma décision est prise. Il n'y a rien à ajouter.

Hailstock la scruta intensément, comme s'il jaugeait la force de sa résolution.

— À votre guise, répondit-il sèchement. Mais vous devez prendre ceci…

Il sortit un objet de sa poche.

C'était une bague en or, incrustée de saphirs et de diamants.

— Je ne puis accepter, bredouilla la jeune femme, confuse.

— Il le faut. Ce devait être votre bague de fiançailles.

Sur ces mots, le marquis tourna les talons et quitta la pièce.

Les gouttes de pluie martelaient toujours les carreaux. Alicia s'appuya sur les rayonnages vides de la bibliothèque et contempla la somptueuse bague. Elle ne pouvait accepter un tel cadeau d'un autre homme que son mari. Mais comment dire non à lord Hailstock sans le vexer ?

Le cœur brisé, elle ôta un gant et glissa le précieux bijou à son doigt.

La mariée était en retard.

Debout devant l'autel de l'église St. George, Dylan se força à rester calme, malgré la tension qui l'étreignait. La pluie battante ruisselait sur les vitraux. Les enfants de chœur chantaient, accompagnés à l'orgue par un vicaire voûté. Une odeur de cire et d'encens flottait dans l'air. Quelques employés de confiance de Dylan occupaient les premiers rangs. Dans l'assistance, quelqu'un toussa.

À son côté se tenaient le pasteur et son épouse, les témoins. De l'autre côté, Fergus MacAllister, vêtu de son costume du dimanche, lui adressait un regard réprobateur.

À moins que Fergus ne soit en train de jubiler intérieurement…

La cérémonie aurait dû commencer un quart d'heure plus tôt. Dylan maudit la coutume voulant que les mariés arrivent chacun de leur côté. Il avait envoyé sa calèche et son cocher chez Alicia, au lieu d'aller lui-même chercher sa fiancée. Il n'aurait jamais cru qu'elle serait lâche au point de reculer au dernier moment. Pour une fois, il s'était peut-être trompé.

Et si elle ne se présentait pas ?

Cette possibilité acheva de l'angoisser. Il attendait ce moment depuis des années. Jour après jour, depuis que son père l'avait renié, il avait fomenté sa vengeance. Mû par son amertume et sa soif de réussite, il avait appris à châtier son langage, soigner ses manières, il avait su gérer ses affaires avec brio, mettant à profit son talent aux cartes pour amasser une fortune colossale. Puis il avait attiré Gérald dans son antre et l'avait ruiné en quelques soirées. Il avait déployé tous ces efforts pour atteindre la seule femme que convoitait Hailstock. Et voilà que lady Alicia risquait de lui faire faux bond devant l'autel.

Cette perspective l'emplissait de rage. À l'âge de dix ans, il s'était juré de ne plus jamais être bafoué par un membre de l'aristocratie. Plus jamais…

Le pasteur s'éclaircit la gorge. Dylan lança un regard furtif au révérend Raymond Jeffries, appuyé sur sa canne au pommeau d'ivoire. Durant les préparatifs, celui-ci s'était vanté d'être le frère d'un marquis.

Si seulement ce prétentieux savait ce qu'ils avaient en commun…

Mais Dylan n'était pas encore disposé à révéler ses nobles origines. D'abord, il devait se faire une place dans le monde de Hailstock. Si Alicia osait le ridiculiser en ne se présentant pas à la cérémonie...

— La mariée, monsieur Wilder, murmura le pasteur en se penchant vers lui.

Dylan se retourna. Mme Philpot aidait lady Éléonore à s'installer au premier rang. Mme Molesworth les suivait.

Un couple attendait à l'entrée de l'église. Tenant le bras de son frère, lady Alicia Pemberton était en partie dissimulée dans l'ombre de la lourde porte de chêne. Remerciant le Ciel, Dylan sentit toute appréhension s'envoler.

Comme par enchantement, les nuages se dissipèrent à cet instant, pour faire place à un soleil timide. Alicia portait une couronne de roses blanches. Avec sa robe de satin, elle avait tout d'un ange. Elle serrait entre ses mains un bouquet de fleurs blanches. Dylan fut frappé par la pureté et la beauté qui se dégageaient de sa personne, subjugué à l'idée que cette perfection lui appartiendrait bientôt.

La mariée parcourut l'allée au bras de son frère, le regard droit, le visage pâle, tel un martyr se rendant au bûcher. Cette passivité fit à Dylan l'effet d'un coup de poignard en plein cœur. Il ne voulait pas d'une femme résignée. Pas question pour lui d'endosser le rôle du bourreau. Il fallait qu'Alicia se batte, qu'elle lui résiste, qu'elle fasse preuve de courage...

Il n'osait essuyer ses mains moites. Que lui arrivait-il donc ? Cette femme n'était pourtant pour lui que l'instrument de sa vengeance.

Le frère et la sœur atteignirent enfin l'autel. Le jeune lord Brockway s'arrêta et foudroya Dylan du regard. Malgré ses traits poupins et sa frêle constitution, il ressemblait au comte, son père, avec son élégant costume. Son expression décidée suggérait qu'il défendrait sa sœur jusqu'à la mort, si besoin était. Dylan lui adressa un signe de tête. Ce freluquet aurait dû réfléchir avant de risquer sa fortune au jeu.

Gérald confia Alicia à Dylan, qui l'attira contre lui, prenant sa main pour la poser sur son bras. De l'autre, la mariée serrait toujours son bouquet. Le délicat parfum fleuri ensorcela Dylan qui, malgré la solennité du moment, sentit un désir impérieux monter en lui. Posant la main sur la sienne, il s'avança.

Le pasteur commença son discours.

— Mes chers amis, nous sommes rassemblés ce jour...

Dylan écouta distraitement les paroles rituelles. Il avait de l'admiration pour cette femme qui parvenait à maîtriser ses émotions. Son profil altier et son teint d'albâtre ne trahissaient nulle tristesse. La tête haute, elle donnait l'impression que remettre sa vie entre les mains d'un joueur notoire n'avait aucune importance.

Les diamants rehaussaient si bien la pâleur de sa peau ! Quant au saphir niché entre ses seins... Dylan eut soudain envie d'enfouir son visage dans cette vallée sensuelle, de lui arracher sa robe et de la faire sienne...

— Si quelqu'un connaît une raison pour que ces deux êtres ne puissent s'unir devant Dieu et les hommes, qu'il parle maintenant ou se taise à jamais.

Le révérend marqua une pause, balayant l'assemblée du regard, comme s'il s'attendait à voir un fidèle dénoncer cette union scandaleuse. Sur l'autel, les flammes des cierges vacillaient. Une bourrasque de vent vint battre les vitraux. Fergus commençait à s'agiter. L'espace d'un instant, Dylan redouta que le vieil homme ne fasse une déclaration.

Il dut serrer les dents pour ne pas ordonner au révérend de continuer.

Enfin, celui-ci reprit la parole, énonçant la litanie traditionnelle pendant de longues minutes. Puis il pria les mariés de joindre leurs mains. Dylan prononça rapidement ses vœux. Il ne sentit aucun frisson parcourir Alicia tandis qu'elle s'exprimait à son tour. Sans le regarder, elle parla d'une voix posée. Elle ressemblait à une marionnette sans âme.

C'était terminé. Son destin était scellé. Ainsi que celui de la jeune femme.

Selon le désir du marié, il n'y eut pas de bénédiction des anneaux. Dylan n'avait que faire de ces frivolités romantiques. Pendant les ultimes prières, il s'interrogea encore sur la réserve d'Alicia. Le désir primitif de la faire sienne l'envahit de plus belle.

Elle était désormais sa femme. Selon la loi, il pouvait disposer d'elle à sa guise.

Faisant fi des convenances, il l'attira contre lui et s'empara de sa bouche. Étonnée, la mariée entrouvrit les lèvres. Il en profita pour plonger la langue en elle, dans un baiser fougueux et exigeant. Elle avait le goût de l'innocence, une douceur qu'il n'avait jamais rencontrée. Au loin, il entendit l'exclamation choquée du pasteur, la protestation de Gérald.

Mais Dylan s'en moquait éperdument. Seul un tremblement de terre aurait pu l'arrêter.

Il prolongea son baiser. Alicia s'agrippait à ses épaules. Il sentait contre sa poitrine les battements effrénés de son cœur. Le parfum des lys se mêla à celui de sa peau. De sa langue experte, il explora les moindres replis de cette bouche offerte, jusqu'à ce que la jeune femme succombe et s'abandonne entre ses bras.

Pourtant, cette victoire ne le satisfit qu'à moitié. Il voulait plus qu'un baiser. Il brûlait de la posséder corps et âme.

Et il l'aurait.

Plus tard.

Il dut se forcer à s'écarter d'elle. Haletante, Alicia le regarda, quelques mèches rebelles encadrant son visage. Ses yeux exprimaient le désir…

Mais son masque de dédain réapparut presque aussitôt.

Très embarrassé par ces effusions, le révérend conclut rapidement l'office. Il avait coutume d'assister à des démonstrations bien plus chastes, des baisers civilisés.

Dylan prit son épouse par la taille et redescendit l'allée avec elle. Il ne perdrait pas de temps à la courtiser. Leurs ébats seraient sauvages, lubriques. La froideur apparente de cette femme ne le décourageait pas, au contraire. Qu'elle l'accepte ou non, il devinait en elle une amante passionnée.

Notre mariage ne sera pas consommé.

Dylan sourit. Comme elle se trompait…

8

Son mari.

En descendant de la calèche, acceptant la main que Dylan lui tendait, Alicia avait peine à réaliser qu'elle était mariée. Ils étaient rentrés ensemble de l'église, seuls dans la voiture. Déterminée à rester impassible, la jeune femme avait tenu des propos anodins, commentant le temps qu'il faisait, parlant de sa mère, expliquant son retard à la cérémonie. Elle avait parlé de tout, sauf du mariage et de ce baiser ravageur et scandaleux. Tandis qu'elle babillait, Dylan l'avait observée, le regard sombre et déconcertant.

Alicia ignorait qu'un baiser pouvait être aussi intime. La langue de Dylan s'était insinuée entre ses lèvres, et elle avait trouvé cette sensation délicieuse et troublante.

Au cours de sa première saison dans le monde, elle avait certes connu quelques étreintes, qui lui semblaient aujourd'hui ternes et sans saveur. Ses prétendants de l'époque n'étaient que des gamins. Dylan Wilder, lui, avait connu la débauche, la dépravation. Entre les bras de femmes légères, il avait accompli des actes si licencieux qu'elle préférait ne pas y songer. Ce baiser lui avait donné un aperçu de ses talents, ce qui la terrifiait et l'attirait en même temps.

Pas étonnant qu'il se soit moqué d'elle, lorsqu'elle avait cherché à le séduire, chez lui, lors de leur premier entretien. Sans le savoir, elle s'était ridiculisée. Pire, elle avait sous-estimé le pouvoir que Dylan exerçait sur elle…

Cela ne se reproduirait pas.

Alicia posa le pied à terre. Un valet au visage parsemé de taches de rousseur brandit un parapluie au-dessus d'elle. Alors qu'ils avançaient, les longs doigts de Dylan lui caressaient le dos et les reins, s'aventurant sur sa hanche, dans un geste possessif. La jeune femme se refusa toutefois à provoquer une scène en repoussant son mari devant les domestiques.

Dylan esquissa un sourire irrésistible.

— Bienvenue chez vous… madame Wilder.

Mme Wilder…

Elle contempla la demeure qui était désormais la sienne. La maison de quatre étages possédait l'élégance sobre d'un temple grec, avec un portique flanqué de colonnes blanches. Les nombreuses fenêtres étaient toutes éclairées.

Alicia profita de l'occasion pour émettre une première critique :

— Vous avez l'habitude de faire brûler toutes ces chandelles en plein jour ?

— Oui, et d'ailleurs cela me coûte cher.

— Vous jetez l'argent par les fenêtres.

— C'est mieux que d'être grippe-sou, répliqua-t-il en arquant les sourcils, amusé. De plus, si je viens à manquer d'argent, il reste encore un tas de jeunes gens crédules à dépouiller de leur fortune.

Sur cette remarque perfide, il lui fit monter les marches de marbre. Sous le porche, le valet alla ouvrir la porte. Alicia se retourna vers l'allée et la grille en fer forgé. Quelques passants se hâtaient dans la rue, la tête baissée pour affronter la pluie battante.

— Ma mère et Gérald ne vont pas tarder, déclara-t-elle.

— Vous avez peur de rester seule avec moi ?

Jamais Alicia n'admettrait la vérité.

— Je m'inquiète surtout à cause du cocher. Il semblait un peu… stupide.

L'imposant cocher au visage marqué avait en effet le regard absent. Sur le chemin de l'église, il s'était trompé plusieurs fois. Gérald avait été obligé de lui indiquer l'itinéraire.

— Bill est un ancien lutteur, expliqua Dylan. Je pense que son cerveau a été endommagé par les nombreux coups qu'il a reçus.

— Comment ? s'exclama Alicia. Et s'il provoquait un accident ?

— Non, assura Dylan en scrutant la rue. Tenez, les voilà !

Roulant au pas, l'élégante calèche noire déboucha du coin de la rue. Bill était perché à sa place. Soulagée, Alicia fronça le nez.

— Pourquoi avoir engagé cette brute ? s'enquit-elle.

— Demandez à mon régisseur. C'est lui qui s'occupe du personnel, répondit Dylan en posant la main sur son dos. Venez, ils seront là d'ici à quelques minutes. Inutile de nous attarder dehors.

Alicia frémit. Ces frissons ne pouvaient avoir d'autre explication que le froid humide, songea-t-elle pour se rassurer.

Dès qu'elle eut franchi le seuil, la splendeur des lieux lui coupa le souffle. Un lustre de cristal pendait du plafond en coupole. Les colonnes beiges conféraient au vestibule une élégance discrète, rehaussée par les meubles en acajou.

Les domestiques attendaient, en rang, qu'on leur présente leur nouvelle maîtresse. Les valets portaient une livrée bleu foncé à boutons d'argent, les femmes de chambre une robe du même ton et un tablier blanc. Ce spectacle familier apaisa la jeune femme. Avant la mort de son père, elle avait coutume de diriger un personnel nombreux. Son mariage n'était peut-être pas la romance dont elle avait rêvé, mais elle parviendrait à s'adapter à cette maison, oubliant sa tristesse dans le travail.

Voyant que Dylan l'entraînait vers le grand escalier, elle murmura :

— Attendez ! Le personnel s'est rassemblé pour m'accueillir.

Dylan secoua la tête.

— Ce ne sera pas nécessaire.

— Pas nécessaire ?

— Vous m'avez entendu... Ne bougez pas.

Il s'approcha du groupe. Ignorant son ordre, Alicia lui emboîta le pas.

À l'extrémité du rang se tenait un homme âgé, voûté, en tenue de maître d'hôtel, à côté d'une superbe rousse armée d'un énorme trousseau de clés. Son décolleté plongeant lui donnait l'air d'une femme de mauvaise vie.

— Vous m'avez désobéi, gronda Dylan.

— Je lui ai dit qu'il ne fallait pas réunir le personnel ici, expliqua le vieil homme d'une voix traînante. Pas vrai, Yates ? ajouta-t-il en se tournant vers la gouvernante.

— Oh, tais-toi, Chalkers ! Tout le monde va se rendre compte que tu as encore fait un petit détour par la cave, répliqua Mme Yates en adressant un clin d'œil à Dylan. Nous voulions simplement présenter nos vœux à l'occasion de votre mariage, monsieur.

Le maître d'hôtel était ivre ! s'indigna Alicia, qui n'en croyait pas ses oreilles. De plus, comment Dylan pouvait-il tolérer une telle familiarité de la part de sa gouvernante ?

Elle avança d'un pas.

— J'aimerais faire la connaissance de chacun d'entre vous, déclara-t-elle.

— Non, décréta Dylan, avant d'élever le ton à l'adresse de ses domestiques. Mme Wilder et moi vous remercions. Vous pouvez disposer.

Pétrifiée, Alicia vit le groupe se disperser vers l'arrière de la maison. Le regard vague, une jeune soubrette s'attarda un peu, vite entraînée par un valet.

— Pour l'amour du Ciel, il faut que je connaisse leurs noms et que j'établisse mon autorité dans cette maison ! protesta la jeune femme.

— Vous n'avez pas à vous occuper des serviteurs. Ils sont sous la responsabilité de Mme Yates.

— Ah oui ? Votre gouvernante se comporte comme une traînée et conteste vos ordres. Et votre maître d'hôtel est un ivrogne !

— Cela ne vous regarde en rien.

— Si, au contraire ! La gouvernante doit montrer l'exemple aux autres domestiques. Elle a besoin d'être guidée par la maîtresse de maison.

— Je parlerai à Yates et à Chalkers. Quant à vous, contentez-vous de renouer avec les membres de la haute société.

La voix dure de Dylan lui glaça le sang. Voilà comment il envisageait leur vie de couple… Il ne lui accorderait aucun rôle sous son toit, il la traiterait comme si elle n'avait aucune importance. Même l'épouse la plus soumise avait de l'autorité sur ses gens. Et Dylan lui refusait ce droit.

Alicia dissimula sa colère sous une froideur méprisante.

— N'ayez crainte, monsieur Wilder. Je respecterai les termes de notre contrat.

— Vous aviez accepté de m'appeler Dylan.

— Vous m'aviez dit que je serais votre épouse, et non votre esclave.

Il ricana, l'entraînant vers l'escalier qui dessinait une courbe gracieuse vers les étages.

— Je vous procurerai tout le luxe dont vous pouvez rêver. Vous n'aurez pas à lever le petit doigt. On ne peut pas dire que ce soit une vie d'esclave.

Affichant un air digne, elle ôta ses gants.

— Pourtant, vous me refusez le droit élémentaire de m'intégrer dans cette maison.

Leurs regards se croisèrent, s'affrontèrent. Il ne s'agissait pas d'un simple badinage. Elle avait la ferme intention d'obtenir son respect.

Les yeux de Dylan prirent une lueur cruelle.

— Mégère ! lança-t-il en l'attirant vers lui.

— Démon ! rétorqua-t-elle.

— Mais si vous tenez à ce que je vous traite comme une épouse, je me ferai un plaisir de m'exécuter...

D'une voix plus douce, il reprit :

— Il n'y a pas de honte à éprouver du désir pour son mari, Alicia... Ce soir, c'est notre nuit de noces. Invitez-moi dans votre lit, et je vous ferai découvrir le plaisir des sens, au-delà de vos rêves les plus fous.

La chaleur de son corps viril fit naître en elle une sensation troublante. Ce parfum d'eau de Cologne, le bleu intense de ses yeux, sa chemise blanche qui contrastait avec ses cheveux noirs et son teint mat... Elle était si proche de lui qu'elle distinguait sa barbe naissante. Elle brûlait de lui caresser la joue, d'explorer les moindres courbes de ce visage superbe.

Son cœur s'emballa. Elle mourait d'envie de goûter une nouvelle fois la saveur de sa bouche.

— Qu'est-ce que c'est que cette bague ?

Alicia émergea de sa rêverie. Il tenait fermement sa main à la lueur du jour, examinant d'un air soupçonneux la bague de saphirs et de diamants.

— Ce n'est pas moi qui vous l'ai offerte, grommela-t-il.

Elle voulut mentir. Cependant, toujours troublée par son contact, elle éprouva le besoin de le punir.

— Je ne vous l'ai pas dit ? répondit-elle d'un air désinvolte. C'est un cadeau de mariage de lord Hailstock.

Dylan afficha une mine sombre. La mâchoire crispée, il lui ôta brutalement sa bague.

— Je vais la lui renvoyer sur-le-champ.

— Elle est à moi ! protesta la jeune femme en essayant de la reprendre.

— Non, répliqua-t-il. Jamais vous n'accepterez le moindre cadeau d'un autre homme que moi. C'est compris ?

Cette violence à peine masquée étonna Alicia. Elle ignorait qu'un homme pût se montrer aussi possessif. Elle aurait compris cette jalousie s'ils avaient été amoureux l'un de l'autre, mais ce n'était pas le cas… Heureusement !

Sous le porche retentirent des bruits de voix et de pas. Lady Éléonore entra au bras de Gérald, talonnée par Mme Philpot.

La comtesse contempla le jeune couple et glousa comme une enfant émerveillée.

— Mon Dieu ! s'exclama-t-elle en portant les mains à son visage. Nous surprenons les mariés dans un moment très intime. N'est-ce pas romantique ?

Rougissante, Alicia s'écarta vivement de Dylan. Elle eut envie de dire à sa mère qu'ils étaient en pleine dispute, et non tendrement enlacés.

Puis elle croisa le regard de Gérald. Ses yeux verts lui posaient une question tacite : Tout va bien ?

Le cœur de la jeune femme se serra. Elle avait toujours été la plus forte de la famille mais, aujourd'hui, elle avait envie de se précipiter vers son frère, de le supplier de la sauver de ce mauvais pas. Elle se força néanmoins à sourire.

Gérald s'avança, faisant claquer ses talons sur le marbre.

— Puis-je m'entretenir avec vous, monsieur Wilder ? Immédiatement.

Son ton impérieux retentit comme un coup de fouet dans le silence.

Alicia rejoignit son frère et tapota tendrement son épaule.

— Prends soin de toi, lui dit-elle. Ce temps humide n'est pas bon pour tes poumons. Tu devrais te reposer…

— Ce qu'il lui faut, c'est un verre de cognac, intervint Dylan. Mesdames, si vous alliez vous rafraîchir avant le repas ? Mme Yates va vous accompagner à l'étage.

Comme si elle écoutait derrière une porte, la gouvernante surgit, l'air presque moqueur, les bras croisés sous sa poitrine généreuse.

— Dois-je montrer ses appartements à Mme Wilder, monsieur ?

Dylan acquiesça.

— Ainsi qu'à lady Éléonore.

Alicia secoua la tête.

— Je veux d'abord m'occuper de mon frère. Regardez ses joues rouges, il a peut-être de la fièvre.

Elle posa la main sur son front. Il était frais, mais le jeune homme venait du dehors.

— Par pitié, Alicia! gémit Gérald en se dégageant. Cesse donc de me couver ainsi! Je vais très bien.

— Vous vous disputez encore, commenta lady Éléonore, soucieuse. Vous vous querellez souvent, n'est-ce pas?

— Alicia est trop autoritaire, déclara Gérald en baissant la tête.

— Je suis l'aînée, objecta la jeune femme. Il est normal que je me sente responsable de lui.

L'air encore plus perplexe, la comtesse se frotta les yeux.

— L'aînée... Mon Dieu, pourquoi l'avais-je oublié?

— Ne vous inquiétez pas, déclara Alicia, peinée. Cela va vous revenir.

— Nous en discuterons lors du repas, intervint Dylan en prenant la main de lady Éléonore pour la confier à Mme Philpot.

D'un ton bien plus doux que celui qu'il employait avec Alicia, il ajouta :

— Montez, à présent, madame. Le jeune comte et moi vous rejoindrons dans la salle à manger.

Il fit signe à Gérald de le suivre.

Le cœur serré, Alicia les regarda s'éloigner vers une porte à double battant. Gérald n'était encore qu'un enfant. Sa silhouette frêle contrastait avec la puissance de Dylan. Côte à côte, les deux hommes évoquaient Lucifer et l'ange Gabriel.

Elle se mordit la lèvre. Si seulement Gérald n'avait pas été témoin de ce baiser passionné, à l'église... Dans un élan chevaleresque, il risquait de provoquer Dylan en duel, et le malheureux n'avait aucune chance contre un homme qui avait grandi dans les bas-fonds et fréquenté la racaille depuis sa plus tendre enfance.

L'influence qu'il pouvait exercer sur Gérald était également préoccupante. Dylan était un beau parleur, capable de faire avaler n'importe quoi à n'importe qui. Et s'il entraînait son frère à sa perte ? Et si Gérald connaissait le destin funeste de son pauvre père ?

— Madame, vous voulez bien me suivre ? fit Mme Yates dans l'escalier, regardant par-dessus son épaule.

Alicia se ressaisit et hocha vivement la tête. Soulevant le bas de sa robe, elle entraîna les autres femmes dans son sillage. Elle ne jeta qu'un regard distrait aux statues et aux dorures qui ornaient sa nouvelle demeure.

Lord Hailstock avait peut-être raison.

Avait-elle commis une erreur fatale en acceptant ce mariage ?

Dylan referma la porte de la bibliothèque et conduisit Gérald vers deux fauteuils en cuir, près de la cheminée de marbre noir. Il était encore furieux d'avoir vu cette maudite bague. Que Hailstock aille au diable !

Il respira profondément. Pour l'heure, il devait apaiser les craintes légitimes de Gérald. Il s'occuperait de Hailstock plus tard.

La pluie martelait encore les carreaux. Un feu crépitait dans l'âtre, réchauffant un peu l'atmosphère. La lumière vacillante des chandelles éclairait le bureau. Dylan aimait s'y installer pour lire, avant l'aube, lorsqu'il rentrait de son cercle.

Dans un vase étaient disposées quelques plumes d'autruche. Personne, à part lui et Fergus, ne savait que ces plumes provenaient d'un éventail ayant appartenu à sa mère, lorsqu'elle jouait le rôle d'une princesse égyptienne au théâtre. Mary Wilder adorait raconter comment Dylan avait fait ses débuts sur les planches dans le rôle de Moïse, alors qu'il n'avait que quelques mois. Au milieu du spectacle, il s'était mis à pleurer et elle avait dû le prendre dans ses bras pour le calmer.

Mary n'avait pas mérité d'être séduite, puis abandonnée par un marquis anglais dénué de scrupules.

Il alla chercher une carafe sur une console.

— Du cognac ?

Le jeune comte crispa les poings.

— Je ne suis pas venu pour boire, Wilder. Je veux savoir quelles sont vos intentions à propos de ma sœur.

— Cela ne vous regarde pas.

— Vous lui aviez promis un mariage chaste. Elle me l'a dit. Si vous lui avez menti, vous aurez affaire à moi !

— Méfiez-vous, avant de traiter les gens de menteurs…

Comme un chiot un peu fou, Gérald bondit en avant.

— J'ai remarqué votre façon de l'embrasser, à l'église. C'était indécent. Vous avez l'intention de l'utiliser pour votre plaisir, de vous imposer à elle ?

Dylan maîtrisa son impatience et versa du cognac dans deux verres en cristal. En d'autres circonstances, il aurait vite mis un terme à cette conversation. Mais Gérald faisait désormais partie de sa famille.

D'ailleurs, Dylan n'aurait guère besoin de forcer Alicia à quoi que ce soit. Il lui suffisait d'un peu de patience pour faire succomber sa délicieuse épouse…

— Je ne me suis jamais imposé à aucune femme, et je n'ai pas l'intention de commencer aujourd'hui, déclara-t-il.

Foulant un épais tapis d'Orient, il tendit un verre à Gérald.

— Asseyez-vous.

Le jeune comte accepta le verre, mais resta debout.

— Jamais je ne vous laisserai maltraiter ma sœur.

— Je vous rappelle qu'elle est ma femme devant Dieu et devant les hommes !

Modérant son ton, Dylan posa la main sur l'épaule de Gérald.

— N'ayez crainte, ajouta-t-il. Je ne lui ferai aucun mal. Vous avez ma parole d'honneur.

Gérald cligna les yeux, perplexe. Dylan exerça une légère pression de la main pour le faire asseoir.

Dès la première gorgée de cognac, Gérald se mit à tousser, les.larmes aux yeux. Toute énergie semblait l'avoir abandonné. Il se pencha en avant, la tête baissée vers son verre.

— Tout est ma faute… J'ai été stupide, et c'est Alicia qui en subit les conséquences.

Dylan s'installa en face de lui. Il étendit les jambes et les croisa nonchalamment. Malgré lui, il ressentait une certaine affection pour son jeune beau-frère.

Il n'avait vu James, son demi-frère, qu'une seule fois. James n'avait que deux ans, à l'époque. Il avait lu la fierté de Hailstock pour son fils légitime. Le marquis était-il toujours aussi fier, maintenant que son héritier n'était plus capable de marcher ?

Avalant une gorgée de cognac, dont il ne sentit même pas le goût, Dylan observa le visage sombre de son interlocuteur.

— Ce qui est fait est fait, déclara-t-il. Ne vous reprochez pas cette partie de cartes.

— Seul un vaurien de la pire espèce oserait jouer la maison de sa mère, le bonheur de sa sœur !

J'étais fou de croire que je pouvais me refaire, simplement parce que j'avais deux as.

Dylan savait très bien quel jeu Gérald avait en main, ce soir-là. Il lui avait suffi d'effectuer un rapide calcul. Comme la plupart des hommes, le comte avait cru en sa bonne étoile. Il n'avait pas pris la peine d'étudier le jeu…

Soudain agité, Dylan se leva et gagna son bureau en acajou. Du premier tiroir, il sortit un document qu'il alla jeter dans les flammes. La reconnaissance de dette se tortilla, puis noircit, avant d'être réduite en cendres.

Il fit volte-face.

— Voilà. Votre dette de vingt mille guinées est annulée.

— Trop tard, répondit Gérald, morose.

— Mais non. Alicia et lady Éléonore seront bien ici. Vous ne les avez pas trahies.

— Alicia aurait dû avoir le choix. Les femmes préfèrent se marier par amour.

— Les femmes se marient par intérêt depuis la nuit des temps.

Gérald ne semblait guère convaincu, mais Dylan préféra ne pas insister.

— Qu'allez-vous faire, maintenant ?

— Je vais essayer de me refaire une fortune, peut-être dans les affaires.

Posant son verre sur une tablette, le comte se leva.

— Je vais aussi chercher un logement, continua-t-il. Je vous demande simplement quelques jours pour tout débarrasser…

— Asseyez-vous, pour l'amour du Ciel ! Je n'ai aucune intention de vous chasser de la résidence Pemberton.

Gérald se raidit.

— J'ai peut-être les poches vides, mais je n'accepterai jamais la charité.

— Telle n'est pas mon intention. Il existe un moyen pour vous de me rembourser et de récupérer la maison...

Dylan espéra qu'il ne regretterait pas son offre. Alicia ne serait certainement pas d'accord, mais elle n'avait pas à intervenir.

— Venez me voir dès demain au cercle.

9

Quatre jours plus tard, Alicia fut introduite dans le salon d'une somptueuse demeure de Grosvenor Square, tandis qu'un valet un peu guindé allait voir si la duchesse pouvait la recevoir. Trop anxieuse pour s'asseoir, elle se mit à arpenter le salon richement meublé. Son regard erra sur les tapisseries anciennes, les délicates figurines de porcelaine, la cheminée de marbre blanc. Elle s'arrêta devant une fenêtre encadrée de rideaux bleus et contempla distraitement le jardin.

Au début, la jeune femme patientait dans la calèche, pendant que son valet déposait l'une de ses nouvelles cartes de visite chez les nobles les plus en vue de la capitale. Elle avait compris que cette façon de procéder n'était pas efficace.

Depuis son mariage, elle avait rendu visite à toutes les familles qu'elle avait autrefois fréquentées. Jusqu'à ce jour, personne n'avait accepté de la recevoir. La raison en était tristement évidente. Nul ne voulait se commettre avec la femme d'un joueur. Ni avec la fille d'une folle.

Cette fois, Alicia ne se laisserait pas claquer la porte au nez. Elle était décidée à tenter le tout pour le tout. Elle obtiendrait une entrevue avec son ancienne amie, qui avait aussi été sa rivale.

Des pas mesurés retentirent dans le vestibule. Elle se détourna de la fenêtre, s'attendant à découvrir un domestique porteur d'un message de refus poli. Au lieu de cela, elle vit une jeune femme entrer dans la pièce.

Sarah, duchesse de Featherstone.

Pétrifiée, Alicia se sentit prise d'un accès d'affection, mêlée de ressentiment et de surprise. Le beau visage de Sarah avait perdu un peu de sa vivacité. Quelques rides se dessinaient même au coin de ses lèvres. Ses superbes yeux violets étaient légèrement cernés. Mais c'était avant tout son apparence qui avait changé. Sa silhouette mince était moulée dans une stricte robe noire, et elle portait un voile de deuil sur ses cheveux blonds.

Alicia esquissa une révérence.

— Excusez cette visite inattendue, déclara-t-elle. J'ignorais que vous étiez en deuil…

— Ne vous excusez pas. Cela fait presque un an que Timothy est décédé.

Timothy, ce grand jeune homme à l'humour ravageur, était mort… C'était à peine croyable.

— Sarah, je suis navrée. Je l'ignorais. Cela fait si longtemps que je ne fréquente plus le monde…

— Je comprends très bien…

Avec un sourire, Sarah lui désigna un fauteuil :

— Asseyez-vous. Nous pourrons bavarder en attendant le thé.

Cette simplicité mit Alicia à l'aise. Elle obéit, songeant combien les choses avaient changé en cinq ans. Autrefois, Sarah et elle avaient été inséparables. Deux jeunes filles rêveuses et insouciantes, savourant leur première saison mondaine. Elles avaient ri à gorge déployée des prétendants ridicules qui rampaient à leurs pieds, et échangé des confidences sur leurs admirateurs respectifs.

Jusqu'au jour où Alicia était tombée amoureuse du séduisant duc de Featherstone.

Dans un premier temps, Sarah était restée étrangement réservée chaque fois que son amie évoquait le jeune duc. Puis, un soir, Alicia l'avait surprise en train d'embrasser le duc dans un jardin. Les deux amies s'étaient transformées en rivales. Elles avaient échangé des paroles cruelles. En apprenant les fiançailles de Sarah avec le duc, Alicia avait pleuré toutes les larmes de son corps. Elle avait refusé de la revoir, allant jusqu'à quitter la ville avant la cérémonie.

À présent, elle considérait ce chagrin de jeunesse comme un caprice, une bagatelle. Elle n'avait pas vraiment aimé le duc. C'était l'idée d'être amoureuse qui lui plaisait. Son comportement semblait aujourd'hui puéril, face au chagrin de Sarah.

La duchesse était trop jeune pour être veuve. La soie noire de sa robe contrastait avec son teint d'ivoire.

— Eh bien, dit-elle d'un ton poli, quelle surprise de recevoir votre visite après tant d'années...

— J'ai perdu le contact avec tout le monde, expliqua Alicia. Mon père est mort peu après votre mariage, de sorte que je n'ai pas connu d'autre saison... Sarah, je regrette amèrement ce qui est arrivé entre nous. J'aurais dû me montrer plus raisonnable. Pourrez-vous me pardonner ?

Sarah haussa imperceptiblement les épaules.

— Le passé ne compte pas.

Son ton froid suggérait qu'elle ne souhaitait pas s'appesantir sur ce sujet douloureux.

Ravalant ses regrets, Alicia se concentra sur le but de sa visite. Existait-il une chance pour elle de retrouver les bonnes grâces de Sarah ? Elle avait honte de son stratagème, compte tenu du deuil de la jeune femme, mais elle n'avait pas le choix.

— J'ai souvent pensé à vous, affirma-t-elle avec un sourire chaleureux. C'est merveilleux de vous revoir ! Comment se porte votre famille ?

— Mes parents vont bien, même s'ils préfèrent désormais la tranquillité de l'Oxfordshire à l'effervescence de la capitale.

— Et votre frère aîné ?

— Il s'est marié, lui aussi. Son fils a un an de moins que le mien.

— Vous avez un fils ?

Alicia se surprit à envier son amie. Jamais elle ne pourrait choyer un enfant...

— Parlez-moi de lui.

— William a quatre ans. C'est un enfant très sage, très sérieux.

Sarah sourit avec tendresse, puis ajouta :

— C'est une chance que j'aie mis au monde un héritier pour Featherstone. Je n'aurais pas apprécié de voir le cousin grippe-sou de Timothy hériter du titre.

— William est à la maison ? s'enquit Alicia. J'aimerais tant le connaître.

— Il prend une leçon avec son précepteur. Il m'est impossible de le déranger.

Sarah posa un regard indifférent sur la robe de satin bleu d'Alicia.

— Assez parlé de moi, déclara-t-elle. Comment se porte votre famille ?

— Comme je l'ai dit, mon père est décédé il y a quelques années. Quant à ma mère... sa santé décline depuis un certain temps. Mais elle a retrouvé la sérénité et est plus gentille que jamais.

Soutenant le regard de son interlocutrice, Alicia

craignit une remarque désobligeante sur la santé mentale de la comtesse.

Mais Sarah demanda simplement :

— Et votre petit chenapan de frère ? J'espère qu'il ne s'amuse plus à regarder par les trous de serrure.

— Non, assura Alicia, soulagée de cette diversion. Dieu merci, ces bêtises lui ont passé. Il a dix-huit ans, maintenant.

— Pourtant, j'ai entendu dire qu'il vous avait donné du fil à retordre, dernièrement...

— Gérald est comme tous les jeunes gens de son âge. Il doit apprendre beaucoup de choses.

Il avait visiblement retenu la leçon. La veille, Alicia lui avait rendu visite à la résidence Pemberton, mais il était absent. Plus tard, il avait adressé un message à sa sœur, expliquant qu'il avait trouvé un emploi dans une société financière et qu'elle ne devait plus s'inquiéter pour lui.

Sarah eut un petit rire.

— Ma chère, vous ne croyez tout de même pas vous en tirer ainsi ! Toute la noblesse est au courant du scandale.

— Que savez-vous, au juste ? demanda prudemment Alicia.

— Eh bien, la vérité sur votre mariage. Chacun sait qu'à cause des dettes du comte de Brockway vous avez été obligée d'épouser une crapule issue des bas-fonds.

Alicia retint son souffle.

À cet instant, un laquais portant une perruque blanche entra, chargé d'un plateau d'argent qu'il posa près de la duchesse. Sarah le congédia d'un geste gracieux. Comme si elle ne venait pas de poignarder Alicia dans le dos, elle déclara :

— Je suppose que vous prenez toujours du sucre dans votre thé...

— Oui.

Alicia fulminait. Le rang social de Sarah semblait l'avoir changée. À une époque, elle sanglotait en voyant un enfant mendier dans la rue, et elle portait des vivres aux infirmes. À présent, elle faisait preuve d'un cynisme qui n'avait plus rien à voir avec la débutante gentille et spirituelle d'autrefois. Si elle n'avait pas eu un objectif précis à remplir, Alicia serait volontiers partie sans un mot de plus.

Sarah lui tendit une tasse en porcelaine, puis une assiette de pâtisseries.

— Un biscuit, peut-être ? Les tuiles aux amandes sont délicieuses.

— Non, merci.

Une crapule issue des bas-fonds.

Même si c'était la vérité, Alicia était blessée. Elle allait devoir s'habituer aux remarques désobligeantes, voire méchantes. Elle eut soudain envie de convaincre Sarah que Dylan était digne d'être accepté par la bonne société.

— C'est étrange que vous ayez une conception aussi fausse de mon mari, dit-elle d'un ton léger. C'est un homme délicat et respectable. On a dû vous induire en erreur, sans doute l'un de ces messieurs ayant perdu toute sa fortune dans son cercle…

Pinçant les lèvres, Sarah posa sa tasse dans sa soucoupe.

— Je ne parlais pas de la nature de ses activités, mais de ses frasques amoureuses. M. Wilder est un débauché notoire. Il ne fréquente que les actrices et les catins.

— Ce sont des ragots malveillants, répliqua Alicia avec force. Il ne faut pas croire tout ce que l'on raconte.

— Ma chère, vous avez passé un certain temps

enfermée chez vous, avec votre mère. J'ai une plus grande expérience du monde. Dans votre intérêt, sachez que les hommes de cette espèce n'ont aucun respect pour les femmes.

Alicia fronça les sourcils.

— Mais mon mari est très courtois. Il me respecte totalement.

— Pour l'instant. Dès que la lune de miel sera terminée, il retournera à ses traînées. C'est ce qui se produit dans de nombreux couples de la noblesse...

D'un geste froid et précis, Sarah saisit sa tasse et en but une gorgée, avant de porter l'estocade :

— Pour vous, avec un mari issu du peuple, la honte sera plus grande encore.

Ce ton condescendant agaça Alicia. Elle serra les dents et compta mentalement jusqu'à dix, se rappelant que la position de Dylan serait assurée si la haute société le voyait en compagnie de la duchesse de Featherstone.

— Pourquoi ne pas en juger par vous-même ? suggéra-t-elle avec un sourire radieux. Nous pourrions faire une promenade au parc, ensemble, demain après-midi.

— C'est tout à fait impossible.

— Un autre jour, alors ? insista Alicia. J'aimerais que nous redevenions amies, comme avant.

Sarah posa sur elle un regard glacial, indéchiffrable.

— Je suis désolée, mais ce temps est révolu. Et je dois ajouter que, à l'époque, jamais vous n'auriez consenti à épouser un homme de condition inférieure, encore moins un roturier.

Cette dernière pique mit le feu aux poudres. Alicia se leva brutalement.

— Tout le monde n'a pas l'opportunité de conclure un mariage d'amour. Vous pourriez faire preuve d'un peu plus de bonté envers celles qui n'ont pas eu votre chance !

Sarah détourna la tête, comme si Alicia n'était pas là. Son superbe visage semblait gravé dans la pierre. Ses cheveux soyeux scintillaient au soleil.

Alicia ne supportait pas d'être ainsi ignorée. Il fallait qu'elle parle, qu'elle se débarrasse de cette douleur qui la hantait.

— Autrefois, j'enviais votre bonheur, Sarah. Et je suis sincèrement désolée de la mort de votre mari... Mais je n'envie guère la duchesse méprisante et condescendante que vous êtes devenue.

Elle posa sa tasse, la gorge nouée. Au moins, elle pouvait maintenant se retirer la tête haute. Elle adressa un dernier regard à son amie.

Aussitôt, elle se ravisa.

Une larme perlait sur sa joue parfaite, puis une autre. Ses lèvres pincées tremblaient. Sarah ne bougeait pas. Son attitude reflétait un profond désespoir.

— Sarah ? Vous allez bien ?

Sans quitter des yeux les rideaux bleus, la duchesse murmura d'une voix rauque :

— Partez.

S'était-elle trompée en jugeant Sarah comme une personne froide et insensible ? Alicia s'approcha et lui effleura le bras.

— Vous pleurez toujours la mort du duc... J'ai eu tort de vous rappeler ce souvenir douloureux.

Soudain, Sarah se tourna vers elle.

— Oui, j'ai du chagrin, mais pas à cause de Timothy. Je n'en ai jamais eu pour lui !

La douleur qu'exprimaient ses yeux violets stupéfia Alicia. Elle s'assit et sortit un mouchoir de sa poche.

— Tenez. Il ne sert à rien de retenir vos larmes.

Tandis que Sarah sanglotait dans le mouchoir en dentelle blanche, Alicia s'interrogea sur l'origine de ce chagrin. Avait-elle connu une vie conjugale tumultueuse ? Le duc et elle semblaient former un couple de conte de fées. Ils étaient jeunes, beaux, amoureux...

Enfin, Sarah se calma et s'essuya les joues.

— Je ne voulais pas pleurnicher comme une enfant... Cela ne m'était pas arrivé depuis fort longtemps.

— La tristesse n'a rien de puéril. J'ai beaucoup pleuré, moi aussi, à cause de ma mère... et d'autres choses.

— Alicia, comment pouvez-vous supporter ma compagnie ? Je me suis comportée comme une harpie. Je méprise la femme que je suis devenue, triste, amère, furieuse contre le monde entier.

Elle prit la main d'Alicia.

— En vérité, vous m'avez manqué, avoua-t-elle. J'avais besoin de me confier à vous. Je n'ai jamais eu le courage de vous dire... de dire à quelqu'un...

— Me dire quoi ?

— Que je pleure... le bonheur que j'ai connu avant que Timothy n'entre dans ma vie.

Troublée par cette révélation inattendue, Alicia ne trouva pas ses mots.

— Je... je croyais qu'il s'agissait d'un mariage d'amour.

— L'amour...

Elle prononça ce mot comme une malédiction, secouant la tête, le regard hanté.

— Je me suis trompée... je ne voyais pas sa véritable personnalité. Ce n'étaient que des belles paroles... des mensonges. Rien que des mensonges.

— Je ne comprends pas.

— Après m'avoir mise enceinte... je m'étais

donnée à lui de tout mon cœur et de toute mon âme… il n'a plus rien voulu avoir à faire avec moi.

— Pourquoi ? demanda Alicia, le cœur serré.

— J'étais trop noble pour lui, trop vertueuse, trop naïve… il préférait les catins, les filles faciles. Il… il est mort d'une crise cardiaque… dans le lit de sa maîtresse.

Horrifiée, Alicia comprit enfin la situation.

— Voilà pourquoi vous méprisez tant mon mari ! Vous croyez qu'il est comme le duc.

— Tous les hommes sont ainsi, décréta Sarah avec amertume. Je n'en ai pas encore rencontré qui ne cède pas à la tentation de la chair. Nous, les femmes, nous sommes aveugles. Nous ne voyons pas leurs défauts… jusqu'à ce qu'il soit trop tard.

Alicia était parfaitement consciente des défauts de Dylan. Il avait eu de nombreuses maîtresses, et elle ne se faisait aucune illusion sur sa fidélité. Pourtant, le pessimisme de Sarah la dérangeait au plus profond d'elle-même.

— Que les hommes agissent comme bon leur semble. Nous en ferons autant. Il ne faut pas laisser cet épisode malheureux gâcher le reste de votre vie.

Sarah semblait pensive.

— Écoutez-moi, reprit Alicia, désireuse de l'aider. Il ne faut pas laisser Timothy gagner la bataille au-delà de la mort. Il faut l'oublier et fréquenter de nouveau les soirées.

Sarah parut s'apaiser un peu.

— Vous avez raison… Vous avez toujours été raisonnable.

— Certains de mes anciens prétendants ne seraient certainement pas d'accord avec vous, répliqua Alicia non sans humour.

— Il est vrai que nous avions beaucoup de succès, se souvint Sarah. Vous vous rappelez comme nous les menions en bateau ?

Un sourire apparut sur le visage de la duchesse, nostalgique.

— Vous aviez beaucoup de succès avec les blonds, ajouta-t-elle.

— Et vous, vous plaisiez aux bruns.

— Mais les grisonnants et les chauves...

— ... nous les laissions aux autres !

— Comme nous étions bonnes de ne pas tous les envoûter ! s'exclama Sarah en riant. Mon Dieu, si seulement je pouvais revenir en arrière... Les fêtes me manquent, les divertissements, l'insouciance de la jeunesse...

— Vous pouvez les retrouver, affirma Alicia, à son tour nostalgique.

Elle était mariée, à présent. Comme elle avait été heureuse, avant la mort de son père et la maladie de sa mère !

— Dès que votre période de deuil sera terminée, vous pourrez aller danser et badiner autant qu'il vous plaira, poursuivit-elle.

— Peut-être. Il est sans doute temps que je jette aux orties cette affreuse robe noire...

Une lueur étrange naquit dans ses yeux violets. Sarah prit la main de son amie.

— Et si je dois faire mon grand retour dans la société, vous serez à mes côtés.

En arrivant chez elle, Alicia partit aussitôt en quête de Dylan, espérant le trouver encore à la maison. Leurs chemins se croisaient rarement – elle y veillait avec soin – mais elle avait appris à reconnaître le bruit de ses pas dans le couloir, ou le son de sa voix dans le vestibule, s'informant ainsi de ses allées et venues. L'après-midi, son mari avait coutume de travailler dans son bureau. Ensuite, il se rendait à son cercle pour y passer la soirée, ne rentrant qu'à l'aube. Alicia se réveillait alors et l'entendait bouger dans ses appartements, qui jouxtaient les siens. Il semblait dormir très peu.

Elle tendit son manteau au maître d'hôtel qui l'attendait à l'entrée.

— Merci, Chalkers. Vous êtes gentil.

Le vieil homme voûté cligna les yeux.

— Bonsoir, madame… enfin, bonjour… enfin…

Des effluves d'alcool envahirent les narines de la jeune femme. Chalkers était encore ivre. Agacée de constater que Dylan n'avait pas réglé ce problème, elle se demanda ce qu'il adviendrait du vieux domestique s'il était chassé.

Elle gagna la bibliothèque, dont la porte était entrouverte. Frappant doucement contre le panneau de chêne, elle le poussa sans attendre de réponse.

Elle décela un parfum de cuir et de papier, respira profondément, savourant le plaisir d'être entourée de livres. Les murs étaient tapissés de milliers d'ouvrages reliés de cuir. Il y avait une impressionnante collection de romans, de traités scientifiques, de pièces de théâtre. Chaque soir, dès que sa mère était couchée, elle avait pris l'habitude de se recroqueviller dans un fauteuil, près de la cheminée, pour lire pendant des heures. C'était à ses yeux le seul avantage de son mariage avec Dylan Wilder.

Possédait-il tous ces livres pour donner l'impression d'être cultivé, parce qu'un gentilhomme digne de ce nom se devait d'avoir une bibliothèque bien garnie ? Ou s'intéressait-il vraiment à tous ces sujets passionnants ? Il affirmait savoir le latin. Il avait dû poursuivre des études sérieuses, à une époque de sa vie.

— Dylan ? fit-elle en entrant.

Le bureau en acajou de son mari trônait au centre de la pièce, étincelant, bien ciré. Le fauteuil était repoussé en arrière, comme si Dylan venait de le quitter. Une pile de documents se dressait sur le buvard, à côté de l'encrier et des plumes.

Quelle déception ! Elle était impatiente de lui faire part de son succès auprès de Sarah. Elle possédait à présent l'amitié de la très estimée duchesse de Featherstone.

— Dommage que vous ayez manqué monsieur, énonça une voix derrière elle.

Étonnée, elle fit volte-face pour découvrir Mme Yates, dans un coin de la pièce, presque dissimulée derrière une plante. Une coiffe blanche était perchée sur ses boucles rousses. Elle tenait un livre fermé dans une main, et un plumeau dans l'autre.

Le rictus qui s'afficha sur le visage trop maquillé de la gouvernante donna à Alicia des frissons.

— Que faites-vous là ?

Mme Yates essuya le livre et le replaça sur l'étagère.

— Je fais mon travail, bien sûr.

— Une gouvernante ne fait pas la poussière. Vous avez des tâches plus importantes à effectuer.

— Par ordre de monsieur, je suis la seule domestique autorisée à entrer dans cette pièce. Et je ne dois la nettoyer qu'en son absence.

Du manche de son plumeau, la femme ôta une poussière de son décolleté, cherchant à mettre en relief sa poitrine généreuse.

— Voyez-vous, monsieur me fait entière confiance…

Ce sous-entendu glaça le sang d'Alicia. Dylan avait-il une liaison avec cette traînée ? Était-ce la raison pour laquelle Yates faisait preuve d'une telle insolence ?

— Finissez votre travail. Dorénavant, c'est à moi que vous rendrez des comptes.

Ignorant la mine boudeuse de la domestique, la jeune femme tourna les talons. Mme Molesworth, demeurée à la résidence Pemberton, lui manquait cruellement. Elle faisait partie de la famille, tout en lui montrant un respect sans limites. Alicia veillerait à ce que Mme Yates en fasse autant.

À peine avait-elle effectué trois pas, qu'elle entendit la gouvernante marmonner pour elle-même :

— Trop distinguée pour partager le lit de monsieur…

Alicia se retourna vivement. Elle avait parfaitement entendu, mais demanda :

— Qu'est-ce que vous dites ?

Yates écarquilla les yeux, puis baissa la tête.

— Rien, madame.

— Vraiment ? répliqua Alicia d'un ton méprisant. Je vous signale que je n'aurais aucune difficulté à trouver une nouvelle gouvernante.

À sa grande surprise, Mme Yates perdit toute sa superbe et parut sincèrement alarmée. Elle esquissa une révérence, cachant sa poitrine derrière son plumeau.

— Je vous en prie, n'en dites rien à monsieur. Il est si bon pour moi…

Alicia mourait d'envie de lui demander jusqu'à quel point il était bon. Mais elle ne voulait pas trahir ses incertitudes. Elle ne pouvait s'empêcher de croire que l'attitude penaude de la gouvernante était feinte.

Trop distinguée pour partager le lit de monsieur.

Elle sentit ses joues s'empourprer. Comment Mme Yates savait-elle que Dylan et elle n'avaient pas consommé leur union ? Cette réflexion attisa sa colère.

Sa première impulsion fut de se précipiter au cercle de jeu.

Mais elle se força à s'arrêter devant la porte de la bibliothèque pour respirer profondément. Là-bas, il y aurait de nombreux messieurs en train de jouer et de boire. Mieux valait éviter un scandale. Elle n'allait pas s'abaisser à ce niveau de vulgarité.

Le contact du mur frais contre sa joue l'apaisa. Elle décida d'attendre son heure. Dès le retour de Dylan, elle lui demanderait des comptes.

10

Dylan demeura quelques instants dans la pénombre, les yeux levés vers la maison de son père. L'imposante façade en pierre était ornée de colonnes et de hautes fenêtres à corniche. Le rez-de-chaussée semblait désert, mais une lampe à huile brillait dans une chambre, à l'étage.

Il se demanda quelle aurait été son existence s'il avait grandi dans cette maison, s'il avait reçu l'éducation traditionnelle d'un fils de marquis...

Qu'importe. Il s'en était sorti à la force du poignet.

Dans sa poche, il sentait la bague incrustée de saphirs et de diamants que le marquis avait eu le toupet d'offrir à Alicia. Cet affront mettait Dylan hors de lui.

Il était tard, mais il savait que le marquis venait de rentrer d'un dîner en ville. Dylan avait ordonné à son cocher de l'attendre au coin de la rue, de crainte d'être remarqué par les voisins. Le moment n'était pas encore venu de révéler au monde l'identité de son père.

D'un pas résolu, il gravit les marches et frappa à la porte. Un valet vêtu d'une livrée noir et argent le fit entrer. Pris d'une désagréable sensation de déjà-vu, il s'arrêta dans le vestibule de marbre. La première fois qu'il était venu ici, il avait dix ans. Il avait été ébahi face à tant de splendeur, le cœur gonflé d'espoir à la perspective de rencontrer son père.

— Veuillez informer le marquis que Dylan Wilder souhaite le voir, déclara-t-il froidement au domestique.

— Bien, monsieur.

Le valet s'éloigna, visiblement perplexe.

Très vite, Dylan lui emboîta le pas. Il n'avait pas l'intention de se laisser congédier comme un malpropre par Hailstock.

En haut de l'escalier, il balaya du regard les superbes statues, les innombrables couloirs. En longeant une galerie à l'avant de la maison, il aperçut le valet en vive conversation avec un homme grisonnant.

Hailstock.

Dylan s'avança vers lui. Le marquis tourna les talons pour le regarder. Le domestique déguerpit sans demander son reste. Hailstock demeura sur le seuil du grand salon, où un feu crépitait dans la cheminée.

— Comment osez-vous vous présenter ici ? fit-il à voix basse, les dents serrées. Je vais vous faire chasser comme un manant que vous êtes !

Ignorant ces paroles, Dylan regarda à l'intérieur du salon. Sur un divan, près de la cheminée, était installé un jeune homme. Ses jambes malades étaient dissimulées par une couverture. Les flammes projetaient des ombres sur ses cheveux châtains et son profil altier. Les yeux fermés, il paraissait assoupi.

Dylan ressentit une impression étrange, tout au fond de lui – sans doute de la colère. Ce garçon n'était autre que James, lord Scarborough, son demi-frère.

— Qu'est-ce qui vous prend ? demanda-t-il à Hailstock. Vous avez peur que votre autre fils ne m'entende ?

Une lueur d'effroi apparut dans les yeux gris du marquis.

— Soyez maudit ! répliqua-t-il, le visage blême, en jetant un coup d'œil dans la pièce. Ne parlez pas si fort. Venez, nous allons descendre pour bavarder tranquillement…

Dylan ne bougea pas.

— Il est inutile de bavarder. Je voulais seulement vous rendre ceci.

Il lui tendit la bague.

Le vieil homme la saisit machinalement.

— Cette bague appartient à Alicia…

— Ma femme n'accepte aucun cadeau de vous.

Savourant son triomphe, Dylan toisa l'homme qu'il détestait depuis tant d'années et ajouta :

— Si vous osez vous approcher d'elle, je vous tuerai.

Dans le salon, James avait les yeux fermés.

Parfois, il aimait faire semblant de dormir pendant que son père recevait de la visite. Il avait ainsi réussi à grappiller de nombreuses informations confidentielles. Souvent, il avait eu envie de rire, lorsqu'une veuve fortunée cherchait à séduire son père. Nul n'avait conscience qu'il avait l'ouïe très fine. Les gens semblaient penser que son handicap affectait tous ses sens.

Lorsque le valet avait annoncé la visite de Dylan Wilder, James avait dressé l'oreille. Il savait que Wilder était ce joueur issu du petit peuple, qui avait épousé Alicia. Il avait compris que ce mariage rendait son père fou de rage. Mais il attribuait cette colère au fait que le marquis aimait régenter son entourage, défaut que James ressentait davantage depuis qu'il était handicapé…

Vous avez peur que votre autre fils ne m'entende ?

À ces mots, James eut l'impression de recevoir un coup de poignard en plein cœur.

Il avait un frère ! Son père, cet homme si attaché aux principes, avait eu un bâtard !

Soudain, son père revint dans la pièce. Il sentit le souffle lourd du marquis, penché sur lui. S'il n'avait pas fait semblant de dormir, James n'aurait jamais appris la terrible vérité.

Vous avez peur que votre autre fils ne m'entende ?

— James…

Le jeune homme ne répondit pas. Il s'affaissa un peu contre les coussins, comme si ce murmure avait perturbé son sommeil.

Enfin, il entendit le marquis s'éloigner. Il brûlait d'envie de l'interroger, mais il savait que son père nierait farouchement. Jamais le puissant marquis de Hailstock n'avouerait l'existence d'un fils illégitime. Et il avait caché ce demi-frère à son héritier.

James se sentait trahi, furieux, bouleversé. Il lui faudrait du temps pour encaisser ce choc terrible.

Il voulait en savoir plus sur Dylan Wilder.

Et il devait réfléchir à ce qu'il allait faire, désormais.

11

Un bruit étrange troubla le sommeil d'Alicia. Noyée dans la chaleur de son lit douillet, elle se blottit plus confortablement sous les couvertures, désireuse de retrouver son rêve. Elle évoluait dans une salle de bal somptueuse, au bras de l'homme le plus charmant qu'elle ait jamais rencontré, un homme aux cheveux d'un noir de jais, aux yeux bleu foncé...

Le bruit se répéta, tel un léger frottement de métal.

Alicia ouvrit les yeux dans la pâleur de l'aube. Chaque colonne du lit à baldaquin était surmontée d'un oiseau d'or, les ailes déployées, tenant dans son bec un ruban en spirale. Désorientée, la jeune femme se demanda où elle se trouvait, et pourquoi sa mère n'était pas à son côté...

Se dressant sur un coude, elle se rappela enfin. Elle vivait désormais chez Dylan Wilder. Lady Éléonore était en sécurité. Sa mère partageait une chambre avec Mme Philpot, juste en face de la sienne.

D'où provenait donc ce raclement bizarre ?

La fraîcheur du matin la fit frissonner. Elle s'assit et balaya du regard l'élégante chambre aux murs tapissés de soie, aux superbes dorures. Les coins de la pièce étaient encore plongés dans la pénombre. Les premières lueurs de l'aube s'insinuaient doucement sur son secrétaire, ses plumiers, son papier à lettres, caressant le tapis d'Orient, le divan bleu et crème, près de la cheminée en marbre… et de la jeune domestique échevelée en train de nettoyer l'âtre.

C'est le bruit de sa pelle qui avait réveillé Alicia.

C'était la première fois qu'elle surprenait sa femme de chambre en plein travail. En général, à son réveil, le feu crépitait déjà, même si elle avait souvent vu la jeune fille se faufiler discrètement hors de la pièce comme une petite souris. Tous les domestiques semblaient se méfier de leur nouvelle maîtresse.

Comme s'ils avaient reçu l'ordre de l'éviter.

— Bonjour ! lança Alicia.

La servante ne répondit pas. Agenouillée devant la cheminée, elle versa une pelletée de cendres dans un seau, posa sa brosse dans une boîte et saisit du petit bois.

— Bonjour ! répéta Alicia plus fort.

La domestique ne prêta aucune attention à elle, disposant le bois dans la cheminée. Elle avait des gestes efficaces, silencieux.

Mme Yates aurait-elle donné l'ordre au personnel d'agir comme si la maîtresse de maison n'existait pas ? Cette pensée mettait Alicia en rage.

— Vous pouvez me répondre, vous savez ! insista-t-elle, repoussant ses couvertures pour se glisser hors du lit.

Ses pieds foulèrent le tapis froid. Elle attrapa son peignoir, posé sur une chaise.

— J'aimerais simplement connaître votre nom…

La jeune fille l'ignorait toujours.

Claquant des dents, Alicia enfila son peignoir

dont elle noua la ceinture. Cette impertinence devait cesser. Elle gagna la cheminée.

La femme de chambre était une fille robuste, aux cheveux bruns. Sa silhouette lui paraissait vaguement familière. N'était-ce pas celle qui s'était attardée dans le vestibule, le jour du mariage, fixant sa nouvelle maîtresse avec étonnement, jusqu'à ce qu'un collègue l'entraîne ?

C'était bien elle. Alicia refusait de tolérer plus longtemps cette insolence. Elle se pencha et posa la main sur l'épaule de la jeune fille, alors qu'elle saisissait le seau de charbon.

La domestique sursauta, renversant le contenu du seau sur le tapis. Le charbon roula sous les sièges et les meubles. Affolée, elle porta les mains à ses lèvres.

Alicia se rendit compte qu'elle ne l'avait pas entendue. Était-elle plongée dans ses pensées ? Ou sourde comme un pot ?

— Je ne voulais pas vous faire peur, assura-t-elle en s'agenouillant. Sincèrement…

La servante semblait lire sur ses lèvres. Elle était sourde. Alicia sentit sa colère fondre, remplacée par de la stupeur. Un homme aussi riche que Dylan pouvait se permettre d'avoir des domestiques triés sur le volet. Or il avait engagé cette jeune sourde, que n'importe quel foyer de la noblesse aurait rejetée.

Ce ne pouvait être par pure bonté d'âme. Dylan était un homme égoïste, cruel. Ne restait qu'une seule explication : il ignorait son handicap.

Les yeux noisette de la jeune fille étaient embués de larmes. Alicia lui tapota gentiment la main.

— Ne pleurez pas, dit-elle en articulant avec soin. Tout est ma faute. C'est un accident.

La servante redressa le seau.

— Non, madame. Je suis si maladroite…

Par bonheur, elle n'était pas muette. Elle avait une voix un peu nasillarde. Posant la main sur son épaule pour attirer son attention, Alicia lui demanda :

— Comment vous appelez-vous ?

— Cathy, répondit-elle, les lèvres tremblantes. Ne me jetez pas à la rue, je vous en supplie, madame ! Je vais tout nettoyer !

— Vous ne perdrez pas votre place, affirma Alicia. Je vous le promets.

À quatre pattes, elle entreprit de ramasser les boules de charbon pour les jeter dans le seau. Cathy s'affaira, lançant des regards prudents à la maîtresse de maison, comme si elle avait du mal à lui faire confiance. Alicia se jura de démontrer à son personnel qu'elle n'était pas l'ogresse qu'il semblait redouter.

Elle aperçut un dernier morceau de charbon sous une chaise. Elle se penchait pour le ramasser, lorsque quelqu'un frappa à la porte.

La porte qui donnait dans la chambre de Dylan.

Le cœur de la jeune femme s'emballa. Son mari ne pouvait entrer. La porte était fermée à clé. Le soir de ses noces, elle avait caché la clé dans un gant qu'elle avait rangé au fond d'un tiroir. Chaque soir, avant de se coucher, elle vérifiait que la serrure était bien verrouillée.

Que pouvait-il bien lui vouloir, à cette heure matinale ?

De toute façon, elle souhaitait lui parler. Mais pas avant d'être habillée.

Elle entendit alors un bruit de serrure, puis la porte s'ouvrit. Dylan apparut sur le seuil.

Alicia se figea. Tel un sultan surveillant son harem, il s'appuya contre le chambranle, avec une désinvolture désarmante. Sa chemise ouverte révélait un torse large et musclé. Ses pieds étaient nus.

Il tenait à la main un trousseau de clés. Elle aurait dû se douter qu'il possédait un double !

Dylan regarda la domestique, puis son épouse, les sourcils froncés.

— Que s'est-il passé ?

Apeurée, Cathy se recroquevilla près de la cheminée. Alicia se releva, jetant le dernier morceau de charbon dans le seau.

— Rien ! répondit-elle vivement. Je ne crois pas vous avoir autorisé à ouvrir cette porte.

— J'ai cru entendre des paroles un peu dures. Je refuse que vous molestiez mes domestiques.

— Vous vous méprenez, déclara-t-elle. Donnez-moi cette clé.

Elle tendit la main. Dylan serra le trousseau dans son poing.

— Ce trousseau est à moi, je le garde.

— Je ne vous demande pas de me remettre toutes vos clés, uniquement celle de ma chambre.

— Non, persista-t-il. J'ai croisé Mme Yates, ce matin. Elle m'a informé que vous me cherchiez…

Ses soupçons concernant la gouvernante ne firent que s'amplifier. Alicia avait réfléchi une bonne partie de la nuit, préparant les reproches qu'elle allait adresser à son mari. Pourtant, elle ne pouvait lui parler tout de suite, de crainte qu'il ne se rende compte de la surdité de Cathy. Il ne manquerait pas de la congédier sur-le-champ.

Elle l'entraîna vers ses propres appartements.

— Mieux vaut bavarder ici, nous serons plus tranquilles.

Dylan la suivit de bonne grâce et referma la porte. Alicia regretta de l'avoir touché, sentant la chaleur de son corps à travers le fin tissu de sa chemise. Elle écarta vivement sa main.

Feignant l'indifférence, elle s'éloigna pour contempler la vaste chambre, confortable et accueillante. Les tables croulaient sous des piles de livres, les murs étaient ornés de tableaux. Les volets étaient encore clos. Seuls le feu de cheminée et une chandelle sur la table de chevet éclairaient la pièce.

Le regard de la jeune femme s'attarda sur le grand lit aux draps froissés. L'oreiller portait encore l'empreinte de sa tête. Dylan avait dû s'allonger quelques heures.

Appuyé sur une colonne du lit, affichant un sourire diabolique, il jouait négligemment avec son trousseau de clés.

— Je vous avais bien dit que vous viendriez me trouver dans ma chambre avant la fin de la saison…

Il la toisa de la tête aux pieds.

— Et vous êtes en chemise de nuit, ajouta-t-il.

Alicia sentit ses joues s'empourprer. Son regard pénétrant lui rappelait qu'elle était une femme. *Sa* femme. Il avait le droit de faire d'elle ce qu'il voulait. Il pouvait la plaquer sur le lit, l'embrasser, la soumettre à ses désirs lubriques. Une douce chaleur irradia le ventre de la jeune femme, une brûlure exquise qui trahissait l'appel de ses sens. Pourtant, Dylan l'agaçait. Par chance, sa chemise de nuit dissimulait ses courbes féminines.

— Je suis venue vous parler, déclara-t-elle.

— Si vous souhaitez m'avouer votre passion ardente, ma chère, je vous écoute.

Quelle arrogance ! Elle eut envie de le gifler.

— Je ne suis pas venue parler de moi, mais de vous, de votre comportement.

— Moi ? Je suis un modèle de vertu.

— Pas avec Mme Yates.

— Yates ? répéta-t-il, contrarié. Je vous ai ordonné de ne pas l'importuner. Elle a son rôle à jouer dans cette maison. Contentez-vous de jouer le vôtre.

Alicia serra rageusement les poings.

— Le problème est de savoir ce que vous faites avec elle.

Dylan fronça les sourcils, jetant ses clés sur le lit.

— Par pitié ! tonna-t-il. Cessez de vous exprimer par devinettes. Si vous avez quelque chose à dire, parlez franchement.

— Très bien. Je suis persuadée que Mme Yates est votre catin.

Dylan ne broncha pas. Alicia distinguait une barbe naissante sur ses joues. Cet aspect négligé le rendait diaboliquement séduisant.

Soudain, il éclata de rire.

— Voilà donc à quoi vous rêvez, le soir, dans votre lit de vierge !

— Je ne rêve pas ! répliqua-t-elle, vexée qu'il considère sa virginité comme un défaut. Cette femme me traite avec une insolence intolérable. Je ne vois qu'une seule raison pour expliquer cette familiarité déplacée : elle sait que le maître de maison ne la réprimandera pas.

— Que vous a-t-elle dit, exactement ?

— Ses paroles ne sont pas dignes d'être répétées.

— Je veux savoir. Je jugerai par moi-même s'il y a lieu de s'offusquer.

— Elle a dit… balbutia Alicia, le rouge aux joues. Elle a dit que j'étais trop hautaine pour partager votre lit.

— Je vois, murmura Dylan en esquissant un sourire énigmatique.

— Non, vous ne voyez pas !

Ivre de rancœur, elle s'approcha, foulant le tapis moelleux de ses pieds nus.

— Elle n'a pu que l'apprendre de votre bouche, ajouta-t-elle.

— Les domestiques sont bien placés pour savoir que nous n'avons pas consommé notre mariage. N'oubliez pas que ce sont eux qui changent les draps du lit.

Alicia plissa le front. Que voulait-il dire par là ? Elle n'osa lui demander d'explication, de peur de le voir s'esclaffer de nouveau.

— Eh bien, je ne tolérerai pas vos frasques sous notre toit, que ce soit avec Mme Yates ou une autre traînée. Si vous voulez courir les femmes, faites-le ailleurs.

Dylan sourit de nouveau. Le mufle !

C'était le moment ou jamais. Elle bondit en avant et saisit le trousseau de clés sur le lit. Puis, serrant son butin contre sa poitrine, elle tourna les talons pour s'éloigner.

Malheureusement, il l'empêcha de passer.

— Si cela vous dérange à ce point, souffla-t-il, faites-la donc mentir. Venez dans mon lit.

Il tendit la main vers elle. Le souffle court, Alicia ne broncha pas. Une boucle noire barrait le front de son mari, lui donnant un air canaille. Derrière elle, le grand lit défait semblait l'appeler. L'édredon était d'un bleu aussi intense que le regard de Dylan.

— Je n'ai pas encore dormi, dit-il d'un ton rauque, envoûtant. Venez vous coucher à mon côté. Laissez-moi vous étreindre, vous embrasser…

Malgré ses bonnes résolutions, Alicia sentit son corps réagir à cette invitation sensuelle. Dylan n'était-il pas son mari ? Elle ne connaissait pas encore le plaisir d'être blottie contre lui. Elle décelait son parfum viril, teinté de fumée et d'alcool. Il avait sans doute passé la nuit à son cercle.

— Vous êtes en train de violer notre accord,

répliqua-t-elle sèchement, cherchant à dissimuler le tremblement de sa voix.

— Mais non ! Nous étions convenus que je pourrais tenter de vous charmer… Venez, je vous ferai découvrir les délices qui s'offrent à une femme.

Il lui prit la main et la porta à ses lèvres, baisant la peau nacrée de son poignet.

Un frisson lui remonta le bras, avant de la parcourir tout entière. Elle avait envie de succomber, et cette faiblesse la glaçait d'effroi.

— Nous étions aussi convenus que vous cesseriez, lorsque je vous le demanderais.

— Vous n'avez rien dit, jusqu'à présent…

Alicia recula, effrayée par l'intensité de son regard.

— Débauché ! Je vous ordonne de vous arrêter immédiatement !

— Puritaine… murmura-t-il. Vous ne pourrez me repousser éternellement.

D'un pas nonchalant, il la rejoignit. Elle recula jusqu'à heurter le bord d'une table, près de la porte de communication. Elle avait envie de se réfugier dans sa chambre, mais Cathy n'avait pas fini d'allumer le feu.

Tenant fermement le trousseau de clés, elle foudroya Dylan du regard.

— Quand vous aurez eu ce que vous voulez, vous me laisserez en paix ?

— Une fois que je vous aurai possédée, vous serez libre.

Était-il sincère ? Cesserait-il de la tourmenter quand il aurait exercé ses droits conjugaux, rien qu'une fois ? Si seulement elle pouvait le croire…

La jeune femme se détourna vite de cette voie dangereuse. Comment pouvait-elle songer à céder du terrain à ce vaurien ?

— Cette conversation est absurde, dit-elle froidement. Surtout maintenant que notre objectif est presque atteint.

Dylan se figea, soudain très sérieux.

— Vous avez trouvé un moyen de me faire entrer dans la haute société ?

Elle opina. En fait, son mari ne cherchait qu'à grimper dans l'échelle sociale, se rappela-t-elle. C'était l'unique raison pour laquelle il l'avait épousée.

— Oui.

— Dites-moi comment.

— Sarah, la duchesse de Featherstone, a accepté de nous parrainer.

Il plissa les yeux.

— Quand ?

— Lord et lady Cuthbert donnent un bal, mardi prochain. Sarah propose que nous l'accompagnions.

Les deux amies avaient passé l'après-midi à faire des projets, riant avec insouciance, comme autrefois. Alicia était heureuse de s'être réconciliée avec Sarah. Elles avaient bavardé pendant des heures, échangeant souvenirs et anecdotes.

— Qui est-elle, pour vous ? demanda-t-il.

— Comment ?

— La duchesse. Vous avez soudain l'air nostalgique…

N'ayant guère envie de se confier à lui, Alicia reprit un air impassible.

— Nous avons été amies, autrefois, lors de notre entrée dans le monde.

— Si elle vous a rejetée après la ruine de votre père et la maladie de votre mère, ce n'est pas vraiment une amie.

— Ce n'est pas le cas. Nous nous sommes brouillées pour d'autres raisons.

— Lesquelles ?

La jeune femme pinça les lèvres. Elle lisait dans le regard de Dylan qu'il ne la laisserait pas s'en tirer sans explications. Mieux valait satisfaire un peu sa curiosité.

— C'est idiot, en réalité, répondit-elle en prenant un petit coffret sur la table, faisant mine de l'admirer. Nous sommes toutes deux tombées amoureuses du duc.

— Vous étiez amoureuse de Featherstone ? Cela ne m'étonne pas.

Le mépris qu'il affichait attira son attention, de même que son expression grave.

— Vous le connaissiez ?

— J'ai pour principe de me renseigner sur tous les hommes qui fréquentent mon cercle. Featherstone n'avait pas un sou de morale.

— C'était un gentleman.

— Alors pourquoi vivait-il ouvertement avec sa maîtresse, même après son mariage ? Elle lui a d'ailleurs donné trois enfants illégitimes.

Alicia reposa doucement le coffret. Sarah n'ignorait pas les frasques de son mari, mais connaissait-elle l'existence de cette seconde famille ?

— Je n'y crois pas, murmura-t-elle. Vous devez être mal informé.

— Je l'ai appris de la bouche du duc. Ce goujat se vantait de ses prouesses, fit Dylan en s'approchant. Vous voyez, ma chère, vous avez bien fait de m'épouser. Au moins, je ne vous impose pas de bâtards.

— Pas encore, corrigea-t-elle, avant de se diriger vers la porte de communication.

Dylan posa la main sur le panneau de bois.

— Les clés, dit-il.

Il n'était qu'à quelques centimètres d'elle. Elle sentait la chaleur de son corps. Resserrant les doigts sur le trousseau, elle tenta de masquer sa vulnérabilité.

— Je vais prendre celle qui ouvre cette porte.

Il plissa les yeux, dissimulant ses pensées. L'espace d'un instant, elle eut peur qu'il ne refuse.

— Comme vous voudrez, conclut-il avec un hochement de tête.

Il détacha la clé du trousseau et la lui tendit.

— Vous êtes une femme sans cœur, madame Wilder.

— Et vous un démon invivable, monsieur Wilder, répliqua-t-elle.

Elle eut envie de vérifier qu'il s'agissait de la bonne clé, mais se ravisa.

En entrant dans sa chambre, elle constata que Cathy avait allumé le feu avant de se retirer.

Soulagée, elle se retourna pour fermer la porte.

— Bonne journée, dit-elle. Ou plutôt bonne nuit.

Les traits de Dylan se durcirent.

— Encore un mot, ma chère épouse. Je doute que Cathy soit à la hauteur de vos critères, en ce qui concerne la domesticité. Mais vous ne la chasserez pas d'ici. Je vous l'interdis.

Sur ces paroles, il lui claqua la porte au nez.

12

Un peu plus tard, en quittant sa chambre, Alicia eut une nouvelle surprise.

Décidée à passer la journée à se familiariser avec la maison, elle avait enfilé une robe de mousseline bleu ciel, dont elle avait orné le décolleté de dentelle car elle le jugeait trop audacieux. Après ce début de journée un peu difficile, elle avait retrouvé son assurance et son calme, et se sentait prête à affronter le monde entier.

Pourtant, elle ne parvenait pas à oublier Dylan, sans doute endormi dans son lit…

En pénétrant chez elle, il avait anéanti sa relative impression de sécurité. Elle avait dissimulé sa seconde clé dans un tiroir du secrétaire, mais savait pertinemment que Dylan pourrait s'en procurer une autre, s'il le souhaitait. Plus que jamais, elle devait rester sur ses gardes.

Ce n'était pas parce qu'il avait pris la défense de Cathy qu'elle pouvait lui faire confiance. Certes, il était au courant de la surdité de la domestique, mais ce n'était pas par compassion qu'il se montrait protecteur. En fait, ce qu'il aimait, c'était exercer un pouvoir absolu sur son épouse.

Qu'importe ! Alicia agirait à sa guise.

C'est alors qu'elle remarqua un bataillon de valets qui entraient et sortaient de la chambre de sa mère, brandissant de nombreuses boîtes.

Intriguée, elle pénétra à son tour dans la chambre. Les rideaux ouverts offraient une vue splendide sur le parc verdoyant. Les deux lits étaient faits. Ni sa mère ni Mme Philpot n'étaient présentes.

Un petit homme trapu, portant une veste rouge et une culotte bouffante bleue, indiquait aux valets la direction de la garde-robe.

— Attention, bande de maladroits ! lançait-il de sa voix de stentor. Ce ne sont pas des haillons que vous transportez, que diable !

— Monsieur ? Que se passe-t-il ? demanda Alicia en se précipitant vers lui.

— Ah, voici la maîtresse de maison !

Il s'inclina poliment, révélant un crâne légèrement dégarni. Puis il se balança d'avant en arrière, gonflant le poitrail, se rengorgeant de fierté.

— Permettez-moi de me présenter, madame. Je suis le signor Rinaldo, maître des costumes du théâtre royal.

— Le théâtre ?

Perplexe, Alicia regarda autour d'elle. Les femmes de chambre commençaient à déballer les boîtes. Robes, souliers et gants jonchaient le tapis et les tables.

Tout au fond de la pièce se tenait lady Éléonore, drapée dans une énorme cape rouge, un chapeau à plume posé sur la tête.

— Holà, moussaillon ! lui lança-t-elle. Montez donc à bord de mon navire de pirate. Nous partons en guerre contre un galion espagnol.

— Mon Dieu… murmura Alicia, consternée.

Abandonnant le signor Rinaldo, la jeune femme se fraya un chemin parmi les costumes, fascinée par les piles de perruques, de toges romaines, de tuniques médiévales. Sur la coiffeuse, elle découvrit des coffrets à bijoux de théâtre. Sa mère aurait-elle commandé tous ces objets ? Mon Dieu, comment allait réagir Dylan ?

Mme Philpot, qui était en train de fouiller dans une malle, se redressa.

— Pour vous, capitaine ! dit-elle à lady Éléonore en lui tendant une large ceinture de soie noire.

La comtesse noua la ceinture autour de sa taille et y glissa un poignard en bois. Puis elle écarta les jambes, comme si elle se trouvait sur le pont d'un navire.

— Prenez garde à vous, vils brigands ! Je suis Anne Bonny, reine des mers, princesse des océans !

Jouant le jeu, Alicia saisit un coffret renfermant de fausses pièces d'or.

— Voici votre butin, ô reine des pirates !

— Je vous prends sous mon aile, déclara lady Éléonore, magnanime, avant de s'asseoir pour examiner son trésor.

Alicia en profita pour entraîner Mme Philpot à l'écart.

— C'est ma mère qui a commandé tous ces objets ? Il va falloir les renvoyer avant que mon mari ne l'apprenne !

— Certainement pas, madame, répondit Mme Philpot, les yeux pétillants. Ce sont des cadeaux.

— Des cadeaux ? Des cadeaux de qui ?

— Mais de votre mari, bien sûr ! M. Wilder sait combien votre maman aime jouer la comédie. Il lui a acheté tous ces costumes auprès d'une troupe de théâtre. N'est-ce pas adorable de la part de votre mari ?

— Oh… si.

Les jambes de la jeune femme menaçaient de se

dérober. Elle dut s'asseoir pour regarder sa mère. Lady Éléonore explorait un nouveau coffret. Elle en sortit un foulard criard qu'elle glissa autour de son cou. Son bonheur faisait plaisir à voir.

C'était à Dylan qu'elle devait une telle joie. Cette générosité était étonnante, de la part d'un homme qui ne se souciait que de son propre bien-être. Pourtant, elle ne devinait aucune explication égoïste à son geste. Plus elle découvrait la personnalité de cet homme, moins elle le comprenait. Il représentait une énigme.

Elle se ressaisit et redressa la tête.

Dylan était le monstre qui avait entraîné Gérald à sa perte et l'avait obligée à l'épouser, elle ne devait pas l'oublier. Il lui avait volé sa maison, il avait manipulé la vie des siens, dans le seul but de gravir les échelons de la société…

Après tout, il avait droit à ses petits secrets. Elle n'avait nulle envie de les dévoiler.

Mieux valait ne plus penser à lui.

Dylan longea le couloir pour gagner l'escalier. La faible lueur des lampes à huile semblait refléter son humeur sombre. Il avait trop dormi. Il aurait dû partir pour son cercle des heures plus tôt.

Certes, Fergus s'occuperait de la banque et son personnel était parfaitement capable de satisfaire les requêtes des premiers clients. Cependant, il aimait superviser les jeux. C'était grâce à son sens du détail que le cercle avait acquis sa réputation de luxe et de raffinement.

Dans la matinée, il n'avait cessé de se retourner dans son lit, avant de sombrer dans un sommeil agité, peuplé de rêves troublants. Il s'était réveillé frustré, obsédé par l'image de sa femme… Lady Alicia semblait si douce et si vulnérable, en chemise de nuit, les cheveux emmêlés. Elle avait feint l'indifférence, mais il savait qu'elle le désirait. Il l'avait lu dans son regard. Chaque fois qu'il la touchait, elle retenait son souffle, n'osant se laisser aller à sa nature profonde.

Il mourait d'envie de la débarrasser de cet air supérieur, d'éveiller la passion charnelle qui sommeillait en elle. Il voulait l'entendre gémir d'extase sous ses caresses.

Une nuit de débauche entre les bras de sa maîtresse aurait été le seul remède à de pareils tourments. Malheureusement, il s'était séparé de la rousse Lydia...

Alicia l'avait accusé d'entretenir une liaison avec Eliza Yates. Cette idée saugrenue l'amusait. Naturellement, elle ne pouvait connaître la vraie raison pour laquelle sa gouvernante était si attachée à lui.

Il traversa une galerie plongée dans la pénombre. Ses pas résonnaient sur le marbre. C'était ici qu'il exposait ses plus belles acquisitions, tableaux et statuettes, signes de sa richesse et de son bon goût. Perdu dans ses pensées, il prêta à peine attention à la magnifique collection.

Il touchait presque au but qu'il s'était fixé, songeait-il.

Déjà, Alicia lui avait obtenu une invitation à un bal. Il ferait son entrée dans le monde. Mais pas pour les raisons que soupçonnait sa femme. Il savourait déjà la stupeur de Hailstock, lorsque celui-ci se rendrait compte qu'il ne pouvait plus tenir son bâtard à l'écart de ses proches...

— Oh!

L'exclamation étouffée provenait d'un coin sombre. Dylan se retourna vivement. Dans une alcôve se dressait une statue de Diane chasseresse.

Derrière elle, surgit une petite silhouette drapée dans une cape.

Un chapeau à plume surmontait un doux visage ovale.

— Chère comtesse, dit-il en s'inclinant, je suis désolé de vous avoir fait peur. Où est donc passée Mme Philpot ?

Elle s'approcha timidement de lui. Dylan remarqua sa ressemblance troublante avec Alicia.

— Monsieur Wilder ? demanda lady Éléonore, qui venait manifestement de reprendre ses esprits. Ô Seigneur… j'ai cru, l'espace d'un instant… vous… vous m'avez rappelé quelqu'un…

Dylan se figea.

Hailstock.

Il avait fini par se convaincre que son lien de parenté avec le marquis était indécelable. Mais lady Éléonore le connaissait depuis des années. Elle se rappelait l'allure qu'il avait, étant jeune.

Il ne voulait surtout pas qu'elle devine la vérité.

S'approchant d'elle, il lui prit les mains.

— Qui cela ? murmura-t-il. À qui vous fais-je penser ?

— Quelqu'un… autrefois…

Elle se mit à frissonner.

— Mon Dieu, j'ai si peur…

— Peur de quoi ? s'étonna-t-il.

— J'ai peur… de me souvenir…

Elle dégagea ses mains et les cacha sous sa cape. Les yeux embués de larmes, elle chancela, puis elle fondit en larmes comme si elle avait le cœur brisé.

Instinctivement, Dylan prit la vieille dame dans ses bras. Elle se laissa aller contre lui, faisant tomber son chapeau. Il sortit un mouchoir et le lui tendit, ne sachant comment la consoler.

Pleurait-elle parce qu'elle redoutait Hailstock ?

Savait-elle qu'il avait menacé de l'enfermer à l'asile ?

La mâchoire crispée, il déclara :

— Je vous assure que vous n'avez aucune raison de vous mettre dans cet état… Ici, vous êtes en sécurité. Avec moi.

Elle respira profondément.

— Ce n'est pas moi qu'il faut protéger.

À qui pensait-elle donc ? À Alicia ?

— Regardez-moi, ordonna Dylan en l'obligeant à lui faire face.

Des mèches de cheveux blonds et gris encadraient son visage fragile. Elle cligna les yeux, comme si elle ne le reconnaissait pas. Il la sentit dériver une nouvelle fois vers la folie, emportant avec elle son secret.

— Il faut me dire qui a besoin de protection, insista-t-il. C'est le seul moyen pour que je puisse aider cette personne.

Se tapotant les joues avec le mouchoir, elle secoua la tête.

— Personne ne peut l'aider. Hélas, il est trop tard.

— Je ne comprends pas. De quoi avez-vous peur ?

Elle lui adressa un regard vide. Puis elle lui tapota la main, comme si c'était lui qui avait besoin d'être rassuré.

— Je vous aime beaucoup, déclara-t-elle. Vous êtes très gentil.

Dylan maîtrisa à grand-peine son impatience.

— Madame, je vous en prie, réfléchissez. Si quelqu'un vous a menacée, vous ou un être cher, il faut me le dire.

Lady Éléonore sortit de sous sa cape le poignard en bois.

— Me menacer ? Qui oserait faire une chose pareille ? Je suis Anne Bonny, la reine des mers !

Dylan se sentit frustré. Le regard rêveur de la vieille dame indiquait qu'il ne tirerait plus rien d'elle. Il ramassa son chapeau et le lui tendit.

— Je crois que vous avez perdu ceci, madame la pirate.

Lady Brockway remit son chapeau, bien trop grand pour elle. La plume blanche lui tombait sur les yeux.

— Je vous remercie. De quoi ai-je l'air ?

— Vous semblez assez féroce pour terroriser Barbe Noire en personne. Puis-je vous accompagner sur le pont inférieur ? Nous verrons si nous pouvons trouver vos compagnons.

Elle lui prit le bras en riant. Ensemble, ils descendirent le grand escalier. La vieille dame était à nouveau radieuse, insouciante. Toute son angoisse avait disparu. Dylan avait l'impression que les rêves étaient pour elle un refuge contre les mauvais souvenirs qui la hantaient. Sa folie était peut-être le résultat d'un événement terrible auquel elle avait assisté.

Qui avait pu lui faire peur à ce point ? Hailstock ? Et qui, selon elle, était en danger ? Dylan se promit de le découvrir.

Ils arrivèrent dans le couloir menant au salon. Alicia et son frère avaient coutume de prendre le thé à cette heure-là. Ils entendirent en effet des bruits de conversation.

S'arrêtant sur le seuil, Dylan salua lady Éléonore.

— On dirait que votre équipage est au bord de la mutinerie, dit-il à voix basse. Vous feriez mieux de remettre de l'ordre dans vos troupes.

— Vous ne m'accompagnez pas ? Vous feriez un excellent second.

— Je regrette, répondit-il en souriant. Je dois commander mon propre navire.

La vieille dame pénétra dans la pièce.

Il entendit l'exclamation de soulagement d'Alicia. Mme Philpot semblait inquiète. Quant à Gérald, il se contenta de gronder gentiment sa mère.

Au lieu de s'éloigner, Dylan entra à son tour, mais demeura en retrait. Le petit groupe était rassemblé à l'autre extrémité de la pièce.

Superbe dans sa robe bleue, Alicia embrassa sa mère. Mme Philpot lui essuya les yeux. Le chapeau à plume tomba de nouveau à terre. Gérald le ramassa, un peu gêné par le déguisement de la comtesse.

Nul ne remarqua la présence de Dylan.

Alicia conduisit sa mère vers les fauteuils, près de la cheminée. Tous se rassemblèrent autour de la vieille dame, lui proposant du thé et des gâteaux.

— Nous allions partir à votre recherche, expliqua Gérald en posant une serviette sur les genoux de sa mère. Vous nous avez fait peur en disparaissant ainsi.

— Je n'étais pas perdue, protesta lady Éléonore. Un bon capitaine sait toujours où il va.

— Bien sûr, répondit Alicia en posant la main sur son épaule. Nous vous aimons et nous étions inquiets, c'est tout.

Face à cette scène, Dylan ressentit presque de l'envie. Ils formaient une famille unie et heureuse. Il était un intrus sous son propre toit.

Il recula, le visage grave. Son destin était scellé depuis longtemps, et il ne trouverait le repos que lorsqu'il aurait atteint son but. Rien d'autre n'avait d'importance.

Surtout pas sa comtesse de femme.

13

Le soir du grand bal, Alicia fut prête une heure à l'avance. Aussi décida-t-elle de passer un moment avec sa mère.

Mme Philpot était en train de lui lire *Les Voyages de Gulliver* au coin du feu. Lady Éléonore était si passionnée par le récit qu'elle se contenta d'adresser à sa fille un sourire distrait, avant de lui faire signe de sortir.

Ne sachant comment passer le temps, Alicia se rendit à la bibliothèque pour choisir un livre. Un peu de distraction apaiserait peut-être la tension qui l'étreignait, cette impatience fébrile qui l'avait tenaillée toute la journée. Les invités ne manqueraient pas de lui battre froid. L'influence de la duchesse ne pourrait empêcher certains prétentieux de la rejeter. Elle dut se répéter qu'elle ne sortait pas pour son propre plaisir, mais pour remplir sa part du contrat.

Après tout, n'avait-elle pas conclu un accord avec un joueur dénué de scrupules ?

Elle se souvint de sa première sortie, lorsqu'elle avait dix-huit ans et la tête remplie d'étoiles…

Ce soir, elle portait une robe de bal de mousseline blanche brodée de fils d'or, à manches bouffantes.

Grâce à des soins quotidiens, elle avait retrouvé ses mains blanches et douces de femme du monde. Nul ne pouvait soupçonner que, un mois plus tôt, elle était encore en train d'astiquer le plancher et de faire la lessive.

Ses mules de satin ne faisaient aucun bruit sur le sol du vestibule. Elle se rappela ses admirateurs transis, le plaisir de pouvoir choisir ses cavaliers. Elle s'imagina en train de virevolter au son de l'orchestre, libre et insouciante.

Emportée par son élan, elle esquissa un pas de danse en franchissant le seuil de la bibliothèque.

— Vous rêvez de moi ?

La voix grave de Dylan la ramena à la réalité. Elle recula d'un bond, se cognant contre un fauteuil de cuir.

— Vous êtes en avance, déclara-t-elle sur un ton de reproche.

— Vous aussi, répliqua son mari en rangeant un livre sur l'étagère.

Elle ne put s'empêcher de remarquer combien il était séduisant, dans son costume bleu sombre à boutons d'argent, un foulard blanc autour du cou. Une douce chaleur l'envahit, une sorte d'attirance mêlée de ressentiment.

Depuis leur entrevue houleuse, dans sa chambre, elle n'avait presque pas croisé Dylan. Chacun vivait à son rythme. À l'aube, il rentrait de son cercle et dormait toute la matinée. Puis il ressortait dans l'après-midi, pendant qu'Alicia faisait des courses avec Sarah. Cet arrangement convenait parfaitement à la jeune femme. Moins elle voyait son époux, mieux elle se portait.

Il la toisa d'un regard perçant. Ses yeux s'attardèrent sur son décolleté audacieux. Elle eut toutes les peines du monde à ne pas couvrir la peau dénudée de sa gorge. Cette pudeur ne ferait qu'irriter Dylan, qui ne manquerait pas de se moquer d'elle.

Elle afficha donc un air hautain.

— Un petit conseil, lança-t-elle. Si vous posez un regard aussi grossier sur une dame, ce soir, vous allez passer pour un cuistre et un débauché.

— Et si vous parlez sur ce ton à quiconque, vous passerez pour une pimbêche, rétorqua-t-il avec un rictus sardonique, sans la quitter des yeux. Une ravissante pimbêche, je vous l'accorde, mais une pimbêche. Toutefois, il manque à votre toilette la touche finale.

Il prit sur son bureau un étui en cuir, qu'il ouvrit. Dans un écrin de velours crème étaient disposés des bijoux en diamants et en perles, d'une splendeur à couper le souffle.

Alicia détourna les yeux.

— Vous m'avez déjà offert des bijoux à l'occasion de notre mariage. Je ne puis accepter des cadeaux aussi coûteux.

— Mais si. Je tiens à ce que tout le monde admire ma femme.

Ce ton dominateur lui rappela qu'elle n'était qu'un pion entre ses mains, qu'il l'avait gagnée au jeu. Ce soir, elle allait devoir exhiber la richesse que son roturier de mari avait acquise au détriment de jeunes imbéciles fortunés. Elle n'avait pas le choix.

Pendant qu'il l'ornait de bijoux, Alicia demeura immobile, figée. Une tiare exquise, des dormeuses délicates, un collier extravagant, avec un solitaire énorme entouré de perles fines…

Puis Dylan l'entraîna dans le couloir, devant un miroir. Il se plaça derrière elle, les mains sur ses épaules nues. Leurs regards se croisèrent dans la glace.

— Regardez, souffla-t-il à son oreille. Voyez comme vous êtes belle…

Son air satisfait la fit frissonner. Il la considérait comme un objet décoratif, rien de plus.

Alicia fut cependant frappée par l'harmonie indiscutable qui existait entre eux. Ils formaient un couple magnifique, elle avec sa robe blanche, ses diamants, et lui, avec sa perfection masculine, ses traits implacables et envoûtants.

— Ce n'est qu'une illusion, murmura-t-elle, pensant à voix haute.

— Mais vous êtes mon illusion, répondit-il en se penchant vers elle, soutenant son regard, lui effleurant la nuque. Vous êtes à moi seul…

Ils arrivèrent en avance chez Sarah. Un majordome au crâne dégarni les conduisit le long d'un couloir interminable, puis franchit une porte pour annoncer les visiteurs. Tous deux entrèrent dans un salon aux tons jaunes.

Sarah apparut. Sa robe de soie verte mettait en valeur ses cheveux blonds et ses longs cils. Un collier en émeraudes ornait son cou gracile.

Alicia alla l'embrasser sur la joue.

— Sarah, ne m'en veuillez pas. Nous sommes un peu en avance. J'espère que cela ne vous dérange pas.

— Ce n'est rien.

Sa rigidité semblait en contradiction avec leur complicité de la semaine écoulée. Une pensée troublait Alicia : Sarah regrettait-elle sa proposition ? Allait-elle rejeter Dylan ?

— Puis-je vous présenter mon mari ? reprit-elle en reculant d'un pas. M. Dylan Wilder.

Il porta la main de la duchesse à ses lèvres.

— Votre Grâce, c'est un plaisir de rencontrer une amie de ma femme.

— Monsieur Wilder, répondit froidement Sarah, vous êtes un homme bien mystérieux. Alicia ne m'a guère parlé de vous.

— Je pourrais en dire autant de vous. Je me réjouis à l'idée que nous fassions plus ample connaissance.

Il esquissa ce sourire qu'il savait ravageur, qui avait le don de faire défaillir Alicia. Toutefois, Sarah semblait insensible à son charme. Elle désigna une rangée de sièges, près de la fenêtre. C'est alors qu'Alicia remarqua l'enfant.

Son cœur s'emballa. Le fils de Sarah.

Le jeune duc avait les cheveux de sa mère, des boucles châtain foncé, mais la ressemblance s'arrêtait là. Le visage grave, William ressemblait à un petit adulte, vêtu de son plus beau costume, avec un jabot en dentelle.

Sarah le rejoignit et posa les mains sur ses épaules.

— J'étais en train de dire bonsoir à William, mon fils, déclara-t-elle. Salue nos invités, chéri.

Le garçon s'inclina docilement, un bras plié, l'autre dans le dos, comme le voulait l'usage.

Alicia s'approcha de lui.

— Votre Grâce, dit-elle, je suis lady Alicia, une amie de votre mère. J'espère que nous nous entendrons bien.

William baissa les yeux vers ses chaussures vernies.

— Il est certainement ravi de vous rencontrer, intervint Sarah. Il est juste un peu… timide. Depuis la mort de son père, nous ne sortons plus.

Alicia eut de la peine pour lui. Pendant la semaine, Sarah avait trouvé mille prétextes pour ne pas lui présenter l'enfant, affirmant qu'il était en promenade, ou qu'il faisait la sieste. En réalité, elle le protégeait des contacts extérieurs. À part sa mère et les domestiques, William ne fréquentait personne. Il devait être difficile pour un enfant si jeune de perdre son père, même si Featherstone avait été négligent. De plus, le titre de duc était lourd à porter pour un garçon de quatre ans.

— Peut-être irons-nous un jour pique-niquer avec votre mère, déclara Alicia. Cela vous plairait ?

William haussa les épaules.

— Si vous aviez un petit bateau, ajouta Dylan, nous trouverions certainement un étang.

Alicia sursauta. Elle n'avait pas remarqué sa présence, juste derrière elle.

L'enfant gardait les yeux baissés.

— C'est très gentil, monsieur Wilder, dit Sarah avec un regard inquiet vers son fils. Mais je ne voudrais pas vous importuner, tous les deux.

— Ce n'est pas un problème, assura Dylan.

Il se pencha vers William.

— Peut-être préféreriez-vous aller au cirque voir les acrobates, les clowns, les trapézistes... Il y a même un magicien formidable.

L'enfant parut enfin intéressé.

— Tiens, qu'est-ce que c'est ? reprit Dylan en faisant surgir une pièce d'or de derrière l'oreille du garçon. Vous devriez mieux veiller à votre toilette.

William écarquilla les yeux. Il prit la pièce, très impressionné, la tournant dans tous les sens pour en découvrir les secrets.

— Monsieur, comment avez-vous fait ?

— C'est magique. Voulez-vous que je recommence ?

William hocha vigoureusement la tête.

Dylan plaça la pièce dans sa paume, ferma le

poing et le retourna. Il tapota le dos de sa main, souffla dessus. Quand il ouvrit la main, celle-ci était vide.

William était époustouflé.

Ce qui impressionnait le plus Alicia n'était pas ce tour de magie, mais la volonté de Dylan de divertir l'enfant. C'était un aspect de sa personnalité qu'elle n'aurait jamais soupçonné. Elle n'en croyait pas ses yeux. Avait-il déjà souhaité devenir père ? Avait-il ressenti ce besoin comme elle, autrefois, avant la maladie de sa mère ?

Elle chassa vite ces questions douloureuses de son esprit. Pour lui, le mariage ne servait qu'à une chose : satisfaire ses ambitions sociales. De plus, elle s'était juré de lui refuser ses droits conjugaux. Il était hors de question pour elle d'avoir un bébé. Malgré son désir ardent de donner la vie, elle ne pouvait prendre le risque de voir son enfant souffrir de la même maladie que sa mère...

— Gérald ? fit Alicia, étonnée.

S'arrêtant près de l'hôtel particulier des Cuthbert, elle dévisagea son frère. Il était à cheval, passant devant le long cortège de calèches qui déposaient les invités du bal. Des notes de musique s'échappaient déjà de la maison. Des torches bordaient l'allée, projetant une lumière dorée sur le jeune comte. Très élégant dans son manteau vert et ses hauts-de-chausses jaunes, il mit pied à terre et tendit les rênes à un valet.

— J'espère que personne ne m'en voudra de ne pas attendre mon tour, déclara-t-il avec un large sourire en saluant les dames.

— Seigneur ! s'exclama la duchesse. Vous êtes donc ce jeune garnement qui nous espionnait autrefois, votre sœur et moi ? Vous avez beaucoup changé.

— Dites-le à ma sœur, répondit Gérald avec un soupir théâtral. Si on l'écoutait, je serais encore à la nursery.

Alicia entendait à peine leur conversation. Son regard était rivé sur la jument que le valet emmenait aux écuries.

Soudain, elle se précipita à la suite du domestique. Elle prit les rênes et flatta l'encolure de la bête, qui parut la reconnaître et pencha la tête vers elle.

— C'est bien toi, murmura la jeune femme. Je suis si heureuse de te retrouver.

Radieuse, elle rejoignit ses compagnons.

— Gérald, tu ne m'avais pas dit que tu avais récupéré la jument. Comment as-tu fait ?

Son frère haussa les épaules.

— Elle ne cessait de jeter Chesterfield à terre. Je l'ai persuadé de me la restituer.

— Tu l'as remboursé ?

— Plus ou moins.

Cette réponse l'aurait satisfaite, si elle n'avait pas surpris un regard de connivence entre Gérald et Dylan.

— Venez, dit ce dernier. Nous discuterons plus tard.

Intriguée, Alicia prit le bras de son mari. Gérald et Sarah les précédèrent dans la maison, passant devant des valets guindés. Ils devaient d'abord saluer leurs hôtes, qui attendaient près du grand escalier.

Un lustre en cristal scintillait de mille feux. D'énormes bouquets de fleurs embaumaient l'atmosphère. Le brouhaha de conversations résonnait sous le plafond voûté. Sarah et Gérald plaisantaient gaiement, comme de vieux amis.

Alicia en profita pour interroger son mari.

— Dites-moi tout, lui chuchota-t-elle à l'oreille. Avez-vous encore poussé Gérald à jouer ?

Il leva un sourcil, feignant l'innocence.

— Bien sûr que non.

— Je ne crois pas une seconde que le vicomte de Chesterfield ait rendu la jument sans raison valable. Cela faisait des années qu'il la convoitait. Comment Gérald s'est-il procuré cet argent ?

— J'ai entendu dire qu'il avait trouvé du travail, déclara Dylan avec indifférence.

— Encore des activités douteuses, marmonna-t-elle en affichant un sourire de façade.

Gérald prétendait occuper un poste dans une institution financière, mais refusait d'en divulguer davantage. Il était sans doute trop fier pour admettre qu'il en était réduit à travailler pour vivre, comme un homme du peuple.

— Il ne peut se permettre de racheter ce cheval ! Comment va-t-il payer ses factures ?

— Inutile de vous inquiéter sans cesse pour lui. C'est son problème, pas le vôtre.

— C'est mon frère. Évidemment, vous ne pouvez pas comprendre les liens du sang.

Elle regretta aussitôt ces paroles. Malgré le comportement agaçant de Dylan, il ne méritait pas une telle méchanceté.

Le regard de son mari se voila.

— Je vais vous le dire, gronda-t-il en s'approchant d'elle. C'est moi qui lui ai fourni la somme nécessaire.

Il esquissa un sourire, puis ajouta :

— Ainsi, personne ne me reprochera de laisser mon noble beau-frère arpenter les rues de Londres à pied.

Sa proximité donna la chair de poule à la jeune femme. Désormais, elle lui était encore plus redevable. Il avait sans doute agi par pur égoïsme. L'argent était pour lui un moyen de s'offrir une respectabilité. Il voulait faire croire au monde entier qu'il était honorable et généreux.

Pourtant, il venait de faire un cadeau merveilleux à Gérald. Ce n'était pas n'importe quel cheval. Il s'agissait de cette jument à laquelle le jeune homme tenait tant…

Sarah se retourna, le regard rieur.

— Préparez-vous, murmura-t-elle, la fête va commencer.

Alicia avait les mains moites. Déjà, elle croyait discerner des regards appuyés, certains hostiles, d'autres simplement curieux. Par chance, peu de gens reconnaîtraient une jeune femme ayant fait ses débuts cinq ans auparavant. Néanmoins, plusieurs dames échangeaient des propos à voix basse, derrière leurs éventails. La nouvelle semblait se propager dans l'assemblée comme une traînée de poudre.

Ils gagnèrent le grand escalier. Une dame robuste, vêtue de soie rose, présenta ses respects à Sarah.

— Votre Grâce, votre présence nous honore. C'est votre première sortie depuis cet événement dramatique.

Sarah inclina la tête.

— Lady Cuthbert, puis-je vous présenter mes compagnons ? Ma meilleure amie, lady Alicia Pemberton, aujourd'hui Mme Wilder, et son mari, M. Dylan Wilder.

Le sourire poli de lady Cuthbert s'évanouit. Chancelante, au bord du malaise, elle leva son face-à-main.

— Les Wilder ? Sous mon toit ? murmura-t-elle. Seigneur… je ne sais que dire…

Serrant les dents, Alicia fit la révérence.

— Vous pouvez dire que vous êtes ravie de nous recevoir…

— Nous, nous sommes ravis, intervint Dylan.

Il baisa la main potelée de lady Cuthbert, plongea dans ses yeux de myope et poursuivit :

— Vous êtes une sainte de braver ainsi le scandale, une femme à l'esprit ouvert et au grand cœur. Les gens vont admirer votre générosité !

L'air ahuri, elle baissa son face-à-main.

— Vraiment ? Vous croyez ?

— Sans l'ombre d'un doute, madame. Vous êtes la bonté personnifiée.

Tandis qu'elle rougissait, le couple s'approcha du maître de maison, un vieil homme un peu dur d'oreille, qui ne saisit pas bien leur nom.

— Continuez, continuez, dit-il en leur faisant signe d'avancer.

Ils gravirent alors le somptueux escalier menant aux pièces de réception, Dylan entre les deux jeunes femmes. Gérald était parti saluer un ami.

— Et voilà ! s'exclama Sarah, les yeux pétillant de malice. Je savais bien que nous franchirions la barrière des Cuthbert. Mais je n'aurais jamais cru que ce serait aussi facile. Monsieur Wilder, votre charme irrésistible viendrait à bout d'un cerbère.

Il lui adressa son sourire ravageur.

— Je préfère les femmes aux cerbères.

— Je vous crois volontiers, rétorqua-t-elle d'un ton acerbe.

D'un regard méfiant, la duchesse le toisa comme si elle venait de se rendre compte à quel point il était séduisant. Quelques jeunes ladies les croisèrent, dévorant Dylan des yeux.

Alicia sentit son cœur s'emballer. Elle en voulait à Dylan de plaire autant aux femmes, mais elle en voulait aussi à Sarah. Mortifiée, elle dut admettre qu'elle était jalouse... Jalouse ! Elle n'osait croire que son amie pouvait avoir des vues sur son mari. D'ailleurs, pourquoi s'en souciait-elle ?

Ils se frayèrent un chemin parmi la foule. Sarah présenta le couple chaque fois que l'occasion se présenta, profitant de son rang pour corriger les arrogants. Dylan connaissait quelques messieurs – sans doute des adeptes de son cercle de jeu. Ils se contentaient de le saluer brièvement de la tête, l'air inquiet et surpris.

Naturellement, Alicia croisa d'anciennes connaissances. Certains se montrèrent chaleureux, d'autres gênés, certains se détournèrent même, faisant mine de ne pas la reconnaître.

Dans la salle de bal, les invités se rassemblèrent au bord de la piste, attendant la première danse. Le brouhaha des conversations résonnait dans la pièce. Les glaces reflétaient les lueurs des chandelles.

Sarah s'était absentée un instant, pour bavarder avec une amie. Adossé à une colonne ornée de rubans dorés, Dylan observait l'assemblée. Malgré son attitude nonchalante, il semblait sur le qui-vive, presque tendu, ce qui étonnait Alicia. Cherchait-il quelqu'un en particulier ? Avant qu'elle puisse lui poser la question, un homme s'approcha.

Ses cheveux châtains et bouclés encadraient un visage au long nez. Il portait une veste bordeaux, un gilet vert et des hauts-de-chausses beiges.

— Wilder ! lança-t-il. Vous seriez-vous trompé d'endroit, ce soir ? Il s'agit d'un bal réservé aux personnes respectables.

— Si la respectabilité est de rigueur, je m'interroge sur votre présence, Mountjoy, rétorqua Dylan.

L'homme pinça les lèvres et posa ses yeux clairs sur Alicia.

— La nouvelle Mme Wilder, je présume ?

Elle se rappelait le baron Mountjoy. Autrefois, alors qu'elle était encore une enfant, leurs mères étaient amies. À l'époque, déjà, Alicia n'appréciait guère le jeune garçon.

— Cher baron, déclara-t-elle poliment, quel plaisir de vous revoir ! Comment se porte votre mère ?

— Très bien. Elle converse actuellement avec la marquise de Bancroft.

Il désigna un groupe de dames de la haute société.

Alicia fit un pas en avant, mais Mountjoy lui barra la route, toisant le couple avec un mépris flagrant.

— Épargnez-vous cette humiliation. Jamais elle ne vous acceptera dans son entourage.

Alicia ne se départit pas de son sourire.

— Elle ne peut qu'accepter mon mariage, au nom de l'amitié qui lie nos familles depuis si longtemps.

— Oh, mais il n'y a pas que cette union malheureuse. C'est bien plus que cela, fit-il avec un rire méchant. Je parle de votre mère. Elle est... comment dire... elle a une araignée au plafond.

Alicia retint son souffle. La musique parut s'évanouir dans le brouillard. Avant qu'elle puisse se ressaisir, son mari saisit Mountjoy par le bras.

— Vous allez lui présenter vos excuses, ordonna Dylan d'un ton plaisant mais sans réplique.

Le baron avait blêmi.

— Espèce de... brute.

Les doigts de Dylan serrèrent plus fort.

— J'attends.

Mountjoy lança un regard désespéré à Alicia.

— Excusez-moi, balbutia-t-il. Je regrette mes paroles.

Dylan le lâcha.

— Bien. Nous vous pardonnons vos mauvaises manières.

Mountjoy se frotta le bras.

— Comment osez-vous... gémit-il. Vous auriez pu me casser le bras !

— Je le regrette, croyez-moi. Mais il faut savoir se tenir en public.

Les deux hommes se mesurèrent du regard. Puis, avec une moue de mépris, le baron tourna les talons.

— Je ne vous ai pas permis de disposer, protesta Dylan.

Mountjoy regarda par-dessus son épaule.

— Ne vous avisez pas de me parler comme si vous aviez un droit quelconque sur moi !

— Dans ce cas, j'exige le règlement de vos dettes. Dès demain.

Le baron devint pâle comme la mort.

— Crapule ! Vous étiez d'accord pour patienter. Vous savez bien que je n'aurai les fonds que dans trois mois.

— Demain, répéta Dylan d'un ton implacable.

Mountjoy ouvrit la bouche pour argumenter, mais la referma aussitôt. Il déguerpit sans demander son reste.

Alicia faillit s'esclaffer. Se réjouir du malheur d'autrui n'était pourtant pas une attitude charitable. Mais cet homme avait prononcé l'insulte qu'elle redoutait d'entendre...

— Il n'a pas le droit de se moquer de ma mère, dit-elle avec rage. Même lors de ses accès de démence, elle est bien plus courtoise et gentille que tous ces gens.

Dylan posa une main réconfortante sur sa hanche.

— Ne pensez plus à Mountjoy. Ce n'est qu'un arrogant, un bon à rien.

— Une face de rat, renchérit-elle.

— Une cervelle de moineau, proposa Dylan.

Elle sourit.

— Un lourdaud de la pire espèce.

— Un imbécile !

— Un idiot... doublé d'un malotru !

Dylan se mit à rire, lui caressant distraitement le bas du dos.

— Vous avez épuisé votre catalogue d'insultes, on dirait.

Elle rit de si bon cœur que les dames alentour lui lancèrent des regards outragés.

Alicia s'en moquait. Ce soir, elle avait décidé de s'amuser.

— Merci, murmura-t-elle.

Puis, de crainte qu'il ne se sente indispensable, elle précisa :

— Merci d'avoir soutenu ma mère.

— C'est pour vous que je l'ai fait.

La cœur d'Alicia se mit à battre la chamade. Elle décida de ne plus se fier à son sourire charmeur. Dylan ne s'intéressait qu'à la reconnaissance qu'il pouvait obtenir. Pourtant, son côté protecteur n'était pas pour lui déplaire.

Elle se sentit soudain joyeuse. La musique mettait ses sens en éveil. La salle resplendissait de mille feux, un vrai cadre de conte de fées. Le bal n'avait pas encore commencé, mais l'orchestre jouait des airs langoureux. Toute la tension d'Alicia se dissipa. Elle réalisa combien les soirées mondaines lui avaient manqué. Les difficultés financières, la maladie de sa mère l'avaient contrainte à rester cloîtrée chez elle.

Ce soir, elle voulait tout oublier, profiter de la vie et danser des heures durant. La nuit s'annonçait belle et féerique. Elle se mit à ponctuer le rythme du bout du pied sur le parquet.

Elle remarqua que Dylan scrutait de nouveau l'assemblée. Il observait chacun des invités avec attention, guettait les nouveaux arrivants à l'entrée de la salle. Intriguée, la jeune femme fronça les sourcils. Pour un homme qui ne rêvait que de grimper dans la société, il ne semblait guère enclin à lier connaissance.

— Vous cherchez quelqu'un ? lui demanda-t-elle.

— N'importe qui, du moment qu'elle porte une robe.

Sur ces mots, il saisit deux coupes de champagne sur un plateau et lui en tendit une.

— Toutefois, je tiens à dire que vous êtes la plus belle de la soirée.

C'était la deuxième fois qu'il lui adressait un compliment. Elle se sentit de nouveau fondre.

— Gardez vos paroles flatteuses pour une proie plus crédule, répondit-elle en buvant une gorgée de champagne.

Le vin pétillant coula dans sa gorge.

— Hmm, murmura-t-elle.

— Cela ne vous était pas arrivé depuis longtemps, n'est-ce pas ?

— Comment ?

— De boire du champagne. Ou d'accepter le compliment d'un homme.

Elle eut l'impression troublante qu'il lisait dans son âme.

— Vous n'êtes qu'un fanfaron. Vous ne savez rien de moi, rétorqua-t-elle en avalant une nouvelle gorgée.

— Je ne demande qu'à apprendre, ma chérie…

Cette suggestion à peine voilée se voulait choquante. Pourtant, Alicia fut traversée d'un frisson de plaisir. Les doigts de Dylan lui caressaient toujours le bas du dos, le creux des reins. Ses gestes nonchalants déclenchaient des étincelles de désir chez la jeune femme. Son regard bleu foncé ne la quittait pas, l'enveloppant tout entière.

Elle décida de ne pas chercher à expliquer cette contradiction entre son corps et sa raison. Pourquoi n'avait-elle aucune envie de la compagnie des autres convives ? Pour une raison étrange, elle aimait ce petit badinage avec Dylan.

— Cessez donc de vous cacher, tous les deux.

La voix de Sarah rompit le charme. Alicia se tourna vers la duchesse, qui les observait. Sa façon d'agiter son éventail trahissait son irritation.

— Mais nous sommes toujours là, protesta Alicia.

— Sa Grâce veut dire que nous semblions seuls au monde, expliqua Dylan, une lueur taquine dans les yeux.

Alicia sentit ses joues s'empourprer.

— Moi, je suis parfaitement consciente de la présence des autrcs... Tenez, l'orchestre s'apprête à entonner la première série.

— Dépêchons-nous, décréta Sarah. Il faut danser, se mêler à la foule, afin d'être bien en vue.

Sur la piste, les dames formaient déjà une file, les hommes s'alignant en face d'elles. Alicia prit place, ainsi quc Dylan, au moment où résonnaient les premières notes de musique. Elle leva vers lui sa main gantée. Tandis que leurs doigts se frôlaient, elle se demanda soudain s'il savait danser. Après tout, il n'avait pas reçu l'éducation d'un fils de bonne famille.

Ses craintes se révélèrent sans fondement. Dylan réalisa les pas compliqués avec une grâce et une aisance rares. Il ne la quittait pas des yeux. Les lustres de cristal projetaient des ombres sur ses traits fins et virils. Alicia se dit qu'il semblait parfaitement à sa place au milieu des aristocrates.

La danse les sépara. Elle se retrouva au bras d'un homme corpulent arborant des favoris. Dylan eut pour cavalière une demoiselle en robe blanche, qui manqua défaillir sous son sourire charmeur. Alicia se força à ne pas les épier. Qu'il séduise toutes les femmes présentes ! Elle s'en moquait.

Elle se concentra sur la danse, cherchant à se montrer aimable. Gérald lui adressa un clin d'œil complice, auquel elle répondit d'un sourire.

Elle voyait son mari au loin. Lorsqu'ils se retrouvèrent enfin, la musique se tut. Sarah apparut, en compagnie d'un homme au visage parsemé de taches de rousseur. Quand il l'invita à danser en bredouillant, Alicia ne put refuser.

Dylan la laissa s'éloigner, puis se remit à scruter l'assemblée, comme s'il cherchait quelqu'un. Un membre de son cercle, peut-être ? Un débiteur ?

À mesure que la soirée avançait, Alicia le croisa plusieurs fois. Il n'avait aucun mal à trouver des cavalières. Les dames se précipitaient vers lui, attirées par son air canaille. Alicia le vit deviser gaiement avec plusieurs femmes, usant de son charme pour faire tomber les barrières qui se dressaient entre lui et la haute société.

Il remportait un franc succès. Étrangement, elle en fut troublée. Elle ne lui avait servi qu'à franchir le seuil de cette maison, rien de plus.

Tant pis. Elle était ravie d'avoir rempli son contrat. Elle ne lui devait plus rien, à présent… Alors pourquoi ressentait-elle ce mélange de fascination et de désir ?

Elle alla s'asseoir un moment pour savourer une coupe de champagne. Elle en avait assez de sourire sans cesse.

Elle avait perdu Dylan de vue. Il n'était plus parmi les danseurs… Prenant sa coupe de champagne, elle erra dans les autres pièces de la maison. Elle se sentait un peu grise. En toute honnêteté, elle ne pouvait se dire qu'elle ne souhaitait qu'échapper à la foule. Non. C'est son mari qu'elle cherchait.

À l'étage inférieur, des tables avaient été dressées dans un salon pour permettre aux invités de jouer aux cartes. La bibliothèque résonnait des conversations politiques des messieurs. Dans la salle à manger, les domestiques portaient des plateaux chargés de mets plus appétissants les uns que les autres. L'atmosphère embaumait le pain frais et la viande rôtie. Le souper était prévu à minuit.

C'est alors qu'elle le vit.

Dans un petit salon isolé, Dylan se tenait dans la pénombre, en grande discussion avec une personne dissimulée par la porte. La lumière du couloir découpait son profil. Il semblait très concentré, et parlait trop bas pour qu'elle puisse distinguer ses paroles.

Une pensée amère assaillit la jeune femme. Était-il avec une rivale ?

Quel mufle ! Elle refusait de subir la honte de ses frasques. Pas ici, pas devant les membres de la haute société.

Elle se dirigea vers lui d'un pas décidé.

Soudain elle s'arrêta net, reconnaissant la haute silhouette familière de lord Hailstock.

14

Dylan était trop fébrile pour se soucier de ses partenaires. Ces femmes privilégiées, qui acceptaient avec condescendance de s'encanailler avec un voyou, ne présentaient aucun intérêt à ses yeux. Il n'avait supporté leurs propos insipides que pour une seule raison : il pouvait en même temps observer l'entrée de la salle, guetter les nouveaux arrivants.

Or le marquis de Hailstock se faisait attendre.

Ce retard inhabituel tourmentait Dylan. Il avait pourtant la certitude que son père viendrait à cette réception. Hailstock ne se targuait-il pas d'être un pilier de la bonne société ? Il aimait se pavaner, entouré de sa cour.

Bien décidé à le débusquer, Dylan s'éloigna de la piste, jetant un dernier regard circulaire sur la salle de bal. Parmi la foule, il aperçut la seule femme désormais capable de capter son attention.

Alicia.

Elle lui tournait le dos et se dirigeait vers le buffet. À la lueur des chandelles, ses cheveux brillaient de reflets dorés. À chacun de ses mouvements, sa robe marquait ses courbes féminines. Elle se tenait droite, la tête haute, comme si elle défiait quiconque de lui reprocher sa présence en ces lieux.

Ce devait être pénible d'affronter le mépris des gens, leurs regards scandalisés. Pourtant, elle avait la grâce d'une reine.

L'espace d'un instant, il oublia sa vengeance. Il eut envie de la rejoindre, de lui murmurer des paroles grivoises pour le simple plaisir de la choquer. Il avait envie de la toucher, de lui rappeler qu'elle lui appartenait, de voir cette lueur de méfiance illuminer son regard. Il mourait d'envie de l'attirer dans un coin sombre et de la faire sienne, très lentement. Ce désir fou le troublait au-delà de tout.

Se tournant vers la sortie, il chassa ces images de son esprit. Lady Alicia ne comptait pas. Elle n'était qu'un instrument pour atteindre Hailstock.

Dylan sentit resurgir toute son amertume. Fendant la foule, il ignora les murmures choqués qu'il suscitait. Même si les cavalières ne manquaient pas, il n'était pas accepté dans ce milieu fermé.

Descendant le grand escalier, il scruta les alentours. Il ne trouva personne parmi les joueurs de cartes. Un jeune dandy aux cheveux roux lui fit signe de se joindre à eux, mais Dylan refusa poliment d'un signe de tête. Il se rendit dans le salon attenant.

Le brouhaha de voix masculines s'amplifiait à mesure qu'il approchait de la bibliothèque. Un homme en surgit soudain, visiblement nerveux. La chandelle éclaira ses cheveux poivre et sel.

En reconnaissant Dylan, Hailstock ne trahit aucune surprise. Il se contenta de toiser son fils naturel avec dédain.

Manifestement, quelqu'un l'avait mis au courant de sa présence.

Hailstock fit volte-face et longea le couloir, jusqu'à une porte close. Il hésita, la mine grave, puis ouvrit la porte.

— Entrons, grommela-t-il.

Jamais Dylan ne l'avait autant haï. Il avait le choix entre obéir comme un enfant sage, ou refuser cette entrevue et anéantir son propre plan de vengeance. Ravalant ses jurons, il s'avança, décidé à ne pas se laisser diriger par ce vieux tyran.

Hailstock le conduisit vers un petit salon isolé et voulut refermer la porte.

Dylan l'en empêcha.

— Vous avez peur que quelqu'un nous surprenne ensemble, père ?

Le marquis pinça les lèvres.

— Il faut vous débarrasser une fois pour toutes de cette illusion. Je ne suis pas votre père.

— Vous pouvez nier autant que vous voudrez, mais vous avez eu une liaison avec ma mère, il y a trente ans, à Édimbourg.

— Vous n'avez d'autre preuve que cette épingle de cravate qu'elle m'a volée.

Dylan voulait l'entendre admettre sa paternité. Jamais il n'abandonnerait la partie avant d'avoir obtenu cet aveu.

— Dites-moi, monsieur le marquis, votre fortune se monte actuellement à cent soixante mille livres…

— Quoi ! s'insurgea Hailstock. Comment avez-vous obtenu cette information ?

— Grâce à vos investissements, vous avez empoché de gros intérêts. Quelle somme reviendrait à ce cher James, votre fils légitime, si vous mouriez… disons dans dix-huit ans ?

Le marquis plissa les yeux.

— Voilà donc de quoi il s'agit ! Vous voulez me faire chanter. Quel est votre prix ? Dites-moi combien il m'en coûtera pour vous renvoyer dans le caniveau d'où vous venez !

Le cœur de Dylan se serra.

— Vous pouvez garder votre maudit argent. Je veux simplement obtenir une réponse à ma question.

— Je ne discute pas de mes finances avec les saligauds de votre espèce.

— Alors je vais devoir résoudre le problème moimême. Votre fortune s'élèvera précisément à neuf cent quarante-trois mille livres.

Savourant son triomphe, il continua en baissant le ton :

— Mais vous le saviez déjà. Vous avez le don d'effectuer des calculs mentaux à une vitesse extraordinaire. Il se trouve que j'ai hérité de ce talent. Bon sang ne saurait mentir.

Hailstock se tut, figé de surprise.

— Allez-y, mettez-moi à l'épreuve, si cela vous chante, reprit Dylan. Soumettez-moi un calcul difficile et je vous donnerai la réponse en un éclair.

— Je n'ai aucune envie de jouer. À présent, écartez-vous de mon chemin.

— Non. Vous ne pouvez vous éloigner en niant mon existence. Plus maintenant.

Il rassembla toute sa volonté contre ce père indigne qui l'avait renié.

— Sachez, marquis, que vous me rencontrerez chaque fois que vous entrerez dans une salle de bal ou que vous vous rendrez à un dîner en ville. Je serai là. Chaque fois que vous parlerez politique dans quelque salon mondain, je serai là pour vous contredire.

— Vous vous lasserez vite de ce petit jeu.

— Bientôt, les gens commenceront à noter certaines ressemblances, continua Dylan d'un ton glacial. Cela m'est déjà arrivé, d'ailleurs.

— Menteur ! Personne ne nous a vus ensemble.

— Lady Brockway nous connaît tous les deux. Elle a affirmé que je lui rappelais quelqu'un.

Hailstock demeura un instant bouche bée, le visage blême.

— Et vous croyez aux élucubrations de cette folle ? Elle a oublié son propre nom !

Dylan songea aux larmes de la vieille dame, à cette peur qu'elle n'avait pu exprimer.

— Vous l'avez rudoyée, n'est-ce pas ? demanda-t-il. Vous avez menacé de l'enfermer à tout jamais ?

Avant que Hailstock puisse répondre, quelqu'un surgit dans le couloir.

C'était Alicia, dont la silhouette svelte se profila dans l'encadrement de la porte. Son regard passa de Dylan à Hailstock. Elle fit une révérence.

— Milord, dit-elle, je suis désolée de vous interrompre. Je pensais avoir affaire à... quelqu'un d'autre.

Agacé par ces marques de respect, Dylan fit relever sa femme.

— Hailstock et moi faisions à nouveau connaissance, expliqua-t-il d'un ton neutre. J'évoquais la ressemblance frappante entre lui et son fils.

Le marquis retint son souffle.

Alicia le dévisagea, troublée, puis se tourna vers son mari.

— J'ignorais que vous aviez déjà vu James. Il est infirme et ne sort jamais de chez lui.

— C'est ce que le marquis vient de me dire. Pourtant, ce doit être lui que j'ai aperçu dans la calèche de Hailstock, il y a quinze jours.

— Mon fils va parfois se promener au parc, intervint sèchement le marquis. Accompagné de son médecin, bien sûr.

Dylan songea à le torturer davantage, mais se ravisa.

— Voilà qui explique tout, dit-il. Dommage qu'il ne sorte pas plus souvent.

— Comment va James ? s'enquit Alicia en posant la main sur le bras de Hailstock.

— Il est plutôt mélancolique, depuis quelque temps, répondit le marquis en couvrant sa main de la sienne. Il me parle souvent de vous. Vos visites lui manquent cruellement.

— Transmettez-lui mes excuses. Je viendrai lui rendre visite très bientôt, si vous le voulez bien.

— Certainement, ma chère. Vous êtes la bienvenue chez moi.

Dylan serra les dents. Quelle suffisance ! Il osait toucher Alicia comme si elle lui appartenait.

Il aurait pu le tuer.

Glissant un bras autour de la taille de sa femme, il l'attira contre lui et caressa sa hanche d'un geste possessif.

— Veuillez nous excuser, Hailstock. Ma délicieuse épouse réclame toute mon attention.

Le marquis le foudroya du regard tandis qu'il entraînait Alicia dans le couloir.

— Pourquoi êtes-vous si grossier ? demanda-t-elle sur un ton de reproche. J'ignorais que vous connaissiez le marquis. Serait-il venu dans votre cercle de jeu ?

— Oui.

Une seule fois. Pour tenter de dissuader Dylan d'épouser la jeune femme.

— Il vous doit de l'argent ? Est-ce la raison pour laquelle vous vous disputiez ?

Soudain morose, Dylan posa un doigt sur le nez d'Alicia.

— Ce n'est pas une question d'argent, dit-il. Voyez-vous, nous convoitons tous deux le même os.

Elle le fixa, perplexe. Puis elle fit la moue et tenta de se dégager.

— Il n'est guère flatteur d'être comparée à un os.

Dylan resserra son étreinte.

— Vous êtes très belle et vous le savez, gronda-t-il. De toute façon, ma femme n'ira pas rendre visite à un autre homme.

Elle le dévisagea.

— Vous m'interdisez de voir un ami de la famille ? Un pauvre infirme qui ne peut même pas marcher ?

Cette logique le mit mal à l'aise. Pourtant, Dylan ne supportait pas l'idée de la laisser se rendre chez Hailstock, être l'amie du fils légitime, ce demi-frère qu'il ne connaissait pas.

Sans réfléchir, il déclara :

— Vous rendrez visite à James, mais uniquement en ma compagnie.

Alicia grommela de mécontentement.

— Et quand ?

Jamais, songea-t-il.

— Bientôt. Quand j'aurai un peu moins de travail au cercle.

— Je n'oublierai pas ce que vous venez de dire…

Elle le fixa intensément, tout en marchant. Elle trébucha contre un tapis et faillit tomber. Dylan la retint. Il aimait la courbe sensuelle de sa taille. Il eut envie de poursuivre son exploration vers des replis plus intimes, vers la peau nacrée de ses cuisses, des parties de son corps qui n'appartenaient qu'à lui, même si Alicia ne l'acceptait pas encore.

Pas encore…

Le brouhaha des conversations et la musique leur parvenaient. Dylan ouvrit une porte et l'entraîna dans un réduit sombre. Il reconnut le vestiaire et ses odeurs de cuir, de laine.

Dans la pénombre, le visage d'Alicia formait un ovale parfait. Il devinait le bleu de ses yeux innocents.

— Que faisons-nous ici ? souffla-t-elle.

— J'aime embrasser ma femme dans l'intimité.

Il se pencha vers elle, cherchant ses lèvres. Elles étaient chaudes, veloutées, douces…

Surprise, Alicia les entrouvrit malgré elle. Dylan en profita pour s'emparer de sa bouche, savourant le léger goût de champagne. Elle s'agrippa à sa veste. Il s'attendait à être repoussé, mais elle se blottit contre lui avec un soupir d'aise. Ses sens s'embrasèrent.

Posant les mains sur ses hanches, il la plaqua contre lui, la faisant frémir d'impatience. Alicia l'enlaça à son tour, sans retenue. Cette ardeur attisa le désir de Dylan. Cette beauté était sa femme. Il voulait la faire sienne sans attendre, la posséder corps et âme.

Leurs vêtements formaient une barrière entre eux. Il voulut lui dénuder les seins, mais un bruit de voix l'interrompit. Deux invitées passèrent en bavardant.

C'était de la folie de faire l'amour dans le vestiaire, en pleine réception.

Certes, elle appréciait ses étreintes, mais jamais elle ne lui pardonnerait une telle honte.

Relevant la tête, il plongea dans son regard voilé. Elle était agrippée à ses épaules, offerte, le contraire de la puritaine hautaine et froide. Dylan n'ignorait pas l'effet qu'il produisait en général sur les femmes, mais il soupçonnait que ce regard trouble avait une autre explication.

— Vous êtes ivre, déclara-t-il.

— Pas du tout.

— Dites-moi la vérité. Combien de coupes de champagne avez-vous bues ?

Elle fronça les sourcils.

— Deux seulement. Trois, tout au plus... Oh, qu'importe ! Disons quatre !

Il lui caressa la joue.

— Trouvez la duchesse et arrangez-vous pour que quelqu'un la raccompagne chez elle. Je vais chercher notre calèche.

— Nous partons ?

— Vous n'êtes pas en état de rester.

— Mais... nous devrions lier connaissance. Il reste encore le souper, et le bal ensuite...

Elle pencha la tête, perplexe.

— Je croyais que vous vouliez être accepté dans ce milieu, ajouta-t-elle.

Dylan ne pouvait avouer qu'il avait déjà atteint le but qu'il s'était fixé. Effleurant ses lèvres humides d'un baiser furtif, il répliqua :

— J'en ai assez de l'aristocratie pour ce soir. Je vous ramène à la maison.

La calèche s'ébranla. Bientôt, Alicia vit les torches qui bordaient l'allée défiler à toute vitesse. La voiture était éclairée par une unique lampe à huile, dont la flamme vacillait à chaque cahot. Cette intimité nouvelle fit battre le cœur de la jeune femme. Elle se sentait ivre, et pas seulement à cause du champagne.

Dylan la trouvait belle.

Assis à côté d'elle, sur la banquette de velours, il la frôlait de sa cuisse. Elle aurait dû s'offusquer de sa façon de jurer comme un charretier, de son comportement agressif, de son insistance à quitter la réception. Pourtant, cette nature autoritaire attisait la flamme qui brûlait en elle.

Leur baiser avait été encore plus troublant que le premier, à l'église. Dylan s'était insinué en elle, et elle avait répondu à ce contact intime. Il en avait profité pour plaquer son corps contre le sien, et elle avait aimé cette chaleur inconnue et dangereuse qui l'envahissait. Le souvenir de leur étreinte lui coupait le souffle. Elle mourait d'envie de sentir ses mains sur elle, une nouvelle fois…

Était-ce de l'amour ?

Alicia rejeta très vite cette idée saugrenue. Elle ne pouvait être amoureuse d'un joueur, d'un gredin qui l'avait obligée à l'épouser ! Toutefois, Dylan n'était pas entièrement mauvais. Il avait même eu envers elle et sa mère quelques gestes d'une grande noblesse.

Étourdie par toutes ces contradictions, elle se tourna vers lui pour l'observer. Il était nonchalamment appuyé sur le coussin, tel un aristocrate. Parfois, une lueur venait danser sur ses pommettes hautes. Il semblait à la fois grave et séduisant.

Qui était donc le véritable Dylan Wilder ?

Il posa la main sur les siennes. Son regard intense l'embrasa.

— Vous avez la tête qui tourne ?

À cause de lui, oui ! Elle eut envie de lui battre froid. Au lieu de cela, une question lui vint :

— Comment pouvez-vous être une crapule, si vous êtes capable de gestes honorables ?

Il écarquilla légèrement les yeux. Puis il lui adressa son sourire ravageur.

— Il y a toujours une explication méprisable à chacun de mes gestes. Vous devriez le savoir.

— Alors, pourquoi avoir offert tous ces déguisements à ma mère ?

Il haussa les épaules.

— Cela l'occupe. Pendant ce temps, vous pouvez sortir avec moi.

Alicia admit cette logique.

— Et pourquoi vous montrer gentil envers le petit William ? Pourquoi prendre la peine de le divertir avec vos tours de magie ?

— Je voulais gagner la sympathie de la duchesse, naturellement.

Naturellement…

— Et Cathy ? N'importe quel autre employeur l'aurait chassée. En réalité, nul ne songerait à engager une domestique sourde.

— Comme elle tient à garder sa place, elle travaille deux fois plus que les autres, répondit-il. Vous voyez, j'en profite. Ce ne sont que des gestes intéressés.

Tout semblait raisonné, calculé. Pourtant, Alicia soupçonnait une faille dans ces explications.

— Je me demande si vous ne cherchez pas à me donner une image négative de vous, hasarda-t-elle.

Une étrange lueur traversa le regard de Dylan. Elle ignorait si c'était de la surprise ou de l'agacement. Ou autre chose.

— Vous êtes bien trop sérieuse, dit-il. Nous devrions célébrer notre succès de ce soir.

Sur ces mots, il ouvrit un tiroir situé sous le siège. Il en sortit une bouteille et deux verres.

— Du champagne ? fit Alicia, stupéfaite. Vous gardez de l'alcool dans votre calèche ?

Il referma le tiroir du bout du pied.

— Je vous en prie, ne jouez pas les mijaurées, répliqua-t-il en brandissant la bouteille. Je l'ai chipée à l'office. N'en dites rien aux Cuthbert.

Il lui adressa un clin d'œil complice. Elle ne put s'empêcher de sourire.

— Vous n'allez tout de même pas la déboucher ici !

— Mais si, assura-t-il en lui tendant les deux verres. Tenez-moi ceci.

Le bouchon sauta avec un bruit sec, faisant gicler du champagne dans tout le véhicule.

Alicia se pencha pour éviter cette pluie.

— Dylan ! Vous n'auriez pas dû...

— Les verres ! ordonna-t-il.

Il servit deux coupes. La jeune femme rit de bon cœur. Pourtant, ce manque de retenue n'aurait jamais dû l'amuser. Sa belle robe était trempée, ainsi que le siège de la calèche. Une gouttelette lui coulait sur la joue.

Elle la saisit du bout du doigt.

— Seigneur ! Vous avez taché le siège !

— Je le ferai nettoyer.

— Et ma robe...

— Je vous en achèterai d'autres.

— Vous êtes un gredin.

— Pas du tout, répondit-il avec un sourire en levant son verre. Il n'y a rien de plus civilisé que de boire une coupe de champagne en compagnie d'une jolie femme.

Elle sentit son cœur manquer un battement. Cette galanterie l'étourdissait. Elle décelait de l'admiration dans ses yeux bleus. « Prudence, songea-t-elle. Tu n'es pour lui qu'un jeu. Il faut résister à son charme... »

Cherchant à se calmer, elle but son champagne, savourant le picotement des bulles sur sa langue et le long de sa gorge.

— Vous êtes décadent, décréta-t-elle.

— Décadent, moi ? Pire ! Je suis dépravé.

Tenant la bouteille entre ses cuisses, il dénoua son foulard. Puis il s'enhardit à caresser son décolleté.

Elle s'empressa de lui prendre la main.

— Dylan... non.

C'était une supplique, non un ordre.

— Je rajustais seulement votre robe, prétendit-il en souriant. Il y a des gouttes de champagne, je vais les essuyer…

Elle laissa retomber sa main sur ses genoux. Le doux balancement de la calèche leur donnait l'impression d'être dans un autre monde. Baissant les yeux, il commença à tapoter de son foulard ses épaules nacrées, descendant lentement, s'attardant sur son collier. À chaque inspiration, elle inhalait son parfum. Elle crispa les doigts sur son verre, sans parvenir à le porter à ses lèvres.

Elle aurait voulu être choquée par son audace. Tout autre homme lui aurait proposé son mouchoir en détournant pudiquement le regard. Toute autre femme aurait giflé Dylan…

Peut-être pas. Cette intimité était sans doute de mise entre mari et femme. Que faisaient au juste les couples mariés dans le secret de leur chambre à coucher ?

Se rappelant la statuette qui ornait le bureau de Dylan, au cercle de jeu, Alicia ferma les yeux, chassant cette image osée de son esprit.

Soudain, elle sentit une pression plus appuyée sur sa poitrine. Dylan était en train d'embrasser la naissance de ses seins.

Un frisson la parcourut tout entière. Comme dans un rêve, elle glissa les doigts dans sa chevelure soyeuse.

— Non… je vous en prie… il ne faut pas…

— Dites-moi que vous n'aimez pas cela et j'arrêterai, souffla-t-il en explorant de la langue le creux de ses seins. Vous avez le goût du champagne et le parfum des roses…

Le plaisir évident de Dylan laissa la jeune femme sans voix. Il devait sentir les battements frénétiques de son cœur.

Elle posa la main sur sa joue et tourna son visage vers elle.

— Je n'aime pas cela. Vous ne comprenez donc pas que je vous hais ?

Dylan la foudroya du regard. Elle s'en voulut de sa cruauté. Elle faillit expliquer qu'elle mourait de peur, mais ne put ajouter un mot.

Lentement, il se redressa. Seuls le claquement des sabots des chevaux sur les pavés et le grincement des roues emplissaient le silence pesant. Les yeux bleu nuit de Dylan semblaient pénétrer l'âme de la jeune femme. Elle évita cependant de détourner le regard.

— Si vous me repoussez ainsi, dit-il, ce n'est pas seulement à cause de cet accord entre nous. Ou parce que vous ne m'appréciez pas...

— Non, fit-elle en se mordant les lèvres, incapable de comprendre pourquoi ses sentiments pour lui avaient changé à ce point.

Elle leva son verre et but une gorgée de champagne, affectant un air détaché.

— Je ne souhaite pas en discuter, déclara-t-elle. Je vous conseille simplement de chercher le plaisir de la chair dans d'autres bras.

— Dans l'intérêt de qui ? Le vôtre ?

Il s'approcha d'elle, la repoussant dans un coin, le visage grave. Il lui serra l'épaule.

— Dites-moi, seriez-vous par hasard amoureuse de Hailstock ?

— Certainement pas ! s'exclama-t-elle, consternée. Comment pouvez-vous imaginer cela ?

— Il a été votre fiancé.

— C'est faux. Certes, il m'a demandée en mariage, mais je n'ai pu accepter parce que...

Elle s'interrompit, la gorge nouée.

— À cause de votre mère. Cette ordure voulait l'enfermer à l'asile.

Soudain pensif, Dylan relâcha son emprise.

— Mais vous ne me dites pas tout, ajouta-t-il.

Devinait-il le tourment qui lui déchirait le cœur? Bien sûr que non. Les hommes étaient des êtres insensibles, trop préoccupés par leur plaisir égoïste pour comprendre les émotions d'une femme.

— Il n'y a rien à ajouter. Chacun a rempli sa part du contrat. Cela devrait suffire.

Le regard dur, elle termina son champagne.

— Vous devez me laisser tranquille, reprit-elle.

— Vous me désirez, rétorqua-t-il d'un air calculateur. Mais vous avez peur.

— Pas du tout!

— Je me demande si, par hasard, vous auriez peur de mettre au monde un enfant qui serait atteint du même mal que votre mère...

Sa clairvoyance ne fit qu'amplifier le chagrin de la jeune femme. Elle voulut nier, garder ses pensées pour elle, ne rien exprimer de sa souffrance. En se montrant vulnérable, elle se placerait sous sa coupe.

Mais peut-être devait-il connaître la vérité. Peut-être la laisserait-il tranquille, ensuite?

Masquant sa douleur, elle soutint son regard.

— Très bien, j'ai peur. Il serait cruel de mettre au monde un enfant malade.

— Quand vous êtes venue me voir, la première fois, vous étiez prête à prendre ce risque, à devenir ma maîtresse.

— Je n'avais pas le choix.

À l'époque, elle n'y avait pas songé. Gérald risquait la prison pour dettes. Alicia et sa mère pouvaient se retrouver à la rue, mourir de faim.

Dylan leur resservit du champagne.

— Votre mère a-t-elle toujours été ainsi ?

— Qu'est-ce que cela peut faire ?

— Répondez à ma question.

Avec un regard méfiant, elle but une gorgée de champagne.

— Quand elle était plus jeune... elle avait parfois des crises, des moments où elle se comportait davantage comme une sœur que comme une mère. Elle grimpait aux arbres avec moi, jouait avec mes poupées. Elle avait aussi des accès de mélancolie. Elle pleurait pendant des journées entières.

— Vous a-t-elle expliqué ce qui la tourmentait ?

Alicia secoua la tête.

— Dans ces moments-là, mon père m'interdisait l'accès à ses appartements. Il disait qu'elle avait besoin de calme et de repos.

— Son état a empiré après la mort de votre père.

— Oui. Elle est devenue... telle qu'elle est maintenant, répondit la jeune femme, au bord des larmes.

Dylan se pencha vers elle.

— Lady Éléonore aurait-elle subi un choc dans sa jeunesse, un événement si insupportable qu'elle aurait perdu la raison ?

Alicia cligna les yeux.

— Vous suggérez que la maladie de ma mère ne serait pas héréditaire ?

— En effet. Votre mère est une femme douce et gentille. Il est probable que son état est le résultat d'un choc. J'ai un jour assisté à une réaction similaire...

Il s'interrompit brutalement.

— Que voulez-vous dire ? demanda Alicia, intriguée.

Il tourna la tête vers la vitre.

— Un jour, j'ai découvert une femme, couchée au

coin d'une rue, à Whitechapel. Elle avait été battue par son mari et laissée pour morte.

— Seigneur, murmura Alicia. Que lui est-il arrivé ?

— Tout en se remettant de ses blessures, elle restait figée pendant des heures, jour après jour. Puis elle a peu à peu retrouvé ses esprits. Voyez-vous, certaines personnes réagissent mieux que d'autres.

La jeune femme fut touchée d'apprendre qu'il avait secouru une inconnue en détresse. Puis elle réfléchit à sa théorie. Elle avait envie de la rejeter. Comment pouvait-il savoir ce qui était arrivé à sa mère ?

Pourtant, Alicia s'interrogeait. Ses craintes étaient-elles vraiment fondées ? Elle devait admettre que la maladie de sa mère avait empiré à la mort de son père. Mais avant, déjà, elle était un peu bizarre...

Elle fronça les sourcils, contemplant les bulles de champagne dans son verre.

Comment croire que quelqu'un ait pu faire du mal à sa mère dans sa jeunesse ? D'après ce qu'elle avait entendu, elle avait eu une enfance de rêve. Pourtant... Alicia n'avait pas connu ses grands-parents, emportés durant une épidémie de choléra lorsque sa mère avait seize ans. Peu après, Claire, la meilleure amie de lady Éléonore, avait péri à son tour. Ces deuils successifs pouvaient-ils déstabiliser une jeune fille sensible ?

— À quoi pensez-vous ? demanda Dylan.

Il l'observait avec attention. La lampe projetait sur son beau visage des ombres inquiétantes.

Elle frissonna.

— Vous dites que mon enfant ne serait pas comme ma mère, mais ce ne sont que des conjectures...

— Vous êtes parfaitement saine d'esprit, et votre frère aussi. Cela prouve que j'ai raison.

Il baissa les paupières, pensif.

— Et si vous avez le moindre doute sur mes capacités à être un bon père, sachez que je n'abandonnerais jamais mon enfant.

Une fois encore, elle sentit qu'il cachait de lourds secrets. Avait-il perdu ses parents trop tôt ? Sa mère était actrice. Elle ne savait pas grand-chose de lui, à part qu'il venait des quartiers déshérités de la capitale et qu'il avait fait fortune grâce au jeu.

Son regard charmeur erra sur sa poitrine. Elle en fut troublée. Jamais elle n'avait lu un tel désir chez un homme. Cette attirance charnelle la fascinait et l'effrayait à la fois.

— Alicia…

La calèche se balançait en tous sens.

— Nous sommes arrivés, annonça-t-il d'une voix rauque. Finissez votre champagne.

Qu'avait-il voulu lui dire ? Qu'il la désirait au-delà de toute raison ?

Elle aurait dû lui jeter le contenu de son verre au visage, histoire de calmer ses ardeurs.

Au lieu de cela, elle but son champagne jusqu'à la dernière goutte.

15

Dylan raccompagna Alicia jusqu'à sa chambre. Il congédia la femme de chambre, une jeune fille timide qui déguerpit aussitôt. Ensuite, il ferma la porte et tourna la clé dans la serrure.

Sur la table de chevet brûlait une lampe à huile. Une flambée crépitait dans la cheminée, baignant la pièce d'une douce lumière dorée.

Alicia avait l'impression d'évoluer dans un rêve étrange. Folle de désir, elle regarda Dylan poser une bouteille de champagne sur un guéridon en bois de rose. Sans quitter la jeune femme du regard, il ôta sa veste.

Réprimant un frisson, elle prit la bouteille et versa du champagne dans une coupe. Cette nuit, elle voulait oublier toutes les raisons qui l'empêchaient d'aimer Dylan. Elle voulait effacer le passé et faire semblant d'être une véritable épouse, connaître le même bonheur que ses parents, autrefois.

Avant qu'elle puisse porter la coupe à ses lèvres, Dylan lui saisit le poignet.

— Vous avez assez bu.

— Je croyais que vous cherchiez à m'enivrer, répondit-elle avec un air de défi. Pour me soumettre à votre volonté…

— C'est vrai, admit-il. Mais j'ai changé d'avis. Je veux que vous soyez parfaitement consciente de ce que vous faites.

Toute velléité de rébellion s'envola. À quoi bon se bercer d'illusions ? Ce soir, Alicia allait se soumettre à la puissance de Dylan Wilder, un joueur, un gredin.

Il lui prit sa coupe et la posa sur la table. Puis il caressa lentement la peau nue de ses bras.

— Alicia, murmura-t-il, il n'existe qu'une seule façon de nous libérer de notre obsession l'un pour l'autre. Un seul moyen de régler le problème une fois pour toutes…

Incapable de prononcer le moindre mot, la jeune femme se contenta de le fixer.

— Nous allons faire l'amour, reprit-il.

Les doigts de Dylan tracèrent un sillon brûlant sur sa peau.

— Je vous toucherai, je vous embrasserai sans fin selon mon désir… Ensuite, vous ne serez plus vierge.

Comment refuser à un mari son droit légitime ? Ce contrat qui avait apaisé sa fierté et sa dignité n'avait plus aucune importance. Elle ne sentait plus que ce feu qui la consumait, ce besoin mystérieux qui l'empêchait de dormir depuis si longtemps, car son corps était trop insatisfait pour trouver le repos. Si une nuit entre les bras de Dylan pouvait adoucir ses tourments, pourquoi s'en priver ?

Elle prenait le risque de concevoir un enfant. Un petit être à chérir… Cette perspective l'emplit de bonheur.

Jamais Dylan n'abandonnerait son enfant. Il l'avait dit, et elle le croyait.

Souhaitait-il donc un héritier à qui léguer sa fortune ? C'était le désir de la plupart des hommes.

Pourtant, Alicia en savait si peu sur les pensées de son mari, ses rêves, son passé énigmatique…

Il déboutonna lentement son gilet à fines rayures argentées et le jeta sur une chaise. Puis il ôta sa chemise. Les flammes de la cheminée se mirent à danser sur son torse musclé.

Fascinée, elle l'observa sans vergogne. Dylan n'avait aucune inhibition. S'attendait-il qu'elle se déshabille à son tour ? Sous ses yeux ?

Certainement !

Alicia se retourna, respira profondément et retira ses gants. Cet homme lui était inconnu. Ils n'étaient mariés que depuis quelques semaines. À présent, elle allait se donner à lui de la façon la plus intime, si intime que nul n'osait jamais en parler. Pourtant, elle rêvait de connaître les plaisirs des sens. Elle désirait cet homme au-delà de toute bienséance.

Horrifiée par sa propre conduite, elle posa ses gants sur la table de chevet. Avant qu'elle puisse éteindre la lampe, Dylan l'attira vers lui.

— Laissez, murmura-t-il d'une voix rauque. Je veux vous voir…

Levant les yeux, elle fut soulagée de constater qu'il portait encore sa culotte. Elle ne pouvait se dénuder devant lui. Cette perspective lui semblait terriblement honteuse… mais excitante, aussi.

Il vint se placer derrière elle et entreprit de dégrafer les boutons de sa robe. Elle le laissa faire, savourant les frissons qui la parcouraient au contact de ses doigts sur sa peau nue. Comme il était agréable d'être ainsi dévêtue par des mains puissantes et caressantes à la fois. Dylan fit glisser les manches sur ses épaules nacrées.

Dans un bruissement subtil, la robe tomba à ses pieds.

Avec un calme qui contrastait avec le tourment de ses sens, la jeune femme écarta le vêtement du pied. Elle voulut le ramasser, mais Dylan la prit par la taille et l'attira contre lui. Il embrassa ses épaules, goûtant la saveur de sa peau, mordillant la chair offerte de sa nuque.

Il appliqua alors les mains sur son corset, à la hauteur de ses seins.

— Alicia, vous semblez impassible, mais les battements effrénés de votre cœur vous trahissent, murmura-t-il.

La peau de la jeune femme se mit à lui picoter. Il avait le don de lire ses pensées, de deviner ses secrets. Un trouble nouveau s'empara d'elle.

— Je n'ai pas l'intention de me comporter comme l'une de vos traînées.

Il frotta la joue contre ses cheveux soyeux. Elle devina son sourire.

— Que savez-vous donc du comportement des traînées ?

— Je sais qu'elles n'ont aucune retenue, aucun sens de la bienséance.

Dylan émit un rire de gorge.

— Les bonnes manières n'ont rien à faire dans une chambre à coucher, déclara-t-il.

Elle n'en croyait pas un mot. Ce gredin n'avait fréquenté que des catins.

Tandis qu'il lui enlevait son collier, elle demeura immobile. Puis il dénoua les liens de son corset et de son jupon. Très vite, Alicia se retrouva vêtue d'une simple chemise de coton blanc. Sans lui laisser le temps de céder à la pudeur, il la fit pivoter et l'embrassa.

Les lèvres de Dylan furent d'abord douces. Il tenait sa tête entre ses mains, lui caressant les tempes de ses pouces. Puis leurs langues se trouvèrent dans un baiser presque tendre, comme s'il contenait sa passion. Il avait le goût du champagne.

Succombant à la tentation, elle se laissa aller contre lui, les mains sur ses épaules. La pression de ses seins contre son torse la troublait.

Marmonnant des paroles étouffées, il la serra plus fort, d'un geste possessif. Sa main chercha un sein à travers le fin tissu. Alicia ne put réprimer un frisson de désir.

Leurs langues entamèrent une danse endiablée. Dylan se montrait de plus en plus exigeant, avide. Enfin, il glissa les mains sous la chemise et prit dans ses paumes les seins ronds et fermes. Ses pouces se mirent à titiller les mamelons durcis. Alicia gémit, étonnée par cette volupté qui la submergeait. Elle se dressa sur la pointe des pieds, se frottant contre lui, lascive, cherchant d'instinct son contact, frustrée de ne pouvoir se fondre en lui.

Il émit un râle sourd, puis s'empara de sa bouche avec une violence qui lui coupa le souffle. Ivre et pantelante, elle le caressa, explora ce torse nu et encore inconnu, aux muscles saillants. Il émanait de lui une virilité impressionnante.

Il lui dénuda les seins et se redressa pour l'admirer.

— Vous êtes superbe, chuchota-t-il.

Sur ces mots, il se pencha pour prendre un mamelon entre ses lèvres. Elles étaient si brûlantes qu'Alicia crut défaillir. Une douce torpeur s'empara de ses membres. Incapable de maîtriser ses réactions, elle gémit, agrippée à Dylan.

Il avait raison. Elle ne pouvait feindre l'indifférence. Elle le voulait corps et âme !

Il fit remonter la fine chemise, effleurant au passage ses jambes, ses fesses nues. Elle enfouit le visage dans le creux de son épaule. Audacieux, il glissa une main entre ses cuisses, explorant son intimité. La jeune femme aurait dû être mortifiée par ces caresses, mais ses doigts experts faisaient naître en elle une passion qui la fit se cambrer. Elle crut mourir de volupté.

— Dylan, non… je vous en prie… je n'en peux plus…

Alors il s'arrêta, et elle eut l'impression que le monde autour d'elle s'écroulait. Il la fit reculer vers le lit où elle s'assit, toujours pressée contre lui. Il se dégagea de son étreinte et recula d'un pas.

— C'est tout ? fit-elle, désemparée. Vous m'abandonnez ?

Dylan esquissa un sourire, le regard brûlant, tout en délaçant sa culotte.

— C'est loin d'être terminé, ma chérie…

Alicia en eut la gorge sèche. Malgré elle, elle ne parvenait pas à détacher le regard de sa nudité, fascinée, impressionnée, effrayée par sa virilité.

Il la prit par le menton pour l'embrasser tendrement.

— Dites que vous avez envie de moi, murmura-t-il contre sa bouche. Dites-le.

— J'ai envie de vous, avoua-t-elle, éperdue. Oh, Dylan, j'ai envie de vous…

Le souffle court, il lui ôta brutalement sa chemise, déchirant le fin tissu au passage. Enfin dévêtue et offerte, Alicia sentit toute gêne s'envoler. Elle se glissa entre les draps frais. Il allait l'attirer sur lui, comme le couple de la statuette dans son bureau.

Pourtant, il la fit s'allonger et vint se coucher sur elle, lui imposant le poids de son corps. Elle se délecta de ce contact, puis du baiser ardent qui suivit. Jamais elle n'aurait osé imaginer de telles sensations, même dans ses rêves les plus fous. Il redoublait de caresses intimes, la faisant onduler de plaisir, au bord du précipice.

Il lui écarta les cuisses et la prit par les hanches. Elle devinait ce qu'il était en train de faire et s'en réjouit. Posant les pieds à plat, elle se cambra pour l'accueillir en elle. Au premier coup de reins, Dylan rugit, rompant la barrière de sa virginité.

Une douleur furtive se mêla à une sensation de plénitude. Appuyé sur les avant-bras, il avait le torse emperlé de sueur, à la lueur du feu. Ses yeux pétillaient.

— Tu es à moi, marmonna-t-il. À moi seul.

— Tu es à moi, toi aussi.

Ils se fixèrent longuement. Elle décela une lueur étrange dans le regard de Dylan, une sorte de dureté qu'elle ne put expliquer. Elle n'y comprenait plus rien elle-même. Elle savait simplement qu'un lien venait de se tisser entre eux, un lien qui allait au-delà de la chair. Si elle lui appartenait, la réciproque était valable. C'était aussi simple que cela.

Elle lui caressa la joue. Aussitôt, ses yeux s'enflammèrent de passion. Il déposa un baiser dans sa paume et commença ses mouvements de reins. Alicia ferma les paupières pour savourer un plaisir indicible. La chaleur qui l'envahit lui fit tout oublier. Elle s'agrippa à lui.

Très vite, leurs cris se mêlèrent dans l'extase. La jeune femme fut emportée dans un tourbillon de sensations.

Ils ne faisaient plus qu'un…

Ensuite, ils demeurèrent repus, haletants, enlacés. Elle sentait sur elle le poids de son corps rassurant. Elle aurait voulu que ces instants magiques se prolongent à jamais…

Elle dut s'assoupir quelques minutes, car lorsqu'elle rouvrit les yeux, elle le découvrit penché sur elle, glissant un bras sous son corps. Elle voulut protester, mais il rit et la souleva du lit.

Alicia l'enlaça à son tour. Puis elle se rendit compte que la porte de communication était entrouverte.

— La clé, murmura-t-elle. Comment as-tu trouvé la clé ?

Dylan esquissa un sourire.

— Je ne l'ai pas trouvée, avoua-t-il. J'en avais une autre dans ma poche.

Ainsi, son mari aurait pu entrer dans la chambre à tout moment. Une impression de vulnérabilité s'empara de la jeune femme. Elle était à sa merci. Elle l'avait toujours été. À présent, il avait gagné son pari et l'avait séduite. Viendrait-il lui rendre visite chaque soir ?

À sa grande honte, elle se prit à le souhaiter. Au souvenir de leurs ébats, elle rougit. Esclave de ses caresses, elle s'était abandonnée, oubliant toute dignité pour apaiser sa faim sauvage.

— Non, grommela-t-il.

Elle tourna la tête vers lui :

— Quoi ?

— Ne redeviens pas cette femme prude et hautaine. Cette nuit, elle n'existe pas.

Ouvrant le battant du pied, il la porta dans sa propre chambre.

— Monstre, chuchota-t-elle.

— Beauté, répliqua-t-il d'un ton séducteur qui la fit trembler. Tu ne m'échapperas pas…

Cette promesse alléchante n'était pas pour lui déplaire. Elle perçut un son familier, comme un bruit d'eau.

Ils franchirent une autre porte, donnant sur une

pièce qui évoquait une grotte, ornée de plantes vertes et de statues. Des chandelles diffusaient une lueur dorée. De l'eau coulait d'un robinet en forme de dauphin, cascadant dans un bassin circulaire. De la vapeur flottait dans l'air.

— Une réplique des thermes romains ? s'extasia-t-elle.

— Pour le plaisir de mon épouse.

Il descendit les marches et l'installa sur un banc taillé dans le marbre. L'eau lui arrivait à la poitrine. Alicia se sentit enveloppée d'une douce chaleur. Ses muscles se détendirent.

Sans se soucier de sa nudité, Dylan alla éteindre le robinet. Puis il plongea à son tour dans l'eau chaude et émergea tel Neptune surgissant des flots. Des gouttelettes luisaient sur sa peau nue, coulant sur son torse. La surface de l'eau dissimulait le bas de son corps.

Alicia leva les yeux vers lui. Il affichait un sourire arrogant, satisfait. Il était conscient de l'effet qu'il produisait sur elle. La jeune femme lui rendit pourtant son sourire, alanguie et heureuse. Elle chassa ses derniers doutes. Cette nuit, elle refusait de réfléchir. Elle voulait profiter de l'instant présent.

Il se passa les doigts dans ses cheveux d'un noir de jais. Ses boucles humides scintillaient. Il vint s'asseoir près d'elle et écarta quelques mèches rebelles de son front, un geste empreint d'une tendresse surprenante.

Comme il était étrange de se prélasser dans un bain en compagnie d'un homme ! En compagnie de son mari. Car ils étaient vraiment mari et femme, désormais.

Le cœur léger, Alicia déclara :

— Vous menez une existence merveilleusement décadente, monsieur Wilder.

— Vous allez mener la même, madame Wilder.

Son regard promettait bien des plaisirs à venir. Il n'était pas étonnant que l'on cache aux jeunes filles les réalités de la vie, songea-t-elle. Si elles connaissaient l'ivresse de la sensualité, elles la rechercheraient sans répit…

Une lueur dans les yeux, il prit un pain de savon et se frotta les mains. Très lentement, il savonna les épaules puis les seins de la jeune femme, les taquinant au passage jusqu'à ce qu'ils se tendent. Le désir monta de nouveau.

Les mains de Dylan s'aventurèrent plus bas, errant sur ses hanches, son ventre, ses cuisses.

— Tu as la peau très douce, s'émerveilla-t-il. Je ne t'ai pas fait mal, au moins ?

— Non, assura-t-elle. Tout va bien.

Il leva un sourcil.

— Pourtant, ma chère, je t'ai pénétrée avec sauvagerie. Je promets d'être plus doux à l'avenir… À présent, allonge-toi et détends-toi.

Une goutte d'eau coulait sur sa joue. D'instinct, Alicia se pencha vers lui et l'essuya de la langue. Il avait un goût légèrement salé.

— J'ai aimé tout ce que tu m'as fait, déclara-t-elle. Il ne faut rien changer.

Les yeux bleus de Dylan brillaient d'une lueur mystérieuse.

— Alicia…

Il glissa sa main sur sa féminité. Leurs regards étaient rivés l'un à l'autre.

Elle savoura ses caresses expertes, la lente montée du plaisir, la chaleur de l'eau contre sa peau. Elle avait totalement ignoré combien elle pouvait jouir de ses sens, combien une femme pouvait être heureuse. Impatiente et fébrile, elle l'encercla de ses cuisses.

Murmurant son prénom, il la saisit par les hanches et la pénétra d'un coup de reins.

L'eau clapotait autour d'eux. Leurs lèvres se trouvèrent, avides. La jouissance les emporta au même instant.

Ensuite, la jeune femme se blottit dans ses bras, apaisée. Il l'embrassa tendrement sur le front. Quand ils sortirent enfin de l'eau, il l'enveloppa dans une grande serviette.

— Tu m'as rendu fou de désir, murmura-t-il à son oreille. Je ne me lasse pas de toi. Cette nuit, nous dormirons ensemble…

— D'accord, souffla-t-elle, la gorge nouée.

Il la mena vers son lit et l'installa entre les draps frais. Puis il éteignit la chandelle et s'allongea près d'elle, l'attirant dans la chaleur de son corps.

Étourdie et rassasiée, elle se blottit contre lui, dans le noir, la tête nichée au creux de son épaule. Il l'entoura d'un bras possessif.

Comme dans un rêve, elle sentit sa bouche sur son front, puis dans son cou, sur son épaule, traçant un sillon de baisers brûlants jusqu'à son ventre. Il explora son intimité avec une douceur infinie. Elle faillit pleurer, tant cette tendresse la bouleversait. Il avait sur son corps un pouvoir qui lui faisait presque peur.

Lorsqu'ils sombrèrent dans le sommeil, il la garda dans ses bras, comme s'il ne pouvait se détacher d'elle un seul instant.

16

Alicia fut réveillée par un rai de lumière qui filtrait à travers les volets clos.

Elle s'assit dans le grand lit et balaya la chambre du regard. Autour d'elle, les meubles étaient sombres, l'atmosphère masculine. Elle venait de vivre sa première nuit en compagnie de son mari.

Où était-il donc passé ?

L'oreiller portait encore son parfum musqué. Le serrant contre son cœur, Alicia songea à cette nuit de volupté. Jamais elle ne se serait crue capable d'une telle frénésie. Une douleur sourde au plus profond d'elle-même témoignait de leurs ébats. Dylan lui avait fait l'amour trois fois, venant à bout de toutes ses inhibitions. Elle s'était abandonnée si facilement à ses caresses expertes. Dans ses bras, elle était devenue une autre femme, une créature charnelle et vibrante.

Complètement réveillée, elle consulta la pendule, n'en croyant pas ses yeux. Deux heures !

Elle avait dormi toute la matinée...

Désorientée, elle quitta la chaleur du lit, un peu courbatue. Pourrait-elle se faufiler dans sa propre chambre sans être vue ? Elle risquait de croiser une femme de chambre, en train de faire le ménage ou de ramasser les vêtements éparpillés sur le tapis.

Elle se drapa d'une couverture, puis aperçut sa robe de soie blanche au pied du lit. Une rose rouge était posée dessus.

La gorge de la jeune femme se noua. *Dylan.* Elle ramassa la fleur délicate, ferma les yeux et huma son doux parfum. Ses pétales veloutés lui caressèrent la joue, comme un écho aux caresses exquises de Dylan. La désirerait-il encore, après cette nuit torride ? Allait-il se tourner vers d'autres femmes, maintenant qu'il l'avait possédée ?

Le cœur lourd, elle enfila sa robe. Il ne fallait pas oublier que cet homme était un séducteur. Certes, il savait satisfaire une femme, mais il était incapable de lui rester fidèle. Leur complicité était purement physique. Dès qu'il s'ennuierait, il irait voir ailleurs.

Pourtant, il avait exprimé son désir pour elle. Il lui avait dit qu'il ne se lasserait jamais de ses caresses.

Malgré ses doutes, elle sentait en elle un désir vibrant. La luxure pouvait-elle expliquer le tourment qui l'assaillait, ce besoin de découvrir les secrets de Dylan ? Elle voulait tout savoir de ses pensées, ses espoirs, ses sentiments.

C'était dangereux. Elle devait absolument éviter de lui donner son cœur.

Toute sa vie, Alicia avait gardé pour elle ses soucis. Ce jour-là, pourtant, elle eut envie de parler à quelqu'un qui connaissait bien sa mère, afin de savoir ce qui avait provoqué sa maladie. Mais dès qu'elle eut franchi le seuil de la résidence Pemberton pour embrasser Mme Molesworth, tous ses problèmes s'envolèrent.

Heureuse de retrouver sa maison, elle vit la cuisinière lisser son tablier.

— Madame ! Enfin vous venez me voir, et aujourd'hui, en plus !

Se sentant un peu coupable, Alicia répondit :

— Je sais, j'aurais dû amener ma mère. Mais je vous promets que vous la verrez très bientôt…

Elle se tut, remarquant enfin la bâche qui couvrait le sol du salon. Un échafaudage était dressé contre le mur. Pinceau en main, un peintre s'affairait à badigeonner de jaune les murs grisâtres. Une forte odeur de peinture flottait dans l'air. Des coups de marteau provenaient de l'étage supérieur.

— Que se passe-t-il ? s'étonna-t-elle. Gérald n'a pas les moyens de financer des travaux.

— C'est M. Wilder qui règle les factures, madame. Il a fait réparer la rampe et tout le reste. Et nous attendons une livraison de meubles.

Alicia sentit son cœur fondre. Encore un beau geste de la part de Dylan… Mais il soutiendrait certainement qu'il ne cherchait qu'à entretenir sa propriété.

— Où est Gérald ?

— Monsieur est parti. Il a dormi jusqu'à midi, et il est parti il y a une demi-heure.

— Je ne comprends pas…

Si son frère travaillait dans une banque, comment pouvait-il faire la grasse matinée ? Avait-il été renvoyé ? Une autre possibilité l'angoissait.

— Serait-il souffrant ? Vous auriez dû m'avertir.

Mme Molesworth secoua vigoureusement la tête, sa coiffe légèrement de travers.

— Non ! Il se porte comme un charme. Mais il a d'autres soucis, je le crains.

Prenant Alicia par le bras, la cuisinière la conduisit dans la bibliothèque vide. Elle scruta les alentours, comme si elle s'attendait à débusquer quelque espion caché derrière les rideaux.

— Il s'agit de lord Hailstock, murmura-t-elle.

— Que voulez-vous dire ?

— M. le marquis est ici, madame. Il est arrivé il y a quelques minutes.

Posant les mains sur ses hanches, Mme Molesworth pinça les lèvres.

— Et il est en train de fouiller le bureau de M. le comte !

La pièce aux boiseries de chêne se trouvait à l'arrière de la maison. Plusieurs générations de comtes de Pemberton avaient réglé leurs affaires entre ces quatre murs. C'était désormais le domaine de Gérald, même si le patrimoine de la famille avait quasiment disparu. Il ne lui restait guère que des factures à régler.

Alicia n'avait pas eu le courage de vendre les meubles du bureau. La pièce renfermait trop de souvenirs d'enfance. Elle s'asseyait sur les genoux de son père qui lui contait des légendes de princes et de dragons. Chaque fois qu'elle avait un chagrin, elle venait se réfugier auprès de lui. Il séchait vite ses larmes.

La jeune femme fut submergée par un élan de nostalgie. À l'époque, elle ignorait qu'il était incapable de gérer ses biens. Elle ignorait encore sa passion dévorante pour le jeu…

La porte était entrouverte. Elle poussa le panneau de bois. Une fine poussière voletait dans l'air, sous le soleil de cette fin d'après-midi. Il flottait encore une odeur de tabac. Le décor n'avait pas changé, spartiate et masculin, avec de confortables fauteuils de cuir et d'épais rideaux marron.

Lord Hailstock était penché sur le bureau, le bras plongé dans un tiroir, comme s'il cherchait quelque chose tout au fond. En croisant le regard d'Alicia, il se figea.

— Monsieur le marquis ! Que faites-vous donc ?

Il se redressa, époussetant nerveusement son manteau gris. Il afficha un sourire débonnaire et contourna le bureau pour venir à sa rencontre.

— Vous m'avez fait peur, lady Alicia…

Un peu perplexe, la jeune femme fit une révérence.

— Puis-je vous aider à trouver quelque chose ?

— En fait, non, répondit le marquis avec un rire nerveux. Autrefois, j'ai envoyé des lettres à votre père. Je me demandais s'il les avait conservées.

— Après sa mort, j'ai trié ses papiers. Je ne me rappelle pas avoir découvert de lettres signées de votre main.

Même si le marquis était un ami de longue date de ses parents, Alicia ne croyait guère ces explications. Comment un homme de son rang pouvait-il fouiner ainsi ?

— Si vous voulez, je chercherai encore, dit-elle.

— Ne vous donnez pas cette peine. Et pardonnez-moi. C'est une impulsion stupide et sentimentale qui m'a poussé à venir.

— Bien sûr…

Par politesse, elle préféra ne pas insister. D'ailleurs, elle se faisait peut-être des idées.

— Puis-je vous offrir une tasse de thé ?

— Non, merci, je ne m'imposerai pas plus longtemps.

Il la toisa longuement, le regard voilé.

— Vous êtes radieuse, aujourd'hui. Encore davantage qu'hier soir…

Le bal. Après cette nuit incroyable, elle avait

presque oublié la soirée de la veille. Elle rougit et détourna les yeux.

— J'ai été ravie de vous rencontrer chez les Cuthbert, déclara-t-elle vivement. Je serais volontiers restée plus longtemps pour bavarder un peu, mais Dylan et moi...

— C'est Wilder, n'est-ce pas ? Vous êtes passée de son côté, gronda le marquis en lui saisissant le bras.

— Je vous en prie... vous me faites mal !

Serrant les dents, le marquis la relâcha.

— Pardonnez-moi, ma chère. Mais j'ai très peur qu'il ne vous compromette, qu'il ne se serve de vous. Ce type ne vaut rien.

— Il est charmant, répliqua Alicia, surprise de prendre sa défense.

Elle ne supportait pas que ce marquis prétentieux dise du mal de son mari. Il avait dû s'en donner à cœur joie pendant le bal, ce qui expliquait l'animosité de certains invités.

— Je ne nie pas que Dylan m'a poussée au mariage. Mais ce qui est fait est fait. Depuis, il n'a cessé de se montrer gentil et généreux envers moi et ma famille.

— Je vois, railla le marquis en levant les sourcils. Manifestement, vous ignorez ce que votre gentil mari a fait pour Gérald. Vous n'avez aucune idée de l'endroit où votre frère passe ses journées.

Alicia fut soudain alarmée.

— De quoi parlez-vous ? Cessez de tourner autour du pot !

— Comme vous voudrez. Mais j'aurais préféré vous épargner une telle honte, dit-il avec une moue de dégoût. Il se trouve que Dylan Wilder a de nouveau attiré Gérald autour des tables de jeu.

Comme à son habitude, Dylan arriva à son cercle vers six heures, pour sa traditionnelle inspection. Dans le salon, la plupart des tables étaient vides. Il fit signe au croupier qui recomptait ses jetons. Les gains étaient réglés dans un bureau situé au bout d'un couloir, que l'on surnommait la caisse du diable.

La pièce était décorée avec goût, tout en marbre de Sienne, avec d'épais rideaux vert foncé aux fenêtres en arcade. Pas de tableaux ni de miroirs, pour ne pas détourner l'attention des joueurs. À chaque extrémité flambait un feu de cheminée. Les fauteuils en cuir incitaient les joueurs à s'attarder. Le vin coulait à flots.

En temps normal, Dylan appréciait cette inspection quotidienne. Ce jour-là, il ne jeta qu'un rapide coup d'œil à son domaine. L'image d'Alicia le hantait. Il la revoyait, endormie, confiante, rassasiée par leur nuit d'amour, un sourire au coin des lèvres. Ses cheveux emmêlés avaient la douceur de la soie. Il avait dû se retenir de la réveiller.

Alicia l'avait surpris au-delà de tout. Sous son masque de froideur se cachait une femme ardente et sensuelle. La sachant vierge, il avait voulu la ménager, mais sa ferveur l'avait poussé à se comporter comme une bête en rut. Jamais il n'avait ressenti un tel désir. Il s'était laissé guider par cette femme, lui qui avait coutume de mener la danse. Encore à cet instant, il mourait d'envie de s'unir à elle. Cette envie avait quelque chose de brutal, de primitif. Il voulait placer en elle sa semence, lui faire un enfant… son enfant.

— Wilder !

Dylan s'extirpa de sa rêverie. Deux gentlemen, l'un grand, dégingandé, l'autre petit et trapu, se tenaient près d'une table. Les autres clients étaient attendus bien plus tard dans la soirée, mais quelques habitués étaient déjà présents. Malheureusement, ces deux-là étaient des imbéciles.

Cachant son irritation sous un sourire aimable, il alla les saluer.

— Keeble, Duxbury. Vous paraissez bien sages...

Le vicomte Keeble se tapota le ventre.

— Nous allions passer au restaurant pour déguster ce délicieux rôti que prépare votre chef. Jusqu'à ce que Duxbury me lance un défi.

— Je parie cinquante guinées qu'il aura la corde au cou avant moi, déclara Duxbury en affichant un sourire stupide sur son visage poupin.

Il désigna le carnet des paris, où les membres du cercle consignaient leurs défis.

— Vous voulez bien nous servir de témoin, Wilder ?

— Voilà qui me donne envie de me dénicher une riche héritière, lança Keeble en se frottant les mains. Si je la trouve, tu auras tes cinquante guinées... et moi j'en aurai des milliers !

Duxbury lui envoya un coup de coude.

— Nous trouverons peut-être tous les deux un pigeon bien gras !

Ils éclatèrent de rire.

Dylan plaignit les infortunées jeunes filles qui épouseraient ces crétins. Il prit sa plume et la trempa dans l'encre, puis il inscrivit son nom dans le registre.

— À présent, messieurs, veuillez m'excuser.

— Un instant, dit Keeble, les yeux plissés. Il paraît que nous vous devons des félicitations, Wilder. Vous gravissez les échelons de la société.

— En vous mariant avec une jolie poulette, ajouta Duxbury.

Les deux hommes s'esclaffèrent.

Furieux, Dylan empoigna chacun des deux par la manche. Leur hilarité fit place à de la stupeur.

— Je vous interdis de parler de ma femme comme vous parleriez d'une traînée, c'est compris ?

— Très bien, bredouilla Keeble. Ne vous fâchez pas. Ce n'était qu'une plaisanterie, mon vieux...

— Inutile de prendre la mouche, renchérit Duxbury.

Dylan les lâcha. Les deux hommes déguerpirent vers le restaurant.

Dylan savait qu'il avait affaire à des idiots, mais cette réflexion malveillante le blessait. Ils suggéraient qu'Alicia s'était abaissée en l'épousant.

Pourtant, elle n'y perdait pas au change. Et pas seulement pour des raisons financières. Sans lui, elle serait restée vieille fille. À présent, elle était une femme épanouie.

Ne lui avait-elle pas dit qu'elle avait aimé tout ce qu'il lui faisait, qu'elle ne voulait rien changer ?

Ce souvenir fit renaître son désir. Une seule nuit ne lui suffisait pas. Ses entrailles brûlaient encore d'une soif inassouvie. Son impatience défiait toute raison.

Surgissant dans le vestibule désert, il gagna la porte d'entrée. Le cercle fonctionnerait parfaitement sans lui pendant quelques heures. Fidèle à son habitude, Fergus se chargerait de tout.

Au moment où il atteignait le seuil, la porte s'ouvrit brutalement.

— Que diable... ?

Il ravala un juron et s'arrêta net.

Alicia entra la tête haute, avec un port de reine, faisant tournoyer sa robe. Une veste ajustée moulait ses seins et marquait sa taille de guêpe. Elle avait les lèvres pincées, le regard froid, le geste brusque. La puritaine était de retour, songea-t-il.

À la bonne heure. Il aurait ainsi le plaisir de la séduire à nouveau. L'image même de l'aristocrate méprisante, elle s'adressa à lui sans préambule :

— Où est mon frère ?

Elle avait découvert la vérité. Avec une nonchalance délibérée, il l'embrassa sur la joue.

— Bonjour, chérie.

La jeune femme détourna la tête.

— Ne perdez pas votre temps en belles paroles. Sous vos airs galants, je sais que vous ne valez rien.

— Et moi, je sais quelle beauté se cache sous cet air glacial.

Il tendit la main, mais elle l'écarta vivement.

— Ne cherchez pas à m'amadouer ! Je sais que vous corrompez mon frère.

Sans crier gare, il la saisit par le bras et l'entraîna dans le grand escalier. Puis ils longèrent un couloir jusqu'à son bureau. Dylan referma la porte derrière lui.

— Je refuse de jouer ces petits jeux avec ma femme, déclara-t-il.

Alicia dégagea son bras.

— Vous préférez attirer les jeunes gens crédules dans votre cercle.

— Votre frère est en âge de faire ce qu'il désire.

Sa moue boudeuse donnait envie à Dylan de l'embrasser à perdre haleine.

— Ainsi, vous admettez l'avoir attiré dans ce lieu de perdition ? reprit-elle.

— Je lui ai proposé de travailler ici en tant qu'employé. Il a eu l'intelligence d'accepter.

— Un emploi ? railla-t-elle. Ce n'est pas ce que m'a raconté lord Hailstock !

Dylan tressaillit. Il fit reculer Alicia vers son bureau. Celle-ci voulut se débattre, mais il la retenait fermement par les bras.

— Quand avez-vous vu Hailstock ?
— Lâchez-moi ! s'écria-t-elle en le repoussant en vain.
— Répondez à ma question !
— Je l'ai croisé à la résidence Pemberton.
— Que diable faisait-il là-bas ?
— Il était venu... chercher de vieux papiers dans le bureau de mon père.
Elle détourna les yeux, signe évident qu'elle lui cachait quelque chose.
— A-t-il osé vous toucher ? s'enquit Dylan d'un ton meurtrier.
— Bien sûr que non ! Il se comporte en gentleman, lui !
Ses yeux bleus étincelaient de mépris.
— Je me demande pourquoi vous détestez tant le marquis ! ajouta-t-elle.
Dylan se força à lâcher prise.
— Je refuse de vous partager avec quiconque. Ne l'oubliez pas.
— Et moi, je refuse de voir mon frère jouer dans ce cercle.
— Il n'est pas ici pour jouer. Il occupe un poste respectable.
— Respectable, répéta-t-elle, moqueuse. Il existerait un poste respectable dans cet enfer du jeu ! Que fait-il, au juste ? Il récolte les dettes de ceux que vous avez dépouillés ?
C'en fut trop pour Dylan.
— Puis-je vous rappeler, madame, que cet enfer du jeu, comme vous dites, vous permet d'avoir de belles toilettes, une superbe maison, une calèche... Sans cet argent, votre mère serait enfermée à l'asile et votre frère croupirait en prison.
— C'est là qu'il va finir, si vous l'encouragez à s'endetter encore !

— Je lui ai donné un but dans la vie. Si vous ne me croyez pas, posez-lui la question. Il doit être au restaurant.

Elle eut un rire amer.

— Ensuite, il se rendra directement aux tables de jeu. Comment fera-t-il pour vous rembourser, cette fois ? Il n'a pas d'autre sœur à vous procurer.

Dylan était à deux doigts de faire taire ces insultes en la renversant sur son bureau pour l'embrasser.

— Dommage, répondit-il pourtant. J'aurais pu procéder à un échange, une fois que je me serais lassé de vous.

Alicia retint son souffle.

— Vous n'êtes qu'un être vil et méprisable…

— Et vous, vous exagérez. Si vous étiez plus raisonnable, vous laisseriez Gérald prendre ses décisions.

— Il ne décide rien du tout. C'est vous qui l'influencez, rétorqua-t-elle. Comme tous les hommes, il cède facilement à la tentation.

— Parce que les femmes ne connaissent pas la tentation ?

Dylan se plaqua contre elle, lui faisant sentir l'intensité de son désir. Il ne supportait pas sa façon de réduire en lambeaux tout ce qu'ils avaient partagé.

— Il est trop tard pour me faire croire que les femmes sont des anges de pureté, incapables du moindre désir charnel.

Les joues d'Alicia s'empourprèrent. Elle pencha la tête en arrière et soutint son regard, le poing crispé.

— Je parlais du jeu, pas de la luxure.

— Pourtant, c'est un sujet bien plus intéressant.

Déterminé à la dompter, il posa les mains sur ses seins et les pétrit à travers le tissu de sa robe. Alicia demeura immobile, mais elle baissa les paupières et entrouvrit les lèvres.

— Sale brute ! s'exclama-t-elle d'une voix tremblante. Lâchez-moi...

— Chérie, répliqua-t-il d'un ton sardonique, je ne vous lâcherai jamais.

Prise au piège, Alicia le laissa s'emparer de ses lèvres avec avidité. Elle leva les mains pour le repousser mais, au lieu de cela, elle agrippa sa chemise et se dressa sur la pointe des pieds. Elle se frotta contre lui, lui rendant son baiser avec passion. Elle l'explora de sa langue brûlante, jusqu'à lui arracher des gémissements de désir.

L'ardeur d'Alicia le rendait fou. Il éprouvait un besoin irrépressible de sentir son corps nu contre le sien, de la pénétrer, pour se débarrasser de ce pouvoir qu'elle avait sur lui. Tout de suite.

Il releva sa robe, mais elle s'esquiva et prit la fuite.

Il lui emboîta le pas, l'empêchant d'ouvrir la porte.

— Pour l'amour du Ciel, Alicia...

Elle fit volte-face. Son expression torturée bouleversa Dylan. Il plongea les yeux dans son regard embué de larmes.

— Je ne puis vous résister, avoua-t-elle, amère. Même en sachant ce que vous avez fait à mon frère...

Ces larmes le désarmèrent. Cherchant à la réconforter, il répondit :

— Je ne lui ai rien fait. Vous devez comprendre que...

— Non, c'est à vous de comprendre ! Mon père s'est suicidé. Il était endetté et n'arrivait même plus à affronter sa famille. Et j'ai peur... j'ai peur que Gérald ne connaisse le même sort.

la danseuse immobile [illegible] elle [illegible] sur les [illegible] [illegible]

— [illegible]

— [illegible]

[illegible]

[illegible]

— [illegible]

[illegible] de Lumas [illegible]

— [illegible]

— [illegible]

[illegible]

17

Dans le couloir, Alicia s'efforça d'afficher un air impassible. Ses pas résonnaient sur le marbre froid. Deux chandelles éclairaient les lieux, mais aucun domestique n'était en vue.

En arrivant sur le palier, elle se prit le visage dans les mains et fondit en larmes. Elle n'y comprenait plus rien. Comment pouvait-elle désirer un homme qui exploitait sans vergogne la faiblesse d'autrui ?

Elle regrettait d'avoir avoué la vérité à Dylan. Peu de gens savaient que son père s'était suicidé. C'est lord Hailstock qui avait eu l'idée de maquiller la réalité. Accablée de chagrin, la jeune fille l'avait laissé se charger de tout, régler les affaires du défunt, rembourser ses dettes. Il avait raconté que son père avait surpris un voleur et que celui-ci l'avait tué. Des ragots avaient circulé, mais Alicia s'en moquait. Elle était trop occupée à prendre soin de sa mère, que la douleur avait rendue folle, et à consoler Gérald, qui n'avait que treize ans.

Elle resta un long moment assise sur la première marche, à sangloter amèrement. Puis elle entendit des pas. Elle s'essuya rapidement les joues du dos de la main. Il ne fallait surtout pas montrer sa faiblesse à Dylan, qui s'empresserait d'en tirer profit.

Mais l'homme qui approchait n'était pas son mari.

Il était grand, élancé, vêtu de sombre. Son bandeau noir sur un œil lui conférait un air menaçant. Elle reconnut le majordome insolent, celui qui l'avait accompagnée dans le bureau de Dylan, le jour de sa première visite.

Détournant le regard, elle attendit qu'il passe son chemin. À son grand étonnement, il s'arrêta près d'elle. Lorsqu'elle leva la tête, il la fixa avec effroi.

— Wilder s'est gardé de me dire qu'il vous avait fait pleurer…

S'essuyant une dernière fois la joue, la jeune femme afficha un sourire poli.

— Vous lui avez parlé ?

— Oui. Il m'a donné l'ordre de vous retrouver et de vous conduire auprès de votre frère.

Malgré sa détresse, Alicia se sentit un peu rassurée par la réprobation évidente du majordome quant au comportement de son maître.

— Merci, monsieur…

— MacAllister, grommela-t-il. Fergus MacAllister.

Il descendit une marche et lui tapota doucement le dos.

— Ne pleurez pas. Votre mari est un brave garçon, sous ses airs de fanfaron. Sa mère l'a bien élevé.

Alicia haussa les sourcils.

— Vous connaissiez sa mère ? s'enquit-elle.

— Oui. À Édimbourg. Elle était actrice et travaillait dur pour élever son petit.

Sur ces mots, il descendit encore quelques marches.

Se tenant à la rampe, elle lui emboîta le pas.

— Dylan est né en Écosse ? Il ne me l'a jamais dit.

— Cela ne m'étonne pas ! lança le majordome. Il n'est pas très causant.

— Pourtant, il n'a aucun accent.

— Non. Après la mort de sa mère, nous sommes venus à Londres et il a appris les bonnes manières.

— Quel âge avait-il ?

— Dix ans, madame. Il en a bavé, commenta-t-il avec un regard perçant. Vous allez devoir être patiente pour gagner son amour, vous savez.

Alicia se raidit. Cet homme pensait donc qu'elle souhaitait l'amour de Dylan et qu'elle avait besoin de conseils ?

Une telle présomption avait de quoi l'offenser, mais elle ne pouvait gâcher cette occasion d'en savoir un peu plus sur son mystérieux mari.

— Parlez-moi de la mère de Dylan. Et de son père.

S'arrêtant sur le palier, Fergus lui lança un regard étrange. Toute gentillesse disparut de ses traits, faisant place à de l'amertume.

— Ce n'est pas à moi d'en parler. Vous devriez lui poser ces questions directement.

Sur ces mots, il ouvrit la porte et s'éloigna. Les lèvres pincées, Alicia le suivit dans un couloir aux tons verts et au plafond voûté, orné de dorures. Qu'avait-elle dit pour que le majordome se ferme soudain comme une huître ? Était-ce cette allusion au père de Dylan ?

Elle s'était peut-être montrée trop curieuse. Après tout, Dylan était un enfant illégitime. Peut-être ignorait-il l'identité de son père.

Elle fut saisie de compassion, mais refoula vite ce sentiment. L'absence d'autorité paternelle ne pouvait justifier ses défauts. Il exploitait le malheur des gens. Et elle ne lui permettrait plus jamais de la prendre au dépourvu.

Pourtant, elle savait qu'il suffisait à Dylan de la toucher pour que ses bonnes résolutions s'envolent instantanément…

Au bout du couloir, le majordome ouvrit une autre porte. Elle pénétra dans une cuisine où flottaient de délicats fumets. D'énormes lampes à huile éclairaient les fours. Un chef à toque blanche dirigeait un bataillon de commis qui découpaient des pièces de viande, épluchaient des légumes, garnissaient des plats. Un homme voûté sortait une fournée de petits pains tout chauds. Au centre de la pièce trônait une table majestueuse, sur laquelle étaient posés des plateaux d'argent.

— Mon frère est ici ? s'enquit Alicia.

— Non. Mais vous avez bien le temps de voir le jeune comte. Ce qu'il vous faut d'abord, c'est une bonne tasse de thé.

Alicia suivit Fergus dans une autre pièce. À l'extrémité d'une longue table, un groupe de domestiques discutaient et riaient en prenant leur souper.

L'un d'eux se tut soudain, imité par les autres. Tous les regards se posèrent sur Alicia.

— Voici Mme Wilder, la sœur de lord Brockway, annonça gravement Fergus. Venez lui présenter vos respects.

Les chaises raclèrent le sol. Une femme se leva. Elle avait le ventre arrondi sous son tablier. Dylan employait donc une femme enceinte ?

— Je vous en prie, ne bougez pas, dit Alicia. Je ne voudrais pas interrompre votre repas.

Le silence gêné se prolongea. Cinq paires d'yeux passèrent de Fergus à Alicia.

— Nous avons terminé, madame, assura un homme. Il n'y a pas de mal.

Robuste, le crâne dégarni, il était le seul à rester

assis. Lorsqu'il exerça une poussée sur la table, Alicia découvrit un fauteuil roulant.

Il fit rouler son engin vers elle, actionnant les grandes roues avec adresse. Il s'arrêta devant elle et inclina la tête.

— Je m'appelle Lazare Cheever, annonça-t-il. Je suis ravi de rencontrer la dame qui a su apprivoiser notre Wilder.

— Mais… Je vous remercie, mais je doute qu'il soit vraiment apprivoisé.

Deux servantes étouffèrent un gloussement. Alicia tenta de masquer son embarras. Elle n'avait pas coutume de parler aussi familièrement à des inconnus.

MacAllister s'éclaircit la gorge.

— Cheever est notre comptable, expliqua-t-il. Souvent, il se croit encore sur les planches.

— Vous avez été acteur ? demanda Alicia.

— Le plus passionné de tous. Jusqu'à ce que, un soir, lors d'un combat à l'épée, je fasse une chute fatale…

Il fit mine de se battre, puis laissa sa main retomber sur ses genoux.

— J'ai perdu non seulement l'usage de mes jambes, mais aussi ma vigueur. Quel employeur voudrait embaucher un infirme ? À part notre estimé Dylan Wilder, bien sûr.

— Dieu le bénisse ! renchérit la femme enceinte avec ferveur.

— Continue ! ordonna Fergus. Raconte ton histoire à Mme Wilder.

La femme enceinte fit une révérence.

— Voilà ce qui s'est passé. Mon ancien maître a abusé de moi. Ensuite, il m'a jetée à la rue parce que j'étais enceinte. Alors M. Wilder m'a prise sous son aile.

Un valet au visage parsemé de taches de rousseur lui prit la main.

— Tu es en sécurité avec nous, maintenant, bredouilla-t-il en esquissant un sourire timide.

Alicia apprit que les deux autres servantes étaient orphelines, et que Dylan les avait sauvées de l'asile pour nécessiteux. Elles semblaient vouer une admiration sans bornes à leur nouveau patron.

Au fond d'elle-même, la jeune femme était troublée. Dylan avait offert un travail à ces êtres rejetés. Le vaurien qui avait poussé Gérald à sa perte possédait en réalité un cœur d'or. Comment un homme pouvait-il avoir deux facettes aussi contradictoires ?

— À présent, dit Fergus, servez une tasse de thé à madame.

Les domestiques s'affairèrent, laissant Alicia seule avec le majordome.

Elle s'écroula sur une chaise et fixa la table.

— Qui est-il donc ?

— Comment, madame ?

Elle croisa le regard sombre de Fergus.

— Mon mari, répondit-elle. Il semble y avoir deux hommes totalement différents en lui. Le joueur invétéré... et le bienfaiteur, l'homme généreux qui a aidé Cheever et les autres. Quant à la maison...

Elle se tut, désorientée.

— Nous avons Cathy qui est sourde, reprit-elle. Et Chalkers, le majordome alcoolique. Et le cocher, qui m'a fait arriver en retard à mon mariage.

— Ah oui, Bill. Un ancien lutteur. Le pauvre a pris trop de coups sur la tête.

MacAllister posa les coudes sur la table.

— Et n'oublions pas Mme Yates, ajouta-t-il.

— Comment cela ? s'enquit Alicia, soudain tendue.

— C'est la plus belle de toutes ces histoires. Wilder l'a trouvée dans la rue, agonisante. Elle avait été frappée par son mari. La plupart des gens auraient passé leur chemin sans se soucier d'une pauvre femme allongée par terre. Mais il l'a ramenée à la maison, il a fait quérir le médecin et l'a soignée pendant des mois jusqu'à sa guérison.

Alicia écarquilla les yeux. Il s'agissait donc de cette malheureuse de Whitechapel dont il lui avait parlé. Selon Dylan, le choc lui avait fait perdre momentanément la raison. Cette pauvre victime n'était autre que Mme Yates !

C'était impossible... Toutefois, Fergus n'avait aucune raison de lui mentir.

Alicia demeura pensive. Désormais, elle comprenait mieux la situation. L'impertinente gouvernante considérait Dylan comme son sauveur. Il était naturel qu'elle se montre possessive envers lui.

— Si Dylan aime tant venir en aide à son prochain, comment peut-il encourager mon frère à jouer ?

— À jouer ? répéta Fergus en la dévisageant avec stupeur. Le patron ne vous a rien dit ?

— Il a prétendu que Gérald occupait un emploi ici. Comme croupier, sans doute. Mais si mon frère touche une fois une paire de dés ou un jeu de cartes, il va replonger, c'est certain.

— Mais non ! Le comte essaie d'éviter la ruine à tous ces pauvres bougres, expliqua-t-il en faisant un geste de la main vers la salle de jeu.

Surprise, elle le dévisagea.

— Je ne comprends pas...

— Sa tâche est de surveiller les tables de jeu, de s'assurer que les joueurs ne parient pas au-dessus de leurs moyens. Le patron ne supporte pas l'idée qu'une femme se retrouve sans un sou, ou que des enfants meurent de faim.

Alicia scruta longuement son visage marqué.

— Dylan était pourtant disposé à laisser ma famille mourir de faim ! Il nous a privés de notre maison et m'a forcée à l'épouser.

— C'est vrai, admit le vieil homme avec une grimace. Il est un peu dur, parfois. Mais ne vous inquiétez pas. Il a le cœur tendre. Avec le temps, il vous aimera.

L'amour. C'était la deuxième fois que le majordome en parlait. Manifestement, il oubliait que Dylan se servait d'elle pour entrer dans la haute société. Il avait voulu épouser une femme noble, et il avait tout mis en œuvre pour atteindre son but. S'il veillait aujourd'hui à ce que les messieurs ne se ruinent pas à ses tables de jeu, cela signifiait qu'il avait délibérément plumé Gérald. Pour lui imposer ensuite ce mariage.

Cette pensée la fit frissonner d'effroi.

Comment pouvait-elle encore le désirer à ce point ? Elle mourait d'envie de retrouver ses bras, de sentir son corps ferme contre le sien, de l'entendre lui murmurer des mots tendres à l'oreille…

Elle ne devait pas céder aux appels de la chair.

Pourtant, à en croire Fergus, Dylan avait procuré à Gérald un poste honorable, une chance de se racheter. Et elle ne pouvait refuser d'admettre que son mari utilisait une partie de ses gains afin d'aider les autres…

Elle était si perdue qu'elle eut envie de crier. Dylan avait bon cœur, certes, mais il avait trop d'influence sur Gérald. À la pensée que son frère puisse s'approcher d'une table de jeu…

Le jeune valet aux taches de rousseur entra, portant un plateau qu'il posa sur la table, avant de s'éclipser.

Fergus saisit la théière en porcelaine et leur servit du thé.

— Voilà qui vous fera du bien, madame.
— Vous avez raison, dit-elle.
Prenant sa tasse, elle s'efforça de sourire, mais un sanglot lui nouait la gorge. À son grand désarroi, les larmes recommencèrent à couler.
Fergus sortit un mouchoir de sa poche.
— Ne pleurez pas. Je regrette de vous avoir troublée.
Il semblait sincèrement désolé. Alicia ne put s'empêcher de rire à travers ses larmes.
— Vous êtes très gentil, déclara-t-elle. Je… je ne sais pas ce qui m'arrive, aujourd'hui.
Elle connaissait pourtant l'origine de sa tristesse. Dylan Wilder.

Les femmes n'avaient pas accès aux salons du cercle, où les messieurs se réunissaient pour dîner et boire dans un cadre opulent. Lorsque Alicia eut fini son thé, Fergus pria Gérald de se rendre à l'office.
Le jeune homme s'excusa auprès de sa sœur de l'avoir trompée sur ses activités.
Je n'ai touché ni aux dés ni aux cartes, je le jure !
Il se redressa fièrement dans son manteau vert.
— Je suis bien trop occupé, reprit-il. J'ai déjà empêché lord Witherspoon de jouer la dot de sa sœur. Quant au capitaine Wilson, il serait ruiné si je ne l'avais pas arrêté dans son élan.
— C'est très joli, mais je désapprouve ta présence en ces lieux, et tu sais pourquoi, dit-elle en posant la main sur son bras, la gorge serrée.
Gérald détourna les yeux.
— Je ne suis pas comme notre père, affirma-t-il. Et je dois rester. Tu ne comprends donc pas ? Je

dois empêcher ces malheureux de courir à leur perte.

Cet altruisme emplit sa sœur de fierté. Elle voulait protéger son frère, comme elle l'avait toujours fait. Mais elle devait admettre qu'il était temps pour lui de se conduire en homme responsable. Dylan avait peut-être raison. Il devait prendre ses propres décisions.

Mais pourquoi Gérald ne pouvait-il affirmer son indépendance ailleurs que dans cet enfer du jeu ?

Plus troublée que jamais, elle rentra chez elle et s'enferma dans sa chambre. Sarah était passée dans l'après-midi, laissant sa carte de visite, mais Alicia n'avait envie de voir personne. Elle devait d'abord mettre de l'ordre dans ses sentiments.

Dylan n'avait rien de l'aristocrate auquel elle était promise de par sa naissance. Orphelin très jeune, il avait grandi sous la tutelle de Fergus, dans des conditions difficiles. Il avait mené une vie de bohème qu'elle n'osait imaginer. Certes, elle avait connu la pauvreté, mais elle vivait au sein d'une famille unie. Elle avait toujours eu un toit sur la tête et mangé à sa faim. Et elle n'avait pas manqué d'amour.

En épousant un noble, elle aurait connu une existence digne de son rang, mais était-ce la garantie d'un mariage heureux ? Certainement pas. Sarah avait fait un beau mariage, or elle avait été rejetée par son mari.

Son propre père avait eu lui aussi des défauts. Il adorait sa femme, mais avait cédé à sa faiblesse pour le jeu. Les cartes l'avaient détruit…

Affalée dans un fauteuil, Alicia passa la main sur son front. Aujourd'hui, Dylan était son mari pour le meilleur et pour le pire. Elle n'y pouvait rien.

D'ailleurs, voulait-elle vraiment y changer quelque chose ?

C'était une question ridicule. Au départ, elle n'aurait jamais choisi d'épouser un joueur, surtout pas un patron de tripot, un homme agressif, rustre, dominateur. Pourtant Dylan savait se comporter galamment. Il savait se montrer généreux et bon.

Et il était séduisant. Il faisait naître en elle le feu du désir...

Une fois encore, la jeune femme se surprit à rêver de ses bras autour d'elle, de ses caresses. Elle voulait aussi découvrir les secrets de son passé, partager ses pensées les plus intimes.

Même si c'était de la folie, Alicia souhaitait trouver le bonheur auprès de Dylan.

18

Étendu dans son lit, nu, la tête appuyée sur son bras replié, Dylan guettait les sons provenant de la chambre voisine. Il n'entendait que le crépitement du feu.

La pièce baignait dans une pénombre dorée. Derrière les volets apparaissaient les premières lueurs de l'aube.

Les yeux rivés sur le baldaquin, il s'efforçait d'oublier Alicia. Il n'arrivait pas à la chasser de son esprit, mais se refusait à l'affronter. À présent, il comprenait combien elle le haïssait.

Il n'était guère étonnant qu'elle ait lutté de toutes ses forces pour éviter ce mariage. Alicia avait raison : la richesse ne ferait jamais de lui un noble. Il avait reçu cette attaque comme une gifle. Or sa froideur ne provenait pas d'un complexe de supériorité de la part de la jeune femme. Ce qu'elle méprisait, c'était son métier. Et pour cause.

Dylan devait admettre qu'il avait mis son plan à exécution sans se soucier du reste. Alicia était la femme que convoitait Hailstock. En la lui volant, il assouvissait sa soif de vengeance. Il n'avait pas pensé à tout ce que cet acte insensé impliquait.

Les larmes de la jeune femme l'avaient touché, et

il se reprochait cette faiblesse. Il lui procurait de l'argent, une vie confortable, des toilettes somptueuses, alors que la plupart des femmes du peuple devaient travailler d'arrache-pied pour nourrir leur famille.

Pourtant il aurait voulu l'enlacer, la réconforter. S'il n'avait pas eu la certitude qu'elle le méprisait, il l'aurait rejointe dans son lit et l'aurait réveillée pour assouvir ses désirs. Son corps chaud et soyeux avait le pouvoir de l'envoûter. Il imaginait ses cheveux blonds éparpillés sur l'oreiller blanc. Il lui suffirait de relever sa chemise de nuit pour la faire sienne. Même si elle résistait un peu, il trouverait les caresses qui balaieraient ses réticences.

La porte de communication s'ouvrit lentement.

Dylan leva la tête, le cœur battant, les yeux plissés dans la pénombre. La silhouette mince d'Alicia se profilait sur le seuil, suggérant ses courbes féminines.

— Dylan ? fit-elle. Tu dors ?

Il ne répondit pas tout de suite, de peur de trahir son désir pour elle. Maudite soit cette obsession charnelle qui le harcelait ! Alicia n'était pas différente de toutes les autres femmes qu'il avait possédées. Il n'avait qu'à céder aux appels de ses sens et en finir.

— Entre, dit-il.

Elle referma la porte, disparaissant dans l'ombre de la pièce.

Dylan s'assit dans son lit, attendant qu'elle s'approche. Elle apparut bientôt au pied du lit.

— Il faut que je te parle, déclara-t-elle d'une voix ferme et décidée qui n'avait rien de sensuel.

— Je suis désolé pour ton père, grommela-t-il. Je ne savais pas.

Il avait la voix rauque, le souffle court.

— Peu de gens sont au courant, avoua-t-elle tout bas. En fait, ce soir-là, il s'est rendu aux écuries. Il faisait nuit... On a dit qu'un voleur l'avait tué.

— Qui l'a retrouvé ?

— Un valet... Malheureusement, ma mère s'est réveillée... elle s'est précipitée là-bas et l'a vu...

Il devinait la douleur d'Alicia. De tout son être, il brûlait de la prendre dans ses bras, mais elle refuserait sans doute son réconfort. À ses yeux, il n'était qu'un voyou qui détroussait les joueurs crédules.

Qui détroussait les hommes comme son père...

— Qu'est-ce que tu fais dans ma chambre ? s'enquit-il.

— J'ai quelques questions à te poser, répliqua-t-elle vivement.

— Je t'écoute.

— Pourquoi ne m'as-tu rien dit à propos de Mme Yates ?

Dylan se crispa.

— Et alors ?

— C'est elle, la femme que tu as secourue à Whitechapel ? Si j'avais su, je me serais montrée plus compréhensive. Tu aurais dû tout me raconter dès le départ.

— Comment l'as-tu appris ? demanda-t-il, un peu gêné.

— M. MacAllister m'a expliqué un tas de choses.

Maudit Fergus ! songea-t-il. Qu'était-il allé raconter à sa femme ?

— Yates n'aime pas que l'on parle de son histoire. Je respecte son souhait.

— Naturellement, fit-elle d'un ton légèrement sarcastique. Et tu ne voulais pas non plus que je remarque Cathy, Chalkers ou Bill, entre autres. Voilà pourquoi tu me refusais une autorité légitime de maîtresse de maison sur le personnel. Tu redoutais que je n'apprenne la vérité.

— Que veux-tu dire, au juste ?

— Tu ne voulais pas que je sache que… que tu avais bon cœur.

Dylan tressaillit.

— Pas du tout ! lança-t-il. Je voulais éviter que tu ne congédies mes domestiques, avec tes critères exigeants, tes idées d'aristocrate. Il est notoire que les dames de ton rang ne peuvent accepter un quelconque défaut chez leurs serviteurs.

Alicia s'approcha.

— La plupart des dames, corrigea-t-elle. Tu oublies que, depuis cinq ans, je n'ai pas mené une existence de comtesse.

Il ne pouvait le nier. Après la mort violente de son père, elle avait dû s'occuper d'une mère démente et d'un frère dissipé, tout en luttant pour joindre les deux bouts. Dylan en voulut au comte de Brockway. Un homme digne de ce nom n'abandonnait pas sa famille dans l'adversité.

Cependant, le jeu était une véritable drogue pour certains. Il en avait souvent tiré profit.

— Je tiens à diriger mon personnel, déclara Alicia.

— Comment ?

— Je promets de ne congédier aucun domestique, mais je veux exercer mon rôle de maîtresse de maison. Tu ne peux m'en empêcher.

— Très bien, grommela-t-il. À ta guise.

Un silence pesant s'installa entre eux. Dylan attendait un nouveau flot de questions. Fergus avait-il parlé de Hailstock ? Il espérait que non ! Si, par malheur, Alicia venait à apprendre qu'il l'avait épousée pour se venger d'un homme qu'elle tenait en haute estime…

— Je tiens aussi à assumer mon devoir d'épouse.

— Quel devoir ? fit Dylan, prudent.

— Je t'accueillerai dans mon lit, répondit-elle d'une voix rauque. Ou je te rejoindrai dans le tien, si tu préfères.

La bouche sèche, il la vit avancer lentement vers lui dans un bruissement de soie. Elle leva les bras, écarta ses bretelles et fit tomber le vêtement à ses pieds.

Dylan ressentit l'aiguillon du désir. Elle était debout, entièrement nue devant lui, silhouette pâle aux courbes exquises, magnifique dans la pénombre. Malgré tout ce qui s'était passé, elle le désirait encore...

— Ton devoir, murmura-t-il, c'est mon plaisir.

— Non, objecta-t-elle, malicieuse. Mon plaisir est *ton* devoir.

Il se mit à rire.

Dès qu'elle se fut glissée entre les draps, il l'attira sur lui. Elle sentait son membre dressé contre son ventre. Ivre de désir, il prit son visage entre ses mains tremblantes.

Avec un soupir, elle se haussa sur les coudes pour que ses mamelons durcis parviennent à la hauteur de ses lèvres. Il en prit un dans sa bouche et le taquina, jusqu'à ce qu'Alicia se mette à onduler des hanches, se frottant contre lui, le torturant. Le parfum de rose et la saveur de sa peau, la douceur soyeuse de ses seins...

Il glissa les mains dans son dos, dessinant les contours de ses hanches, de ses fesses, avant de s'immiscer entre ses cuisses brûlantes. Avec un gémissement, elle se cambra vers lui. Aussitôt, il la fit rouler sur le dos et la pénétra, entrant au plus profond d'elle-même.

Dans une jubilation primitive, il s'immobilisa un instant. Aucune autre femme ne l'avait comblé ainsi. Frottant sa joue mal rasée contre sa peau nacrée, il murmura son nom et commença ses longs mouvements de va-et-vient.

Les lèvres d'Alicia cherchèrent les siennes. Elle traça du bout des doigts les contours de son visage.

— Dylan... oh, Dylan... si tu savais comme je t'aime...

Une sensation étrange noua la gorge de Dylan. Non, elle ne l'aimait pas. Elle désirait son corps. Dans l'ardeur de la passion, elle croyait que c'était la même chose...

Il intensifia ses mouvements, déterminé à l'emmener vers l'extase. Il aimait ses râles de plaisir, il aimait sentir ses mains crispées sur son dos, ses ongles lacérant sa peau.

Haletante, elle enroula les jambes autour de sa taille.

Lorsqu'il l'inonda de sa semence, dans un dernier coup de reins, ils ne formaient plus qu'un. Ensemble, ils atteignirent les sommets de l'extase.

Puis ils restèrent longuement enlacés avant de sombrer dans le sommeil, repus et heureux.

Dans le noir, Alicia se réveilla et posa la tête sur l'épaule de Dylan. À son souffle régulier, elle comprit qu'il dormait. Submergée par une vague de tendresse, elle se réjouit de ce moment de solitude, qui lui permettait de faire le point sur ses sentiments nouveaux.

Dans un élan de passion, elle avait prononcé des paroles d'amour. Elle s'était exprimée sans réfléchir, lui ouvrant son cœur pour la première fois.

Et elle redoutait d'avoir dit la vérité. Elle aimait Dylan Wilder...

Cette vérité la laissait vulnérable, et bouleversée.

Jamais elle n'oublierait ce qu'il lui avait infligé, profitant honteusement de ses difficultés pour lui faire accepter ce mariage. Jamais elle ne pourrait oublier qu'il avait bâti sa fortune sur la faiblesse des autres. Ces faits étaient bien clairs dans son esprit, mais elle connaissait désormais l'âme charitable de son mari. C'était un homme complexe, autoritaire, impitoyable, et en même temps généreux.

Elle n'avait pas eu le choix, le jour de son mariage, mais son cœur avait le choix de l'aimer ou pas...

Baignant dans un océan de douceur, elle savoura cette intimité rassurante, le cœur transporté de bonheur. Son ancienne attirance pour le duc de Featherstone semblait bien terne. Quant à son sentiment envers lord Hailstock, ce n'était que de l'affection pour un ami de longue date.

Le destin avait voulu que Dylan croise son chemin. Il cherchait une épouse bien née et était prêt à tout pour atteindre son but. Elle n'était qu'un pion au service de son ambition. Il aurait pu ruiner un autre homme, lui prendre sa sœur ou sa fille en guise de remboursement. Par un tour étrange du destin, c'est Alicia qu'il avait choisie.

À sa grande honte, elle s'en félicitait.

Elle avait décidé de vivre au mieux sa vie d'épouse, d'en tirer le peu de bonheur possible puisqu'elle ne pouvait pas changer le cours des choses, de trouver le réconfort dans l'amour physique.

Elle ne s'attendait pas à tomber follement amoureuse.

Dylan ne l'aimait pas. Il ne voulait que son corps. Il était inutile de se bercer d'illusions. Elle se sentait protégée dans la chaleur de ses bras, mais ce n'était qu'un mirage.

Elle voulut se dégager de son étreinte. Dans un demi-sommeil, il resserra le bras autour d'elle, la plaquant sur le lit. Puis il se tourna sur le côté.

— Reste, marmonna-t-il d'une voix rauque. Il est encore tôt.

— Je te croyais endormi.

— Je l'étais, fit-il en lui caressant distraitement les seins. Ton attitude est assez inattendue. Je m'attendais à te trouver furieuse… à propos de ton frère.

— Je…

Comment lui expliquer les tourments secrets de son cœur ? Comment pouvait-elle réfléchir, lorsqu'elle était entre ses bras ?

— Je n'aime pas voir Gérald travailler dans un lieu de perdition. Cependant tu as raison, il est temps qu'il prenne ses propres décisions, comme chacun d'entre nous.

— Sauf toi, railla-t-il. Tu n'as pas eu le choix de m'épouser.

Alicia déglutit.

— Si je suis ici, maintenant, c'est de mon plein gré, répondit-elle.

Il ne l'aimait peut-être pas, mais elle n'avait aucune intention de le partager avec une autre.

— Et tu n'auras pas besoin de prendre des maîtresses. Si tu oses le faire, j'en arriverai peut-être à te tuer.

Il eut un petit rire, mais ne répondit pas.

Alicia regretta de ne pas discerner clairement ses traits. Se rappelait-il sa déclaration d'amour ? Il ne l'avait sans doute pas entendue. Et il devait avoir l'habitude d'entendre des femmes lui crier qu'elles l'aimaient.

Il lui parut soudain comme un étranger. Elle savait si peu de chose sur lui. Elle avait envie de partager plus que son lit.

— Si tu me parlais de ton enfance ? suggéra-t-elle en caressant son torse puissant. Il paraît que tu es né en Écosse...

Elle sentit ses muscles se crisper sous ses doigts.

— Fergus te l'a dit ?

— Oui. Il m'a raconté que tu étais né à Édimbourg et que ta mère était actrice. Comment s'appelait-elle ?

La tension de Dylan était presque palpable. Son cœur battait la chamade.

À contrecœur, il répondit :

— Mary Wilder.

— Comment était-elle ?

— Pourquoi tiens-tu à le savoir ?

— Tu connais ma mère. J'aimerais en savoir davantage sur la tienne.

— C'est du passé. J'ai oublié, affirma-t-il en prenant possession de son sein, réveillant le désir en elle.

Mais Alicia refusa de se laisser distraire. Elle lui saisit le poignet et déclara fermement :

— Alors je poserai la question à M. MacAllister. Il me répondra, lui.

L'espace d'un instant, elle eut peur que Dylan se mure dans le silence. Finalement, il reprit d'un ton neutre :

— Elle chantait merveilleusement bien. Elle me préparait des gâteaux délicieux qui fondaient dans la bouche. Et elle donnait ses derniers sous aux pauvres.

— Mais elle était pauvre, elle aussi.

— Oui. Et à présent, je ne le suis plus. Voilà toute mon histoire.

Se dressant sur les avant-bras, il glissa sur elle et se mit à effectuer des mouvements de va-et-vient sensuels. Alicia le prit par la taille, cherchant à se concentrer. Elle ne voulait pas renoncer à cette occasion de le faire parler.

— Tu es arrivé à Londres à l'âge de dix ans. Pourquoi n'es-tu pas resté en Écosse ?

Il s'interrompit un instant, la dominant de sa puissance. Il émanait de lui une tension étrange, mais elle ne discernait toujours pas ses traits.

— Tu ne devines pas ? fit-il. Les Écossais sont des voyous, c'est notoire. Je suis venu dans le but de dépouiller les riches Londoniens.

— Ce n'est pas à dix ans que l'on décide de devenir joueur, dit-elle en toute logique. Tu devais avoir une autre raison.

— Fergus et moi cherchions la grande aventure. Alors nous avons rejoint une troupe de théâtre, ici à Londres.

— Le théâtre… Tu as été acteur ?

Elle avait peine à l'imaginer sur scène, dans la peau d'un personnage fictif. Pourtant, c'était crédible. Il avait sans doute voulu suivre les traces de sa mère, évoluer dans un monde qu'il connaissait.

— Je n'étais pas acteur, corrigea-t-il. Je travaillais dans les coulisses. Je me rappelle à peine cette époque.

Dylan parlait d'un ton désinvolte, comme si cette période de sa vie n'avait aucune importance. Tendrement, il la caressa du bout des doigts. Mais elle n'était pas disposée à se laisser amadouer par ses caresses.

— C'est là que tu as connu Lazare Cheever ? reprit-elle.

— Oui…

Dylan se tut. Dans la pénombre, elle distingua la dureté de son regard.

— Comment se fait-il que tu le connaisses ? demanda-t-il.

— Je l'ai vu à ton cercle, hier soir.

— Fergus, marmonna Dylan entre ses dents. Ce malotru va devoir me rendre des comptes !

D'un doigt, elle frôla sa mâchoire crispée.

— Tu n'aimes pas que l'on parle de ta générosité, n'est-ce pas ? C'est une qualité qui me ravit... Raconte-moi. C'est bien ainsi que tu as connu Cheever ?

— Je l'aidais à répéter ses rôles en lui donnant la réplique, admit-il à contrecœur.

— C'est ainsi que tu as perdu ton accent écossais ? En interprétant des rôles ?

Il soupira, exaspéré.

— Arrête un peu, mignonne ! Tu es trop belle pour me harceler comme une vieille mégère.

La jeune femme éclata de rire en l'entendant imiter le vieux Fergus.

— Dylan, tu es vraiment espiègle, parfois. On dirait un petit garçon, avec tes cheveux noirs et tes yeux bleus... et ton beau sourire.

Elle effleura ses lèvres, s'attarda sur les fossettes qui se formaient quand il souriait.

— Un jour, ajouta-t-elle tout bas, j'aimerais avoir un fils qui te ressemble.

Il inspira profondément.

Puis, un peu brutalement, il glissa la main entre ses cuisses et la caressa. Cette fois, elle se laissa faire. Quand elle était dans ses bras, plus rien ne comptait. Elle se sentait désirée, presque aimée, et elle était décidée à saisir chaque moment de bonheur qu'il lui offrait...

Ensuite, elle demeura contre lui, apaisée, le souffle court. Tendrement, elle lui caressa les cheveux et l'embrassa sur le front. Ce matin, cet homme si secret lui avait entrouvert une porte sur son passé. Enfin, elle avait l'impression de le connaître un peu mieux.

Elle tenta de se dégager de son étreinte, mais il la retint fermement.

— Tu pars ? marmonna-t-il d'une voix ensommeillée.

— Oui, chuchota-t-elle. J'ai un tas de choses à faire, aujourd'hui.

La jeune femme avait presque envie qu'il la retienne, mais il finit par la lâcher. Elle quitta le lit et chercha sa chemise de nuit sur le tapis.

Il remua, faisant bruisser les draps.

— Quelles choses à faire ? demanda-t-il.

— Eh bien, je vais passer la matinée avec ma mère...

Tout en réfléchissant, Alicia enfila sa chemise de nuit, sentant la fraîcheur de la soie sur sa peau.

En réalité, elle avait l'intention de rendre visite à James, le fils de lord Hailstock.

Cependant elle ne pouvait l'avouer à son mari. Il avait promis de l'accompagner, mais il détestait tant lord Hailstock qu'il repousserait sans cesse l'échéance.

Désolée de devoir lui mentir, elle ajouta d'un ton léger :

— Sarah est passée me voir, hier. Elle veut sans doute que j'aille faire les boutiques avec elle.

Dylan grommela, presque endormi. Elle entendait son souffle lourd.

Elle hésita un instant, regrettant de ne pouvoir mettre un terme à la querelle entre son époux et le marquis. Leur rivalité était ridicule. Mais les hommes étaient ainsi : possessifs et jaloux.

Avec le temps, elle était sûre que les choses s'arrangeraient.

19

Un valet accompagna Alicia à l'étage. La jeune femme connaissait parfaitement la maison de lord Hailstock pour y être venue maintes fois durant son enfance.

Sur le seuil du salon, elle fronça les sourcils. En ce début d'après-midi, les volets étaient clos. Aucune lampe n'éclairait la pièce. James devait être d'humeur mélancolique.

À la faible lueur du feu de cheminée, elle aperçut le jeune homme installé sur son divan favori. Sans un mot, il la regarda se diriger vers la fenêtre et l'ouvrir.

— Bonjour, James ! lança-t-elle d'un ton enjoué. Seigneur, pourquoi restez-vous dans la pénombre ?

Elle repoussa les volets. Le jeune homme cligna les yeux, ébloui par le soleil.

— Je n'ai rien d'autre à faire, grommela-t-il en désignant la porte. La duchesse ne vous a pas suivie ?

— Elle m'attend en bas, à votre demande. Mais je peux vous dire qu'elle meurt d'envie de vous voir.

— Non. Je ne souhaite pas la visite d'étrangers.

Alicia s'attendait à cette réponse. Elle avait prévenu son amie, mais celle-ci avait insisté pour l'accompagner.

Pourtant, Sarah n'était pas totalement une étrangère pour James.

Durant leur première saison, Alicia les avait présentés l'un à l'autre. James avait un an de moins qu'elles, mais son père lui avait permis de faire son entrée dans le monde à l'âge de dix-sept ans. James avait courtisé Sarah avec l'arrogance impudente d'un fils unique et gâté. Ils passaient leur temps à plaisanter. Alicia avait même cru qu'ils finiraient par former un vrai couple. En tant qu'héritier du marquis de Hailstock, James était un prétendant idéal pour une fille de vicomte. Puis Sarah avait jeté son dévolu sur le duc de Featherstone.

C'est l'été suivant que James avait fait sa chute fatale. Dans le domaine des Hailstock, il montait le superbe étalon qu'il venait de recevoir pour ses dix-huit ans, galopant sur la lande, quand la monture avait trébuché, projetant son cavalier à terre. Il avait eu la colonne vertébrale brisée.

Privé de l'usage de ses jambes, le jeune homme fougueux était rentré peu à peu dans sa coquille. Il était devenu maussade, irritable, furieux contre le monde entier.

Le même été, Alicia s'était brouillée avec Sarah, puis elle avait perdu son père. Parce qu'ils avaient tous deux beaucoup souffert, elle se sentait des affinités avec James. Ils étaient aussi unis qu'un frère et une sœur.

Perdue dans ses souvenirs, elle vint s'asseoir à son côté.

Il se produisit alors un événement troublant. L'espace d'une seconde, en croisant son regard bleu, elle crut voir Dylan lorsqu'il était en colère… Cette impression fugace disparut aussitôt. Les cheveux de James étaient châtains, ses lèvres fines, ses joues pâles.

Alicia s'efforça de se ressaisir. Elle ne devait pas se laisser troubler à ce point par son mari !

— C'est bon de vous revoir, dit-elle avec un sourire radieux.

Un bras posé sur le dossier de son siège, James esquissa une grimace. Il avait un très beau visage, des épaules larges sous sa veste bleue. Une couverture en cachemire dissimulait ses jambes.

— Ne prenez pas la peine d'affirmer que j'ai bonne mine. Mes tantes et cousines se sentent obligées de m'encourager, comme si j'étais aveugle, en plus d'être paralysé.

— Vous êtes un fort bel homme, protesta Alicia. Et vous m'avez manqué…

— Encore un mensonge, coupa-t-il, le regard perçant. J'ai entendu dire que vous avez été fort occupée. Et que les félicitations sont de mise. Vous devez à présent consacrer votre temps à ce bâtard de joueur.

La jeune femme enfonça les ongles dans le coussin du divan. Elle ne tolérerait aucun manque de respect envers Dylan, pas même de la part de James.

— Mon mari se nomme Dylan Wilder, dit-elle d'un ton cassant. Et il est galant, au contraire de vous.

James eut un léger sourire.

— Je vous demande pardon, ma chère.

— Vous êtes pardonné. Je veux que vous jugiez Dylan par vous-même, et non d'après les ragots malveillants qui circulent sur son compte.

Il plissa les yeux.

— Dites-moi, d'où vient-il ? Qui sont ses parents ?

— Il est originaire d'Écosse. Il est arrivé à Londres à l'âge de dix ans, après la mort de sa mère. Je ne sais rien de son père. Et si vous osez faire le moindre commentaire désobligeant sur ses origines modestes, je ne viendrai plus jamais vous voir !

— Eh bien, vous le défendez avec acharnement... Serait-ce un mariage d'amour ? Et non ce mariage forcé qui enrage tant mon père ?

Alicia sentit ses joues s'empourprer.

— Je suis heureuse d'être sa femme. Mais restons-en là. Je vous l'aurais volontiers présenté, mais...

— Mais mon père l'aurait provoqué en duel.

— Vous exagérez, protesta Alicia, embarrassée. Je sais que le marquis n'approuve pas mon mariage, mais il se calmera, avec le temps.

— Dommage que vous n'ayez pas amené Wilder. Père avait rendez-vous chez son tailleur, de toute façon.

— Vous le saluerez pour moi à son retour.

— Il sera désolé de vous avoir manquée. Il est furieux d'avoir dû renoncer à vous au profit de Wilder. Quant à moi... je regrette que vous ne soyez pas ma belle-mère.

Plaisantait-il ? Certainement.

— Eh bien, dit-elle, je ne suis pas venue seule, mais comme vous ne souhaitez pas recevoir notre amie...

L'humeur enjouée de James disparut.

— Pauvre duchesse ! railla-t-il. Ce doit être frustrant pour elle de rester en bas, alors qu'elle espérait récolter quelques ragots bien croustillants.

— Mais non ! s'exclama Alicia sans dissimuler son agacement. Sarah m'accompagne car nous allons faire des emplettes.

— Ah, des emplettes ! Cette petite écervelée sera parfaitement dans son élément.

— Sarah est une femme intelligente. Elle apprécierait certainement nos discussions littéraires.

Décidée à ne plus tolérer la moindre méchanceté, Alicia détourna la conversation.

— Dites-moi, avez-vous lu le dernier ouvrage de Carter ?

Il haussa les épaules.

— À quoi bon étudier les théories de ces philosophes ?

— Cela permet de faire travailler son esprit.

— C'est une perte de temps et d'énergie.

— C'est toujours mieux que de bouder dans le noir.

Alicia se leva et se dirigea vers une bibliothèque dont elle tira un ouvrage relié de cuir.

— Je vais vous faire la lecture, si vous le souhaitez, suggéra-t-elle en se rasseyant. Je connais un passage sur la volonté de l'homme…

Avant qu'elle puisse trouver la page, James lui arracha le livre des mains.

— Tout le monde veut me faire la lecture, comme si j'étais un arriéré !

Il lança l'ouvrage par-dessus son épaule, faisant tomber un vase en porcelaine qui se brisa en mille morceaux. L'eau imbiba les pages du livre.

— James ! s'exclama Alicia en se précipitant pour ramasser le livre.

Les iris jonchaient le sol, au milieu d'une flaque d'eau.

Elle perçut un mouvement près de la porte.

— Vous êtes vraiment un arriéré ! lança Sarah. En plus d'être un ours mal léché.

Elle pénétra dans la pièce, majestueuse, avec son chignon et sa robe en mousseline rose, son décolleté plongeant qui révélait une poitrine généreuse. James se figea sous le choc.

Sarah se plaça au pied du divan et le toisa.

— Vous êtes remis de votre crise ? demanda-t-elle en ôtant ses gants. Ou dois-je faire appeler votre nourrice ?

— Comment osez-vous entrer dans cette pièce sans y avoir été conviée ? gronda James. Et m'insulter sous mon propre toit ?

— Parce que ce privilège vous est réservé ? Je suis censée rester stoïque pendant que vous décochez vos flèches empoisonnées ? Eh bien, sachez que je ne suis pas écervelée à ce point !

Posant le livre trempé, Alicia rejoignit son amie. Intérieurement, elle était d'accord avec elle, mais elle devinait aussi que la colère de James était due à sa gêne.

— Je vous en prie, partons, déclara-t-elle. Je reviendrai demain. Seule.

— Oh, mais pas question ! J'aimerais m'entretenir avec cet ami très cher, répliqua la duchesse en s'asseyant sur une chaise. Je dois avouer que vous avez changé, James. Autrefois, vous n'étiez pas aussi grossier.

— Vous non plus, Sarah, intervint Alicia.

Aucun des deux ne l'écoutait.

James fusilla la duchesse du regard.

— Bien sûr, je ne suis plus le même homme. Regardez-moi. Je suis un infirme.

— Regardez-moi, je suis une veuve, répliqua Sarah. Nous connaissons tous des drames, dans la vie.

— Au moins, vous pouvez vous déplacer à votre guise. Vous n'êtes pas obligée de rester enfermée toute la journée sans rien faire.

Elle haussa les épaules.

— Eh bien, trouvez une occupation.

James afficha une moue rageuse.

— Allez au diable. Il n'y a rien que je puisse faire ! s'écria-t-il, penché en avant. Rien ! À part lire et me souvenir.

Sarah semblait impassible.

— Quand êtes-vous sorti de cette maison pour la dernière fois ?

— Je vais faire un tour au parc, de temps en temps. Mais il m'est pénible de devoir me faire porter partout. Alors ne me conseillez pas de sortir davantage !

La duchesse inclina la tête.

— Vous savez ce que je pense ? lança-t-elle. Je pense que vous avez peur.

Il pinça les lèvres, furieux.

Désireuse d'éviter une catastrophe, Alicia vint se placer entre ses deux amis.

— James, sortiriez-vous avec nous, maintenant ? suggéra-t-elle.

— Je ne peux pas courir les magasins. Vous le savez parfaitement, répliqua le jeune homme avec un geste d'impatience.

— Je vous en prie, insista-t-elle. Il ne s'agit pas de faire des courses. Je songeais à autre chose...

Une lueur d'intérêt apparut dans ses yeux bleus.

— À quoi ?

La jeune femme se mordit la lèvre. Sachant que Dylan ne quitterait pas la maison avant le milieu de l'après-midi, elle prit une profonde inspiration et annonça :

— Nous allons au cercle de Wilder.

Dylan remonta l'allée de Green Park d'un pas vif. Le soleil brillait dans le ciel, l'air printanier était très agréable. Il se sentait détendu, satisfait, débordant d'énergie après ses ébats avec Alicia. Il s'était réveillé en pleine forme et avait décidé de se rendre à son cercle à pied.

Il ne s'attendait pas à éprouver autant de plaisir à ce mariage. Il avait pris son épouse pour une femme froide et suffisante. Cette harmonie sensuelle était inespérée. Il sourit, impatient de la retrouver la nuit prochaine. La jeune femme semblait disposée à accepter toutes ses fantaisies.

Elle avait même affirmé qu'elle l'aimait.

Il prit une profonde inspiration. Alicia se méprenait, bien sûr. Marquée par l'éducation stricte qu'elle avait reçue, elle se sentait obligée de justifier son désir charnel par une vision romantique.

Qu'importe, du moment qu'elle répondait avec une telle ardeur à ses caresses...

Quittant le parc, il longea une allée entre deux maisons et émergea devant les écuries, derrière son cercle. Il contempla le superbe édifice en pierre, avant d'entrer par une porte de service. Dans la cuisine, plusieurs servantes s'affairaient, astiquant l'argenterie ou les casseroles. Elles le saluèrent poliment, y compris Molly, la jeune femme enceinte. Dylan lui ordonna de s'asseoir et de se reposer.

En gagnant le couloir, il aperçut Fergus devant la porte menant aux bureaux. Le vieil homme se figea aussitôt.

— Seigneur ! lança-t-il. Je ne savais pas que vous viendriez si tôt !

— Je suis venu vérifier les comptes du mois. Lazare est là ?

Fergus se planta devant la porte, lui barrant le passage.

— Cheever se sent un peu mal, bredouilla-t-il. Allez dans votre bureau. Je vous apporte les livres de comptes.

Surpris, Dylan fronça les sourcils.

— Je préfère les prendre moi-même.

Il voulut ouvrir la porte, mais Fergus l'en empêcha.

— Attendez, je...

Refusant de céder, Dylan le défia du regard.

— Écarte-toi !

Le majordome hésita puis, la mort dans l'âme, lui céda le passage.

Dylan ouvrit la porte. Un long couloir donnait sur plusieurs petits bureaux. Le sol carrelé était dénué de tapis, pour permettre au fauteuil du comptable de rouler.

Un brouhaha de conversation lui parvint de la pièce du fond.

Se demandant ce que Fergus cherchait à lui cacher, il avança à pas de loup. Au moment de frapper à la porte, il s'arrêta net.

— Comment parvenez-vous à vous déplacer dans cet engin ? demandait une voix d'homme qui lui était inconnue, une voix distinguée et un peu hautaine.

— Certes, je n'arrive pas à accéder aux étages, répondit Lazare. Mais Wilder a fait installer une rampe à l'arrière du bâtiment. Ainsi, j'arrive à me promener tout seul au rez-de-chaussée.

— Vous voyez, vous pourriez déplacer vos appartements au rez-de-chaussée, fit une voix de femme qui lui parut familière – la voix de la duchesse. Au moins, vous n'auriez plus besoin de valets pour vous porter partout comme un bébé.

— Et je pourrais échapper à vos semblables, répliqua l'homme. C'est le plus gros avantage de ce fauteuil.

— Je vous en prie, cessez de vous quereller ! Vous êtes pires que des enfants.

Alicia.

Le cœur de Dylan se mit à battre la chamade. Que faisait-elle ici ? Et pourquoi Fergus la protégeait-il ?

Ouvrant vivement la porte, il entra dans la pièce.

La conversation s'interrompit aussitôt. Quatre têtes se tournèrent vers lui. Derrière son bureau, Lazare Cheever croisa les doigts sur son ventre. En face de lui, Sarah, duchesse de Featherstone, installée sur une chaise en bois, semblait trôner parmi sa cour. À côté, Alicia, magnifique dans sa robe en soie bronze, son beau visage encadré de cheveux blonds, affichait une expression ferme et décidée.

Quant à l'inconnu, il ne lui était pas inconnu du tout…

Dylan sentit sa poitrine se serrer en fixant le jeune homme assis sur une sorte de chaise à porteurs, tel un pharaon. Il avait les yeux d'un bleu éclatant, de larges épaules, des cheveux châtains, et ses lèvres esquissaient un sourire.

L'espace d'un instant, Dylan eut l'impression que James le reconnaissait.

C'était impossible. Cet enfant gâté ne pouvait pas connaître l'existence du bâtard. Et Dylan n'avait aucune intention de le lui dire… dans l'immédiat.

Une haine familière l'envahit. Enfin, il se retrouvait face à son demi-frère, l'héritier et le fils préféré de Hailstock.

20

Tendue, Alicia se tourna vers Dylan, toujours sur le seuil. Plus viril et menaçant que jamais, il n'accorda aux deux femmes qu'un regard furtif. Ses yeux d'un bleu métallique étaient vrillés sur James.

— Que se passe-t-il, ici ? gronda-t-il.

Elle esquissa une grimace. Jusqu'à présent, la réunion se déroulait à merveille. En découvrant le fauteuil roulant de Lazare, James avait exprimé un vif intérêt. Cette intrusion risquait de tout gâcher.

— Nous nous entretenons avec M. Cheever, répondit-elle froidement. James, voici mon mari. Dylan, je vous présente lord Scarborough.

— Je suis l'héritier du marquis de Hailstock, précisa ce dernier d'un air suffisant. Ma famille est liée depuis longtemps à celle d'Alicia.

— Je suis au courant, rétorqua Dylan d'un ton sec. Il est décidément temps pour ma femme d'élargir un peu son horizon.

— Vraiment ? fit James en dressant un sourcil, toujours appuyé sur ses coussins. Souhaitez-vous qu'elle se lie à des personnes issues des classes défavorisées ? Ce ne serait pas digne d'une dame de son rang.

— Votre opinion m'importe peu. Il s'agit de ma femme.

L'hostilité entre les deux hommes était palpable.

— Je suis parfaitement capable de choisir moi-même mes amis, intervint Alicia en se levant d'un bond. James, avez-vous d'autres questions à poser à M. Cheever ?

Il secoua la tête, toujours concentré sur Dylan.

Le comptable s'éclaircit la gorge.

— Je serai heureux de vous être utile, dans la mesure du possible, déclara-t-il. Mais M. Wilder est mieux placé que moi pour tout ce qui concerne la fabrication du fauteuil. C'est après en avoir vu un semblable, à Rome, qu'il a étudié sa conception et en a commandé un pour moi.

Sarah écoutait ces propos avec grand intérêt.

— Comme c'est aimable à vous, monsieur Wilder. Il faudra nous indiquer le nom de votre artisan. Nous nous procurerons un fauteuil sans attendre.

— Comment cela, *nous* ? s'insurgea James, agacé. Je tiens à me charger de tout moi-même.

— Mais, mon pauvre ami, vous n'êtes bon à rien ! répliqua la duchesse. Vous l'avez affirmé vous-même.

— Et vous, vous êtes bien insolente ! Allez-vous-en, duchesse. Au moins, les vendeuses des boutiques seront heureuses de vous voir.

— Comment rentrerez-vous chez vous ? demanda-t-elle.

— Je ferai appeler ma calèche, fit-il avec un geste de la main, tout en scrutant Dylan. Asseyez-vous, Wilder. J'aimerais beaucoup savoir comment vous avez réussi à bâtir cette entreprise en partant de rien.

— Désolé, mais j'ai trop de travail pour perdre

mon temps à bavarder, répondit Dylan. Cheever, donne-moi le registre du mois dernier.

Cette impolitesse irrita Alicia. Où étaient passés sa générosité et son altruisme ?

Le comptable fit rouler son fauteuil jusqu'à une étagère et choisit un registre relié de cuir. La jeune femme se pencha vers James :

— Veuillez m'attendre dans la voiture de Sarah. Je dois dire un mot à mon mari.

— Promettez-moi que nous reviendrons très bientôt, répliqua le jeune homme avec un sourire mystérieux. J'amènerai peut-être père, la prochaine fois. Quand il aura surmonté sa contrariété, je suis certain qu'il ne demandera qu'à faire plus ample connaissance avec votre mari.

James savait pertinemment que lord Hailstock ne le souhaitait pas. Était-ce l'ennui qui le poussait ainsi à mettre de l'huile sur le feu ? Alicia espérait que, dès qu'il serait plus autonome grâce à son fauteuil, il trouverait de nouvelles occupations.

Deux valets portèrent le jeune homme jusqu'à la calèche. Sarah les suivit, adressant un regard étrange à Dylan et à Alicia.

— Prenez tout votre temps, murmura-t-elle. James en sera très agacé.

Lazare Cheever s'éclipsa discrètement à son tour, laissant le couple dans la pièce.

Alors qu'elle refermait la porte, décidée à le réprimander vertement, Alicia sentit ses bras l'enlacer par-derrière. Le contact de son corps fit battre son cœur à un rythme effréné. Le parfum frais de son savon à barbe l'enveloppa. Il lui caressa le ventre, tout en frottant sa joue contre ses cheveux. Son souffle tiède dans son cou lui donnait la chair de poule.

— J'ai cru qu'ils ne partiraient jamais, chuchota-t-il d'une voix rauque.

— Et moi, je croyais que tu avais du travail, répondit-elle froidement.

— Je suis toujours disponible pour toi.

Ses lèvres avides se promenèrent sur sa nuque, tandis qu'il lui caressait les épaules. Le désir montait en elle, menaçant de lui faire oublier sa colère.

Elle fit volte-face.

— Assez ! Je veux savoir pourquoi tu t'es montré aussi impoli envers James.

— Moi ? Impoli ? Je devais avoir autre chose en tête…

Époustouflant d'élégance dans son costume bleu sombre, il la dévisagea.

— Je ne songeais qu'à me retrouver seul avec ma femme…

Le cœur battant, elle se réfugia derrière le bureau.

— Tu as été odieux avec mon invité, un ami de longue date. James mérite ta compassion, pas ton mépris.

— S'il veut ma compassion, il n'a qu'à se conduire autrement.

— Tu lui battais froid avant même qu'il ne prononce un mot. Tu as de la sympathie pour Cheever, alors pourquoi pas pour lui ?

— Cheever est un honnête travailleur. James n'est qu'un aristocrate oisif et égoïste. Comme son père.

Les yeux de Dylan pétillaient d'une lueur qui n'avait rien à voir avec la passion amoureuse. Le visage grave, il posa les mains à plat sur le bureau et se pencha vers Alicia.

— À propos de Hailstock, pourquoi m'as-tu désobéi en allant chez lui sans moi ?

— Parce que je refuse d'abandonner mes amis pour satisfaire tes caprices.

— Tu aurais dû attendre que je t'accompagne.

— Et quand aurais-tu daigné le faire ? L'an prochain ? Dans cinq ans ?

Il esquissa un sourire.

— Tu as raison, admit-il. Je n'ai nulle envie de fréquenter des prétentieux qui se considèrent supérieurs à moi.

Cette idée la troubla. L'amertume de Dylan ne visait pas uniquement Hailstock.

— Tu es en contradiction avec toi-même, riposta-t-elle. Tu m'as épousée pour être accepté dans cette société, sachant que la plupart des nobles allaient te regarder de haut. À présent, tu ne veux rien avoir à faire avec eux ?

Il plissa les yeux. Une fois encore, elle devina bien des mystères derrière ce regard impénétrable. S'il détestait la noblesse, que pensait-il d'elle ?

En un éclair, il contourna le bureau et l'enlaça. Il enfouit son visage dans ses cheveux délicatement parfumés.

— Je hais tout homme qui oserait poser la main sur toi. Et Hailstock a osé te toucher. Il était déterminé à te courtiser.

Sa ferveur amadoua la jeune femme comme nulle parole n'aurait pu le faire. Il ignorait donc qu'aucun homme n'avait le moindre intérêt à ses yeux ? Mais elle se refusait à lui exprimer son amour.

— Tu me prends pour une traînée, disposée à se glisser dans le lit du premier venu !

— Je dis simplement que Hailstock n'est qu'un cuistre indigne de confiance.

— Au contraire de toi ? rétorqua-t-elle. Les circonstances de notre mariage ne plaident pas en ta faveur.

Ses yeux se posèrent sur ses seins, puis revinrent vers son visage.

— Notre mariage t'a sauvée. Sans moi, tu serais encore une vieille fille.

Il se pencha vers elle et l'embrassa avidement, balayant sa résistance en un clin d'œil.

Comment pouvait-elle aimer un homme qui l'insultait et l'envoûtait à la fois ? Pourtant, elle l'aimait. Elle ne pouvait nier le plaisir avec lequel elle s'abandonnait à ses caresses.

Il l'embrassa comme s'il ne pouvait se rassasier d'elle. Puis il traça un sillon de baisers dans son cou, la faisant frissonner de délice.

Il cherchait à détourner son attention, songeat-elle, à lui faire oublier que le fils de Hailstock l'attendait dans sa calèche. C'était sa façon de résoudre le problème : utiliser le pouvoir qu'il avait sur son corps.

Posant les mains sur sa veste, elle le repoussa enfin.

— Je refuse de céder à ton charme, dit-elle. Pas tant que cette querelle ne sera pas réglée.

— Il n'y a rien à régler, protesta-t-il. Nous avons envie l'un de l'autre. C'est tout ce qui compte.

— Non. Tu cherches à me distraire. Le mariage, ce n'est pas seulement l'amour physique.

— L'amour physique en est le meilleur aspect.

Il s'empara une nouvelle fois de sa bouche avec passion, les mains plaquées sur ses hanches, l'attirant contre lui. Elle sentit l'intensité vibrante de son désir.

Lorsqu'il lui caressa les seins à travers sa robe, elle ne put réprimer un gémissement. Dans le brouillard du désir, elle sentit qu'il soulevait son jupon de ses mains fébriles.

Soudain, la colère l'emporta.

— Dylan, non ! s'exclama-t-elle en se dégageant de son étreinte.

— Si, souffla-t-il, glissant les doigts au-dessus de ses bas, sur la peau nue de ses cuisses. Laisse-moi te toucher. Te toucher, seulement...

Sans attendre sa permission, il s'insinua entre ses jambes. Cette caresse exquise priva Alicia de toute raison. D'instinct, elle se cambra vers lui, offerte à ses doigts experts. Elle dut enfouir le visage dans son cou pour étouffer ses cris. Pourtant, malgré cette ivresse, elle gardait une part de contrôle sur elle-même. Elle refusait de céder aussi facilement.

Comme s'il percevait sa réticence, il lui chuchota des paroles indécentes, auxquelles elle succomba malgré elle. Elle allait bientôt franchir le point de non-retour...

De ses mains, de sa voix, il l'emmena jusqu'aux sommets de l'extase, où elle crut voir étinceler mille étoiles.

Étourdie, pantelante, elle se souvint brusquement de l'endroit où ils se trouvaient. Un soleil pâle éclairait le bureau par la grande fenêtre. Elle était dans les bras de Dylan, la robe remontée jusqu'à la taille. Il avait toujours la main entre ses cuisses.

— Renvoie la calèche, murmura-t-il contre ses lèvres. Il y a une chambre, à l'étage. Nous allons y passer l'après-midi.

— Dylan, je... bredouilla-t-elle, incapable de réfléchir.

Il la caressa avec insistance.

— Alicia, ma chérie... souffla-t-il d'une voix rauque qui la fit chavirer. J'ai si souvent rêvé de te posséder dans cette chambre. Je rêvais que tu m'y attendais chaque nuit, comme mon esclave d'amour, prête à satisfaire mes moindres exigences...

Imaginant la scène, elle crispa les doigts sur le revers de sa veste.

— Non ! Ce serait toi, l'esclave. C'est toi qui me donnerais du plaisir.

— Je suis à toi, maîtresse, dit-il en reculant pour s'incliner devant elle. Tes désirs sont des ordres.

Envoûtée, elle baissa les yeux vers sa chevelure de jais. La tentation était forte. En quelques minutes, il pouvait la dévêtir dans l'intimité d'une chambre et la combler. Comme ce serait excitant…

Elle tendit la main vers lui, mais se ravisa aussitôt.

Ne venait-il pas de négliger ses désirs en méprisant James ? Il savait fort bien user de ses charmes. Loin d'exprimer des sentiments sincères et tendres, cet homme était un calculateur, froid et impitoyable. La courtiser ainsi était pour lui un moyen de la tenir éloignée de James… et de lord Hailstock.

C'était certain.

Dylan gardait ses émotions dans un recoin de son âme, où elle n'avait pas accès. Elle avait beau déployer des efforts pour lire en lui, il ne cherchait que le plaisir physique. Peut-être parce qu'elle faisait partie de cette noblesse qu'il détestait. Il était obsédé par son corps, rien de plus.

Combien de temps durerait cette lubie ?

Cherchant à se montrer forte, elle ignora le tremblement de ses jambes et s'éloigna en réajustant sa robe.

— Je dois partir. On m'attend.

— Qu'ils aillent au diable ! Tu ne peux partir maintenant !

Ses yeux bleus semblaient noirs, tant ils brûlaient de passion. Elle devinait son membre gonflé de désir. Elle en tira une satisfaction cruelle.

Elle avait pris le pouvoir, désormais. Cela pourrait se révéler utile, lui donner un certain ascendant sur son mari. Il fallait qu'elle trouve un moyen pour qu'il la considère comme autre chose qu'un objet de plaisir.

Sur le seuil, elle se retourna en souriant.

— Mes désirs sont des ordres, dis-tu ? Eh bien, mon désir est de te faire patienter.

21

Tenant une carte de l'Angleterre bien droite contre le mur, Sarah lança un regard à son amie, qui s'appliquait à en fixer les quatre coins. En cette matinée ensoleillée, dans le bureau de la résidence Pemberton, Alicia était radieuse. Sa robe pervenche rehaussait le bleu de ses yeux et ses cheveux dorés. Ses traits délicats exprimaient une tranquille assurance.

Sarah respira profondément, pour chasser l'angoisse qui l'étreignait. Si seulement elle pouvait commencer une nouvelle vie... Elle était prête à renoncer à son titre, à sa fortune, à son rang pour ne plus subir cette tristesse, pour être enfin heureuse.

Son regard erra vers l'extrémité de la pièce, où s'alignaient plusieurs secrétaires. James était installé devant l'un d'eux, dans son fauteuil roulant tout neuf, à côté de William. Tous deux étaient en grande conversation. La petite taille de l'enfant contrastait avec les épaules larges du jeune homme.

Sarah se demanda de quoi ils pouvaient parler. Si James osait se montrer malveillant envers son enfant...

Alicia recula d'un pas pour vérifier l'emplacement de la carte.

— Voilà, fit-elle, satisfaite. Vous croyez que tout est prêt ?

— Je le suppose, répondit Sarah, toujours stupéfaite par le projet peu orthodoxe de son amie.

Elle observa le bureau sur lequel se côtoyaient des feuilles, des bâtons de craie et le globe terrestre.

— Mais je réprouve cette lubie d'ouvrir une école pour les domestiques, ajouta-t-elle.

Alicia affichait un air déterminé.

— Il ne s'agit pas d'une lubie. Je souhaite seulement aider les nécessiteux. En instruisant les défavorisés, je leur permets de mieux se débrouiller dans la vie.

Sarah ne pouvait nier la gentillesse d'Alicia. Elle aurait préféré être moins égoïste. Mais cette école allait bien au-delà des œuvres convenables pour une dame de son milieu.

— Si les gens de notre entourage l'apprennent, vous serez mise à l'index. Il est inutile de vous rappeler que vous êtes à peine tolérée par certains.

Haussant les épaules, Alicia alla poser le dictionnaire sur le bureau.

— L'opinion des âmes bien-pensantes de la haute société m'importe peu.

— Mais pourquoi ne pas engager du personnel pour gérer cette école ? Pourquoi vous et James souhaitez-vous éduquer ces domestiques ?

Elle fronça les sourcils en voyant William s'esclaffer à une réflexion du jeune homme.

— Pour les aider, bien sûr ! répliqua Alicia. J'en ai plusieurs chez moi qui auraient besoin de connaître l'alphabet. Si vous souhaitez m'envoyer quelques élèves, ne vous gênez pas. Ça ne leur prendra que quelques heures par jour.

Sarah pinça les lèvres.

— Les domestiques sont payés pour servir. De plus, j'ai l'impression que vos bonnes intentions dissimulent autre chose que la simple volonté d'être utile.

Alicia écarquilla les yeux, puis elle entreprit de ranger tout le matériel.

— C'est très simple. Ma mère n'a plus besoin de moi. Gérald non plus. Quant à Dylan… il dort toute la matinée, de sorte que je suis libre de mes mouvements, déclara-t-elle d'une voix un peu tremblante.

— Ah, fit Sarah, curieuse. Votre mari est au courant de ce projet ?

Alicia hésita, puis secoua vigoureusement la tête.

— Je le lui dirai le moment venu. Il m'approuvera.

— Je n'en suis pas si sûre. Il semble si déterminé à gravir les échelons de la haute société qu'il vous interdira de passer votre temps avec les classes inférieures.

— Vous vous trompez. Dylan a procuré du travail à de nombreuses personnes en difficulté. Il aide son prochain, et je dois en faire de même. Je tiens à lui démontrer que nous pouvons nous comprendre ailleurs que…

La voix d'Alicia s'éteignit. Elle esquissa un sourire, les joues légèrement empourprées.

— Qu'au lit, murmura son amie. Il vous comble donc, dans ce domaine-là ?

Le regard rêveur, Alicia fit tournoyer le globe terrestre.

— Il semble en effet que nous soyons en parfaite harmonie…

Sarah ressentit une douleur… qui ressemblait à de la jalousie. Elle s'efforça de balayer cette idée.

Dylan Wilder était un homme charmant, mais ce n'était qu'un voyou. Elle n'enviait pas à Alicia le chagrin qu'il allait certainement lui infliger. Pourtant, Sarah brûlait de connaître à nouveau les caresses d'un homme, de se sentir adorée, désirée…

Se détournant, elle posa les yeux sur James. Le soleil jouait dans ses cheveux châtains. Comme son existence aurait été différente si elle l'avait choisi, cinq ans plus tôt, s'il avait été en sa compagnie au lieu de monter cet étalon fougueux qui l'avait paralysé à vie…

Elle chassa vite ces pensées stupides de son esprit. À quoi bon ressasser des regrets ? Si elle l'avait épousé, elle n'aurait pas eu William…

Jamais elle ne pourrait se passer de son fils, même pour le plus bel homme du monde.

Que pouvait donc lui raconter James de si passionnant ?

Le petit garçon était assis bien droit à son bureau, le visage grave et attentif. Il paraissait trop sage pour un enfant de quatre ans. Au contraire des autres, il ne balançait pas les jambes, ne tripotait pas les objets qui l'entouraient.

Elle n'aurait peut-être pas dû l'amener avec elle. Mais ils passaient si peu de temps ensemble… Elle avait voulu compenser toutes ces journées où elle l'avait délaissé, trop occupée à broyer du noir. L'enfant était si réservé que Sarah ne savait plus comment lui parler.

James, par contre, ne semblait avoir aucune difficulté à communiquer avec lui. Le murmure de sa voix lui parvint, mais elle n'arrivait pas à discerner ses paroles.

— Je suis ravie que James ait accepté de m'aider, déclara Alicia. Ça lui fait du bien de sortir de chez lui. Ce sera un excellent professeur, vous ne trouvez pas ?

Sarah prit un air indifférent.

— Cela ne durera pas plus d'une journée. Il retombera dans ses mauvaises habitudes.

— Cela fait quinze jours qu'il ne fait plus de caprices. Ce fauteuil roulant a bouleversé sa vie.

Sarah n'était pas de cet avis. Très souvent, elle avait dû supporter ses sarcasmes. Il était devenu plus tolérant envers les autres, mais paraissait concentrer son amertume sur elle seule.

Elle ouvrait la bouche pour en faire part à son amie, quand se produisit un événement extraordinaire.

William quitta sa chaise et alla se hisser sur les genoux de James ! Celui-ci actionna énergiquement les roues de son fauteuil vers la porte. Les manches de sa chemise étaient roulées, révélant les muscles saillants de ses avant-bras.

Alarmée, Sarah se précipita vers lui.

— Où allez-vous ?

James la considéra, narquois.

— Calmez-vous, duchesse. J'emmène Willy faire un petit tour dans le couloir, voilà tout.

Étrangement fâchée de cette complicité, la jeune femme crispa les poings.

— Il s'appelle William. Et il reste ici, avec moi !

— Ne dites pas de bêtises. Il veut m'aider à essayer cet équipement. N'est-ce pas, Votre Grâce ?

L'enfant avait les bras enroulés autour du cou du jeune homme.

— Oui, monsieur… Je vous en prie, mère ! s'exclama-t-il, les yeux emplis d'espoir.

Sarah poussa un soupir.

— Eh bien, si tu promets de ne pas commettre d'imprudence…

— Cessez de le couver ainsi, grommela James.

Quelle impertinence ! Il osait critiquer son inquiétude de mère !

Avant qu'elle puisse lui assener une réponse cinglante, il s'éloigna rapidement, bien trop vite au gré de la duchesse. Elle suivit le fauteuil dans le couloir, vers l'avant de la maison. Les roues tournaient avec un bruit métallique sur le sol en marbre.

Tandis qu'ils arrivaient dans le vestibule, un ouvrier surgit de la bibliothèque. En les voyant, il bondit en arrière. Le fauteuil fit un écart.

Le sang de Sarah ne fit qu'un tour. La scène parut se figer dans son esprit avec une lenteur atroce. La collision semblait inévitable…

Mais James réussit un virage impeccable.

Ils revinrent à vive allure. Un rire insouciant parvint aux oreilles de Sarah.

Le rire cristallin de William… Depuis combien de temps ne l'avait-elle pas entendu rire ainsi ?

L'homme et l'enfant s'en donnaient à cœur joie. Bientôt, le fauteuil s'immobilisa à l'entrée du bureau.

Elle prit vivement son fils dans ses bras et le serra de toutes ses forces, l'embrassant sur la joue, lui caressant les cheveux, s'assurant qu'il n'était pas blessé. Enfin, avec un soupir de soulagement, elle se tourna vers James.

Celui-ci souriait à Alicia, plaisantant avec elle tandis qu'elle le grondait gentiment.

Sarah avait oublié ce sourire. Elle avait oublié combien ce sourire parvenait à la troubler au plus profond d'elle-même…

— Mère, vous me faites mal, gémit William en se débattant dans ses bras.

Elle relâcha son étreinte.

— Désolée, chéri…

Elle l'embrassa encore avant de le reposer, lui ébouriffa les cheveux.

— Je suis simplement heureuse de te voir aussi content.

À cet instant, James la regarda, et son sourire s'évanouit. Ses lèvres formèrent un rictus sardonique. Sentant monter sa colère, elle se ressaisit, déterminée à ne pas éclater devant son fils.

Alicia les observa une seconde, puis elle prit William par la main.

— Si nous descendions à la cuisine ? suggéra-t-elle. Je crois que Mme Molesworth nous a préparé un gâteau.

Le garçon la suivit docilement vers l'office.

— Il n'y avait aucun danger, duchesse, assura James, le regard voilé.

— Aucun danger ? répéta Sarah, les poings crispés. C'est tout ce que vous trouvez à dire ? Vous avez failli tuer mon fils !

— Vous exagérez. Willy s'est bien amusé. Vous le couvez trop.

— Il s'appelle William ! Et je réagis comme bon me semble. C'est mon fils, pas le vôtre !

Le visage de James se figea. Dans le silence pesant, ils entendirent au loin les coups de marteau des ouvriers. Puis il sauta de son fauteuil et regagna le bureau, laissant la jeune femme dans le couloir.

Malgré sa fureur, Sarah eut honte de sa cruauté. James n'aurait jamais d'enfant. Pourquoi n'avait-elle pas tourné sept fois sa langue dans sa bouche, avant de parler ?

Elle le suivit.

— Je suis désolée, déclara-t-elle, un peu guindée. Je ne voulais pas vous faire de la peine...

James la toisa longuement. Puis ses lèvres s'entrouvrirent, comme s'il allait riposter.

Contre toute attente, il déclara :
— Vous devriez vous remarier, duchesse.
— Comment ?
— Willy a besoin d'un père, reprit-il en posant ses yeux bleus sur elle. Pourquoi ne pas vous précipiter à quelque soirée mondaine, pour jeter votre dévolu sur le premier homme venu ?
Mille répliques acerbes vinrent à l'esprit de Sarah.
— Vous êtes en train de me demander de partir ?
— Quelle clairvoyance ! répliqua-t-il d'un ton cinglant. Mais avant que vous ne partiez, je vais vous donner un conseil d'ami. Cette fois, essayez de choisir un homme qui ne vous quittera pas pour une autre femme.
La douleur pétrifia Sarah.
— Comment osez-vous…
— Je pense à Willy. Il vous faut un mari qui lui accordera l'attention dont il a besoin.
Folle de rage, la jeune femme se mit à faire les cent pas devant le fauteuil.
— Que savez-vous des besoins de mon fils ? C'est la première fois que vous le rencontrez. Moi, je veille sur lui depuis sa naissance.
Elle se rappela le jour de son accouchement, des heures de douleur atroce, puis le bonheur de tenir pour la première fois le nourrisson dans ses bras.
— Dites-moi, duchesse, savez-vous ce que votre fils désire faire, quand il sera grand ?
Elle fronça les sourcils.
— Il sera duc, bien sûr, dit-elle froidement. Que pourrait-il faire d'autre ?
— Il veut être charbonnier. Il veut conduire une charrette et livrer le charbon aux…
— Je sais parfaitement ce qu'est un charbonnier, coupa-t-elle. Vous me racontez des histoires.

— Posez-lui donc la question. Tous les mardis matin, Willy se tient près de sa fenêtre et observe le charbonnier, dans la cour. Apparemment, c'est un homme sympathique et enjoué, qui sifflote en travaillant et qui lui adresse toujours un petit signe de la main.

James se tut, esquissant un sourire.

— De plus, ajouta-t-il, le charbonnier est très sale, ce qui n'est pas pour déplaire à un petit garçon.

Cette image frappa Sarah. Elle imagina son fils, à sa fenêtre, faisant signe à l'ouvrier noir de crasse... Elle ne put réprimer un sourire.

— Comment savez-vous tout cela ? demanda-t-elle.

— J'ai simplement parlé avec lui. Il est un peu farouche, au début, mais il a une foule d'histoires passionnantes à raconter.

Une fois encore, la jeune femme eut l'impression de passer à côté de quelque chose, de ne pas être à la hauteur de son rôle de mère. En moins d'une heure, James avait réussi à pénétrer les rêves secrets de son fils.

— Ne prenez pas cet air accablé, fit-il d'un ton dénué de toute ironie. Il y a des choses qu'un garçon répugne à raconter à sa mère. Il lui faut un père, voilà tout.

Sarah privait-elle William d'une vie normale, à cause de son ressentiment envers les hommes ?

Elle surprit le regard inquisiteur de James, qui suivait chacun de ses mouvements. Soudain, sa poitrine se noua. Elle ressentit le besoin de le toucher.

Non ! Horrifiée, elle se dit que cet homme ne l'attirait pas, qu'elle le détestait !

— Allez-vous-en, dit-il doucement. Sortez d'ici, duchesse. Allez faire un tour au parc, ou dans les boutiques, là où l'on peut séduire de beaux messieurs.

Et maintenant, il lui donnait des ordres ! Elle se dirigea vers une caisse pleine de livres de géographie et s'agenouilla avec grâce.

— J'ai promis à Alicia de l'aider, et je compte bien tenir ma promesse, déclara-t-elle.

James s'approcha, arrêtant son fauteuil près de la caisse. Il posa un regard sur son décolleté plongeant.

— Voilà un spectacle que je n'aurais jamais cru admirer, commenta-t-il d'un ton badin. La duchesse de Featherstone à genoux devant moi...

Sarah comprit aussitôt son erreur. Elle était à présent obligée de lever les yeux vers lui, d'être confrontée à son charme ravageur.

— Éloignez-vous, ordonna-t-elle en saisissant un livre. J'ai du travail.

— Je vais déballer ces ouvrages. Vos admirateurs vous attendent.

Il lui prit le livre des mains, mais elle refusa de céder.

— Qu'est-ce qui vous fait croire que j'ai des admirateurs ?

— Vous cherchez les compliments ? Vous savez que vous êtes belle, avec vos yeux violets et vos lèvres qui appellent les baisers. Vous êtes parfaitement consciente de l'effet que vous produisez sur les hommes. Même sur moi.

La lueur étrange de son regard bouleversa Sarah. La trouvait-il vraiment belle ? En quoi cela avait-il de l'importance, pour elle ?

— Vous vous trompez. Laissez-moi tranquille !

— Je veux que vous partiez.

— Dommage pour vous, je ne suis pas à vos ordres.

Il voulut lui prendre le livre, mais elle refusait obstinément de le lâcher. Ils restèrent ainsi de longues secondes, tels deux enfants se disputant un jouet. La guerre était déclarée. Sarah serra les dents. Jamais elle ne le laisserait remporter la victoire.

Soudain, il tira si fortement qu'elle bascula en avant. Sa poitrine vint se plaquer contre son torse. Elle écarquilla les yeux d'effroi.

— Allez au diable, Sarah, marmonna-t-il, lui décochant un regard meurtrier. Allez au diable !

Cette colère stupéfia la duchesse.

— Que... que vous ai-je donc fait ? balbutia-t-elle, le souffle court.

— Ceci.

Il lui prit la main et la posa sans honte sur son entrejambe. Muette de stupeur, Sarah tressaillit. Elle sentait sous sa paume un membre gonflé de désir.

Elle s'enflamma aussitôt, incapable de contrôler cette ardeur soudaine.

— James... murmura-t-elle d'une voix tremblante, avant de poser ses lèvres sur les siennes.

Il voudrait [illegible] montrer [illegible] [illegible] [illegible] [illegible] [illegible] [illegible]. Ils restèrent [illegible] [illegible] [illegible] [illegible] [illegible] [illegible] [illegible] jouer [illegible] [illegible] [illegible]. Sans [illegible] [illegible] [illegible], mais où [illegible] [illegible] [illegible] [illegible] [illegible].

[illegible] [illegible] [illegible] [illegible] [illegible] [illegible] [illegible] [illegible] [illegible] [illegible]. Elle [illegible] les yeux [illegible]

— [illegible] [illegible] [illegible] [illegible] [illegible] [illegible] [illegible] [illegible] [illegible] [illegible] [illegible] [illegible]

— [illegible] [illegible] [illegible] [illegible] [illegible] [illegible] [illegible] [illegible]

[illegible] [illegible] [illegible] [illegible] [illegible] [illegible] [illegible] [illegible] [illegible] [illegible] [illegible] [illegible] [illegible] [illegible] [illegible] [illegible] [illegible] de [illegible]

[illegible] [illegible] [illegible] [illegible] [illegible] [illegible] [illegible]

— [illegible] [illegible] [illegible] [illegible] [illegible] [illegible] [illegible] [illegible] [illegible] [illegible] [illegible] [illegible]

22

— Tiens, tiens, quelle scène scandaleuse… commenta Dylan en scrutant le public du cirque Astley. L'amant de lady Markem vient de lui pincer les fesses.

Subjuguée par le cracheur de feu qui évoluait sur la piste, Alicia ne dit rien. La joie du petit William, debout à côté de sa mère, lui faisait chaud au cœur. Il était trop enthousiaste pour rester assis.

Voyant le sourire nonchalant de Dylan, Alicia ne put s'empêcher de sourire à son tour.

— Lady Markem ? fit-elle enfin. C'est impossible. Cette femme est un modèle de vertu.

— Regarde par toi-même. Le premier balcon.

Il lui tendit ses jumelles.

Incapable de résister, elle regarda dans la direction indiquée. L'honorable et corpulente lady était effectivement accompagnée d'un jeune homme qui n'était pas son mari. Avec des regards enamourés, il la chatouillait discrètement. Malgré le vacarme qui régnait dans la salle, Alicia entendait les gloussements de la dame tandis qu'elle faisait mine de le gifler.

Abasourdie, elle laissa retomber les jumelles. Le cracheur de feu salua la foule et se retira sous les bravos.

— C'est bien lady Markem, murmura la jeune femme en se penchant vers Dylan. Comment peut-elle se comporter aussi légèrement en public ?

— Sa ceinture de chasteté a sans doute fini par rouiller.

Feignant d'être offusquée, Alicia chuchota :

— Dylan ! Prends garde à ce que tu dis !

Il lui adressa un sourire espiègle, les yeux pétillants de malice.

— Pas question. Je suis venu pour m'amuser.

Elle sentit un frisson la parcourir. Dylan était assis près d'elle, sa cuisse effleurant la sienne, son bras contre le sien. Tandis qu'il reportait son attention sur le spectacle, elle savoura sa présence rassurante. Il était bon public, riant aux facéties des artistes et applaudissant à tout rompre.

Elle était surtout étonnée qu'il ait tenu sa promesse envers William. Il avait trouvé d'excellentes places pour cette représentation.

À peine assez grand pour voir ce qui se déroulait sur la piste, William admirait les acrobates et les écuyers, debout sur deux chevaux. Les sabots soulevaient le sable. Un homme fit une pirouette en arrière, sous les acclamations des spectateurs.

Avec un abandon indigne de son rang, William tressautait gaiement. Sarah se pencha pour lui dire deux mots, le regard scintillant de bonheur. Ils rirent ensemble en découvrant le clown qui venait de faire son entrée.

Le cœur d'Alicia se gonfla de joie. Sarah était si heureuse depuis quinze jours ! Alicia soupçonnait qu'un tendre sentiment l'unissait à James, mais aucun des deux n'était disposé à l'admettre. Elle regrettait que James n'ait pu les accompagner à ce spectacle.

Dylan n'était pas encore au courant de la création de l'école, et encore moins de la participation du fils de Hailstock à cette entreprise...

Les chevaux quittèrent la piste sous une musique tonitruante. Le rideau rouge se leva. Un M. Loyal au torse bombé annonça le numéro suivant. Il désigna un homme portant une cape noire ourlée de rouge et un grand chapeau, qui salua le public.

William se précipita vers Dylan, ouvrant de grands yeux émerveillés.

— C'est le magicien ! s'exclama-t-il.

— Absolument, répondit Dylan en lui ébouriffant les cheveux d'un air attendri. Je vous avais bien dit qu'il serait là.

L'affection sincère qu'il semblait ressentir pour le petit garçon bouleversait Alicia. Elle espérait de tout cœur avoir des enfants, car Dylan serait un père formidable. Ils seraient heureux ensemble, et son mari l'aimerait enfin...

Flottant sur un nuage, elle regarda le magicien sortir des foulards de ses manches, puis un lapin de son chapeau.

Le final du spectacle était une reconstitution de bataille avec des cavaliers en uniforme. Le choc métallique des épées, les hennissements des chevaux enthousiasmèrent William qui hurlait de joie...

Ensuite, dans la calèche, le jeune duc fut intarissable, posant à Dylan mille questions sur les chevaux et sur le travail des acrobates. Enfin, l'enfant commença à bâiller. Il se blottit contre sa mère et s'endormit.

Il n'était pas encore dix heures, mais Alicia étouffa à son tour un bâillement. Elle se prit à regretter que cette excellente soirée touche à sa fin.

Le cocher s'arrêta devant la demeure de Sarah. La duchesse souhaita bonne nuit à Alicia et suivit

Dylan qui portait l'enfant endormi. Il réapparut quelques minutes plus tard, et le cocher fit repartir son attelage. La jeune femme commenta avec lui les numéros des artistes, se demandant lequel elle avait préféré. Parvenus à destination, Dylan l'aida à descendre du véhicule.

Sa poigne de fer la troubla, comme toujours. Elle espérait qu'il souhaiterait continuer la soirée avec elle. Malheureusement, il pria le cocher de l'attendre.

Il la raccompagna jusqu'au porche et l'embrassa sur la joue.

— À plus tard, lui dit-il.

Malgré la présence d'un valet en faction devant la porte, elle mourait d'envie de l'embrasser. Si seulement il montait avec elle dans sa chambre… Elle voulait sentir ses bras autour d'elle, sa bouche sur sa peau nue. Elle voulait qu'ils s'unissent pour ne plus faire qu'un seul être, savourer l'illusion qu'ils ne formaient qu'un seul cœur, une seule âme.

— Tu dois vraiment aller travailler, ce soir ? murmura-t-elle.

Il l'observa à la lueur d'une torche, le visage impassible. Elle sut pourtant qu'il la désirait. Une subtile pression de ses doigts le trahit.

Très lentement, il avança afin que sa poitrine effleure sa veste grise.

— S'il te plaît, Dylan, chuchota-t-elle d'une voix sensuelle. Reste avec moi…

La brise du soir caressait ses cheveux. Elle vit ses yeux pétiller.

Puis il lâcha sa main et recula d'un pas.

— Tu vas devoir m'excuser, dit-il. J'ai du travail.

Elle fut cruellement déçue. Depuis leur première nuit, ils n'avaient cessé de se livrer à un jeu subtil de séduction, se montrant tour à tour provocateurs puis réticents. Le moment était peut-être venu pour Alicia de lui montrer qu'elle souhaitait être davantage qu'une partenaire au lit.

— Peux-tu venir à la résidence Pemberton, demain à deux heures ? demanda-t-elle en inspirant profondément.

— Pourquoi ?

Elle lui décocha un regard plein de mystère, les paupières baissées, et secoua la tête.

— Je suis désolée, je ne puis rien te dire. Tu jugeras par toi-même.

Le regard de Dylan passa de son visage à son décolleté. L'espace d'un instant, elle redouta qu'il ne refuse l'invitation. Mais il lui sourit.

— J'y serai.

Lui caressant une dernière fois la joue, il descendit les marches et remonta dans la calèche, qui se fondit dans la nuit.

Alicia entra dans la maison. Ses pas résonnèrent dans le vestibule orné de colonnes. Elle croyait entendre encore la musique du cirque.

En gravissant le grand escalier, elle repensa à Dylan.

Depuis qu'elle lui avait donné son innocence, il lui avait enseigné bien des façons d'atteindre le plaisir. Souvent, il venait la rejoindre dans son lit lorsqu'elle était endormie. Elle avait alors l'impression qu'un rêve érotique devenait réalité. Parfois, elle se réveillait après qu'il l'eut pénétrée, et il la transportait jusqu'à l'extase en quelques coups de reins. Il aimait aussi la torturer, en la faisant languir peu à peu. En retour, elle s'amusait à le tenter l'après-midi, venant le surprendre pendant qu'il s'habillait. Ces jeux se terminaient toujours au lit ou dans la baignoire.

Pourtant, même lorsqu'il se montrait charmant et attentionné, elle ne pouvait avoir la certitude qu'il ressentait pour elle autre chose qu'un désir physique. Il semblait désireux d'entretenir avec elle des relations insouciantes et drôles.

Or Alicia voulait davantage. Elle voulait qu'il l'aime. C'est pourquoi elle tenait à lui montrer son école. Il se rendrait peut-être compte qu'ils avaient plus en commun qu'une simple entente charnelle…

À l'étage, le couloir était éclairé par plusieurs chandelles. Ses mules ne firent aucun bruit sur le tapis. Perdue dans ses pensées, elle ne remarqua pas tout de suite que la porte de sa mère était entrouverte.

Sur le seuil, Mme Philpot lui fit signe d'approcher :

— Dieu merci, vous êtes de retour, madame Wilder…

Le sang d'Alicia ne fit qu'un tour.

— Que se passe-t-il ? Mère s'est enfuie ?

— N'ayez crainte, lady Éléonore est ici. Mais elle a été terriblement angoissée toute la soirée. J'aurais dû lui administrer un somnifère, mais j'ai pensé que vous aimeriez lui parler d'abord.

Elle recula pour permettre à la jeune femme d'entrer.

Sa mère était assise dans un fauteuil, recroquevillée sur elle-même. Sa capeline préférée sur les épaules, elle fixait la fenêtre, sans se rendre compte de sa présence.

— Vous avez bien fait d'attendre, dit Alicia à Mme Philpot, la gorge nouée. A-t-elle évoqué mon père ?

— Non. C'est tout autre chose. Voyez-vous, pendant votre absence, lord Hailstock est venu lui rendre visite.

Alicia fronça les sourcils. Qu'avait-il dit à sa mère ? Comme beaucoup de gens de la bonne société, le marquis ne supportait pas sa maladie et faisait tout pour l'éviter. D'ailleurs, pourquoi daignait-il venir chez Dylan ?

— Savez-vous de quoi ils ont parlé ?

Mme Philpot secoua la tête.

— Il m'a ordonné de sortir. Quand il est parti, votre chère maman pleurait. Elle parlait sans cesse de certaines lettres.

Des lettres ? Lady Éléonore ne recevait plus de courrier depuis fort longtemps. Lorsque son mal avait empiré, à la mort de son mari, tous ses anciens amis lui avaient tourné le dos.

Un souvenir lui revint alors en mémoire. Alicia revit lord Hailstock dans le bureau de son père, à la résidence Pemberton, fouillant un tiroir. Il avait affirmé chercher des lettres... des lettres qu'il avait adressées à son père.

— Je suis désolée, reprit Mme Philpot. Je n'aurais jamais dû les laisser seuls.

— Ne vous inquiétez pas. Vous ne pouviez pas savoir, assura Alicia en lui tapotant la main. Allez vous reposer. Je m'occuperai de la mettre au lit.

— Comme vous voudrez, madame.

Lançant un regard inquiet à sa maîtresse, Mme Philpot se retira.

La chambre, décorée dans des tons jaunes et blancs, était confortable. Un feu crépitait dans la cheminée. Le plafond était orné d'une fresque représentant des anges dans le ciel. Le lit à baldaquin était prêt.

Alicia s'approcha de sa mère. Une mèche de cheveux argentés lui tombait sur l'épaule.

— Mère, c'est Alicia... Je viens vous rendre visite.

La vieille dame ne réagit pas tout de suite. Elle

fixait toujours la fenêtre, les yeux humides. Puis elle tourna lentement la tête. Elle cligna ses yeux bleus, fronça les sourcils, parut retrouver sa lucidité.

— Ma fille ! Cela fait bien longtemps que je ne t'avais vue…

Manifestement, elle avait oublié qu'elles avaient pris le thé ensemble, quelques heures auparavant. Lady Éléonore portant une robe de fée, elle avait insisté pour utiliser une dînette d'enfant.

Par chance, elle semblait beaucoup plus sérieuse.

Soulagée, Alicia s'assit sur le bord du fauteuil et lui prit la main.

— Mère, chuchota-t-elle. Mère, il paraît que vous êtes triste, alors je suis venue voir ce qui ne va pas.

— Tu es gentille de te soucier de moi, répondit Éléonore en admirant la robe de mousseline lavande de sa fille. Tu sors, ce soir ? Je ne voudrais pas te retarder.

— Dylan et moi venons juste de rentrer du cirque Astley. En apprenant ce qui s'est passé, j'ai…

— Ton mari est là ? coupa sa mère, les yeux pétillants, en regardant vers la porte. J'aimerais tant le voir !

Alicia secoua la tête.

— Il a dû ressortir.

— Ah, fit lady Éléonore, visiblement déçue. C'est un homme si charmant. Parfois il vient me voir, tu sais. Je cherche à me souvenir à qui il me fait penser…

Dylan était adorable, songea Alicia avec attendrissement. Un homme qui prend le temps de venir voir une femme malade devait être capable de beaucoup d'amour…

Elle s'efforça de revenir au moment présent.

— Mère, vous avez reçu un visiteur, ce soir. Que voulait lord Hailstock ?

— Richard, fit-elle, le regard vague. Maintenant que tu m'en parles, je crois bien qu'il est venu, oui...

— Il vous a interrogée sur certaines lettres, précisa Alicia.

Le visage de lady Éléonore se figea. Elle s'enfonça dans ses coussins et secoua vigoureusement la tête.

— Je ne sais rien.

— Ce sont peut-être des lettres qu'il a écrites à père, autrefois ? Savez-vous où elles pourraient se trouver ?

— Je ne sais rien de tout cela ! Rien du tout.

Tout cela ?

— Cherchait-il une lettre en particulier ? Lord Hailstock vous a dit pourquoi il avait besoin de cette lettre ?

— Je ne peux rien dire. Sincèrement, je ne peux pas.

Elle se recroquevilla davantage, resserrant sa capeline sur ses frêles épaules.

— Oh, cet homme est froid... Mais je ne pensais pas qu'il briserait le cœur de Claire.

— Il lui a brisé le cœur ?

Le première femme de Hailstock était morte très vite, mais c'était la première fois qu'Alicia entendait parler d'un mariage malheureux.

— Mais je croyais qu'ils s'aimaient. Ils se sont enfuis pour se marier en secret.

— Richard ne la trouvait pas assez bien pour lui. La pauvre fille n'y pouvait rien si elle n'était pas de sang noble.

Posant un mouchoir sur son visage ridé, la comtesse fondit en larmes.

Consternée, Alicia enlaça sa mère, cherchant à la consoler.

— Tout va bien, mère, tout va bien…

Elle n'était pas totalement surprise d'apprendre que Hailstock méprisait sa première femme. La noblesse comptait plus que tout, à ses yeux. Dylan avait peut-être raison de le détester.

Au fil des semaines, ils avaient maintes fois croisé le marquis lors de soirées. Chaque fois, il avait dédaigné Dylan, qui l'avait insulté en retour. Lord Hailstock l'avait même peinée en insinuant qu'elle avait épousé un homme inférieur à elle.

C'était si loin de la vérité.

Elle embrassa la vieille dame sur le front, reconnaissant son parfum de muguet. Il ne servait à rien de l'interroger davantage. À la première occasion, elle demanderait à Hailstock de s'adresser à elle au lieu de déranger sa mère, et de lui expliquer pourquoi il cherchait cette lettre.

Lady Éléonore leva la tête, clignant les yeux. Comme si un voile se levait, toute angoisse disparut de ses traits. Elle caressa la joue de sa fille.

— Ma chère petite, dit-elle. Je crois… tu as cet air…

Alicia fronça les sourcils.

— Quel air ?

— Une certaine douceur. Ton père était capable de deviner rien qu'en me regardant…

— Deviner quoi ?

Lady Éléonore afficha un sourire plein de tendresse.

— Que j'attendais un enfant. Comme toi, en ce moment.

Alicia retint son souffle. Serait-elle enceinte ? Elle n'osait y croire.

Comment sa mère pouvait-elle tirer une telle conclusion en regardant son visage ? Ce devait être l'une de ses lubies.

— C'est trop beau pour être vrai, c'est ce que tu penses, n'est-ce pas ? Mais il existe certains signes qui ne trompent pas... Es-tu fatiguée, depuis quelque temps ?

Alicia ne pouvait affirmer le contraire.

— Oui... mais j'ai été très occupée à apprendre à lire aux domestiques.

— Aurais-tu du retard, ma fille ?

— Environ deux semaines...

Alicia ne discutait jamais de ces questions intimes avec sa mère. Elle n'avait plus d'amies avec qui échanger des confidences. Par conséquent, elle ne savait pas grand-chose des symptômes d'une grossesse.

À présent, elle commençait à comprendre.

Posant la main sur son ventre, elle respira profondément, submergée de bonheur. Un enfant. Dans moins de neuf mois, elle donnerait à Dylan un fils ou une fille. Ils formeraient enfin une famille.

Elle avait une raison supplémentaire de gagner l'amour de son époux.

Le lendemain, dans l'après-midi, la tête penchée sous la pluie battante, Dylan arriva à la résidence Pemberton. Sans prendre la peine de frapper à la porte, il entra. Après tout, la maison lui appartenait. Il ne regrettait en rien la façon dont il l'avait acquise : il avait ainsi pu épouser Alicia.

Alicia...

Dans le vestibule sombre, il ôta son pardessus trempé et le posa sur une chaise.

Alicia ne l'attendait pas si tôt. Il était en avance, impatient de découvrir quelle surprise elle lui réservait. Il espérait quelque jeu sensuel. La veille, lorsqu'ils s'étaient quittés, elle avait envie de lui. Cette soirée au cirque avait été très réussie. Jamais il n'oublierait le visage radieux de la jeune femme. Il voulait faire naître un même bonheur en la possédant une nouvelle fois. Il avait eu toutes les peines du monde à ne pas accepter son invitation à partager son lit. Il ne fallait pas qu'elle se rende compte à quel point il l'aimait...

Son obsession ne semblait pas se calmer, loin de là. Autrefois, il avait coutume de prendre son plaisir dans les bras d'une femme et de l'oublier aussitôt. Mais il ne parvenait pas à oublier Alicia.

Depuis ce jour où elle était venue vers lui, elle n'avait plus parlé d'amour. Elle le rendait fou de désir, mais il voulait aussi posséder son âme.

Ce jour était peut-être venu.

Fébrile, il décida de la chercher au rez-de-chaussée. Puis il irait fouiller les chambres. Il la trouverait nue, prête à le recevoir. À moins qu'elle ne préfère être nue sous une robe. Cette idée n'était pas pour lui déplaire.

Il avait envie de la dévêtir, d'embrasser chaque parcelle de son corps, d'écouter ses doux gémissements, ses murmures.

Était-il en train de devenir fou ?

Se passant la main dans les cheveux, il entra dans le petit salon. Les peintres avaient fini leur travail. Les murs étaient tapissés de livres, mais il n'y prêta guère attention. Alicia ne l'attendait pas sur le divan.

Il se rendit ensuite à la bibliothèque. Là aussi, il découvrit de nombreux livres. Une odeur de cuir emplissait l'atmosphère. La jeune femme n'était pas là non plus.

Il longea le couloir, ouvrant toutes les portes. Elle devait être à l'étage. À la bonne heure. Ils seraient plus tranquilles. Seuls quelques domestiques étaient présents, et ils n'oseraient pas les déranger.

En atteignant le fond du couloir, il perçut une voix d'homme qui provenait du bureau de Brockway.

Il ravala un juron.

Si Gérald était encore là, son projet risquait d'être contrarié. Il fallait se débarrasser du jeune homme, trouver un prétexte pour l'éloigner de la maison.

Il songeait à plusieurs excuses, quand il s'arrêta devant la porte entrouverte. Les fauteuils de cuir avaient fait place à une rangée de bureaux, derrière lesquels étaient assis des valets et des femmes de chambre.

Devant eux, dos au mur, il découvrit James dans son fauteuil roulant.

Le sang de Dylan se figea. Il comprit soudain qu'il n'y aurait pas de rendez-vous d'amour.

23

James brandit un poing rageur.

— Jamais vous ne serez les bienvenus sous mon toit ! gronda-t-il. Vous avez compris ? Jamais !

Ce ton chargé de venin mit Dylan hors de lui. Quel être vil et méprisant ! Penchés sur leurs pupitres, les domestiques n'osaient bouger, fixant le jeune homme d'un regard apeuré. Il reconnut Cathy, la jeune sourde, plusieurs valets de ses écuries, Molly, la future maman…

Dylan claqua la porte derrière lui. Le silence tomba aussitôt dans la pièce. La duchesse de Featherstone était assise à côté de James. Près de la fenêtre, Alicia était installée sur un divan, radieuse dans sa robe de mousseline rose.

Écarquillant les yeux, elle se leva d'un bond. Elle voulut parler, mais aucun son ne sortit de sa bouche.

Dylan la foudroya du regard. Comment pouvait-elle cautionner une injustice aussi flagrante ?

Furieux, il se dirigea vers James.

— Comment osez-vous molester ainsi mes gens ? tonna-t-il. Vous êtes ici chez moi !

Il y eut un moment de gêne, puis quelques gloussements fusèrent. Plusieurs serviteurs se couvrirent la bouche pour ne pas s'esclaffer.

Dylan n'y comprenait plus rien.

James lui sourit, puis reporta son attention sur le groupe.

— Silence ! ordonna-t-il. Vos rires sont désobligeants. M. Wilder ignorait que j'étais simplement en train de vous faire la lecture.

Les élèves se turent. Pour la première fois, Dylan remarqua un livre entre les mains de son demi-frère. Il se sentit ridicule.

La duchesse posa la main sur le dossier du fauteuil roulant.

— James est aussi bon lecteur qu'écrivain, commenta-t-elle.

— Je vous en prie, Sarah... marmonna-t-il en s'empourprant.

Elle ignora ses protestations.

— Monsieur Wilder, vous devriez savoir que James est l'auteur de ce conte peuplé de chevaliers et de dragons, de sorciers et de jolies princesses. Les élèves apprécient beaucoup ces récits pleins de fantaisie. N'est-ce pas ?

Les domestiques approuvèrent d'une seule voix.

Face à leurs hochements de tête enthousiastes, Dylan fut plus désemparé que jamais. James, auteur de contes de fées ? Un homme de cœur, qui distrayait les défavorisés ?

Il avait peine à imaginer ce jeune aristocrate arrogant, ce fils unique et gâté, dans un tel rôle.

Les plus jeunes supplièrent James de leur lire un autre chapitre. Celui-ci refusa en riant.

Alicia entraîna son mari à l'autre extrémité de la pièce, où une carte d'Angleterre ornait le mur. Il sentit ses seins l'effleurer furtivement, inhala son parfum subtil, s'émerveilla de la finesse de ses traits.

Aujourd'hui, elle semblait particulièrement fragile, avec son teint de nacre et ses cernes de fatigue.

— Je t'attendais seulement dans une demi-heure, murmura-t-elle. Je voulais que tu assistes à une leçon.

— Une leçon ? répéta-t-il.

— Oui. J'ai créé cette école pour tous ceux qui souhaitent apprendre à lire et à compter. Ainsi, une femme de chambre peut espérer devenir gouvernante. Un valet ayant des dispositions peut postuler pour une place d'intendant. Avec un peu de volonté et de courage, chacun peut améliorer son sort.

Une école pour les pauvres ? Il pensait qu'elle passait ses journées à courir les boutiques et à rendre visite à ses amies... Dylan n'en revenait pas. Alicia passait son temps à la résidence Pemberton, où elle côtoyait James...

Se sentant trahi, il crispa les poings, cherchant à maîtriser sa colère.

— Que fabrique le fils de Hailstock chez moi ? souffla-t-il. Il joue la comédie. Il n'éprouve aucun intérêt sincère pour ces malheureux.

— Tu te trompes. Avant de le juger, tu devrais constater ce que les élèves ont appris depuis quinze jours.

Dylan détestait être trompé de la sorte. Pourtant, il ne pouvait rejeter sa requête. Les yeux de son épouse exprimaient tant d'espoir. Quant à son sourire charmeur, il avait le don de le transformer en imbécile heureux !

Serrant les lèvres, il alla se poster près de la cheminée. La jeune femme rejoignit les élèves d'un pas souple et gracieux.

Sous le regard de James et de Sarah, Alicia frappa dans ses mains pour obtenir l'attention du groupe. Elle fit asseoir les débutants qui formèrent un demi-cercle sur le tapis, autour de la jeune femme.

Ils tracèrent les lettres de l'alphabet sur leurs ardoises. Puis ils firent un peu de calcul. Certains semblaient remarquablement vifs d'esprit. D'autres trébuchaient sur une simple addition. Alicia se montra patiente avec tous, distribuant encouragements et explications.

Fasciné, Dylan l'observa. Le fait qu'elle soit une excellente enseignante n'avait rien de surprenant. Après tout, elle avait fait preuve de la plus grande tolérance face aux lubies de sa mère. Mais il avait toujours considéré son épouse comme une comtesse. Or les nobles ne fréquentaient pas le petit peuple.

Enfin, elle déclara le cours terminé. S'attendant à la voir s'occuper à présent des élèves avancés, il tressaillit lorsque ce fut James qui prit le relais.

Les élèves s'alignèrent devant lui et récitèrent à tour de rôle un sonnet de Shakespeare. Puis James les interrogea sur la géographie. Il leur fit indiquer les comtés d'Angleterre sur la carte, ainsi que les villes principales.

Dylan serra le poing. Son demi-frère se moquait certainement de ces domestiques. Pour lui, ils étaient pittoresques et ne représentaient qu'un simple divertissement. Dans sa jeunesse, Dylan avait croisé de nombreux bienfaiteurs de cette espèce. James allait bientôt se lasser et les abandonner.

— L'école est finie ! annonça Alicia. À demain, à l'heure habituelle.

Les élèves rangèrent leurs ardoises et quittèrent la pièce, lançant des regards discrets à Dylan. Leurs pas résonnèrent dans le couloir.

James fit tourner son fauteuil et défia Dylan du regard.

— Alors, que pensez-vous de notre petite école ?

— On se débrouille plutôt bien, renchérit Sarah d'un ton enjoué.

Elle et James échangèrent un regard intense.

Dylan devina entre eux une forte attirance. Il fronça les sourcils, intrigué. Il pensait que l'accident avait privé James de sa virilité, qu'il était condamné à une vie sans plaisir.

Peut-être était-il capable d'avoir des rapports sexuels, après tout ? Hailstock se réjouissait-il de savoir que son fils légitime était en mesure de lui donner un héritier ?

Dylan serra les dents.

Nerveux, il lança :

— J'admire quiconque a le désir sincère d'aider les nécessiteux. Mais je condamne ceux qui se contentent de s'amuser à faire la charité…

James esquissa un sourire nonchalant.

— Dans quelle catégorie me classez-vous ?

— Parmi les dilettantes, qui ne cherchent qu'à tromper leur ennui.

Alicia vint se placer entre les deux hommes.

— Dylan ! Tu ne trouves rien de mieux à dire ?

Elle avait les mains croisées sur son ventre et semblait déçue, peinée. Il faillit baisser les yeux, comme un enfant que l'on réprimande. En vérité, il trouvait son idée merveilleuse. La plupart des aristocrates se moquaient éperdument de leurs domestiques.

Alicia, elle, s'en souciait. Et il venait de tourner ses efforts en dérision.

— Pardonne-moi, murmura-t-il. Je ne voulais pas sous-estimer le travail remarquable que tu effectues. Il devrait exister de nombreuses écoles de ce type. Et tu es une excellente enseignante.

Une lueur illumina le regard de la jeune femme. Dylan en fut troublé.

— James a beaucoup fait, lui aussi, déclara Sarah, postée près de lui. Je ne vous permettrai pas de sous-estimer sa contribution, monsieur Wilder.

— Qu'il pense ce qu'il veut, grommela James en haussant les épaules. Il finira bien par voir la vérité un jour.

— J'en doute, riposta Dylan. Car vous allez sortir d'ici très vite.

— Vous m'interdisez l'accès à cette maison? demanda le jeune homme.

— Je dis que votre place n'est pas ici.

— Assez! s'exclama Alicia. Vous êtes dans une salle de classe, pas sur un champ de bataille... James, Sarah, veuillez nous excuser. Mon mari et moi devons nous entretenir en particulier.

Elle prit Dylan par le bras. Il eut envie de résister, de chasser James, mais cela risquait d'éveiller ses soupçons. Elle se mettrait à lui poser des questions. Si jamais elle devinait que James était son frère, elle comprendrait pourquoi il l'avait épousée et ne le lui pardonnerait jamais.

Maîtrisant sa colère, Alicia entraîna son mari dans le petit salon et referma la porte. Elle s'appuya contre le panneau de bois, cherchant à garder ses distances. Il ne fallait pas qu'elle se laisse distraire par son contact. L'atmosphère empestait encore la colle et la peinture. Les teintes vertes et jaunes du décor conféraient une touche de gaieté qui n'existait pas autrefois.

Dylan s'approcha de la fenêtre et fronça les sourcils. Il semblait soucieux, pensif.

Alicia croisa les bras.

— Eh bien, tu as réussi à tout gâcher... Tu n'as rien à dire?

— Qu'y a-t-il, au juste, entre ces deux-là ?

— Sarah et James ? fit Alicia, troublée par son regard. Je crois qu'ils sont amoureux.

— Ou qu'ils se désirent, corrigea Dylan. Est-il capable de la satisfaire ?

La jeune femme ne fut guère étonnée de cette question inconvenante.

— Comment le saurais-je ?

— Les femmes échangent souvent des confidences...

— Il est certains sujets dont on ne parle pas, pas même à sa meilleure amie. De toute façon, je ne trahirais jamais sa confiance.

Elle l'observa, songeuse.

— Pourquoi cela t'intéresse-t-il autant ? reprit-elle. Cela te rassurerait de savoir que James ne peut profiter des plaisirs de la vie ?

— Bien sûr que non. Je suis curieux, rien de plus...

Il se retourna et s'approcha d'elle.

— Ne prends pas cet air revêche, ajouta-t-il. Tu sais très bien que, depuis quelque temps, mes pensées sont concentrées sur... les questions intimes.

Elle fut parcourue d'un frisson. Son cœur se mit à battre la chamade.

— Je sais que tu nourris une haine et une rivalité stupides à l'égard de lord Hailstock, dit-elle d'une voix assurée. À présent, cette hostilité s'étend à son fils.

— Il n'a rien à faire ici, avec toi. Ce n'est pas convenable.

— Depuis quand te soucies-tu des conventions ? De plus, James et moi dirigeons une école. Nous n'entretenons pas une liaison.

— C'est une bonne école, je l'admets...

Il était de nouveau charmant. Il posa les mains sur sa taille et lui décocha ce sourire qui la faisait chavirer.

— Je suis fier de toi, Alicia. Je dois avouer que tu m'as étonné. Je n'aurais jamais imaginé que tu te passionnerais pour l'enseignement, surtout pour les personnes qui ne sont pas de ton rang.

Ce compliment lui alla droit au cœur. Elle eut envie de se blottir contre lui. Mais elle tenait à défendre son point de vue. Posant les mains sur son torse, elle recula.

— James est mon partenaire dans cette école. À ce titre, j'insiste pour que cesse cette guerre entre vous.

Dylan la fixa un instant. Puis il se pencha vers elle.

— Oublions-le. Embrasse-moi.

— Non. Je veux d'abord une promesse, dit-elle en détournant la tête.

— Cesse de jouer les harpies. Je te préfère en amante passionnée.

— Et toi, ne joue pas les scélérats. Je sais que tu es capable de mieux que cela.

Leurs regards se croisèrent. Dylan fit la moue, déterminé à ne pas céder.

— Je ne plaisante pas, Dylan. Je ne supporterai pas cette hostilité constante. Je veux que tu me promettes d'être courtois. Tu n'as aucune raison de me refuser cela.

Il crispa la mâchoire et détourna les yeux.

— Puisque c'est si important pour toi... grommela-t-il. Je vais essayer.

— Tu feras plus qu'essayer. Je veux que tu me donnes ta parole.

Il soupira. Il semblait si entêté qu'Alicia s'attendit à un refus.

— Très bien, concéda-t-il, tu as ma parole.

La jeune femme poussa un long soupir de soulagement. Toute sa colère s'envola. Elle enlaça Dylan, sentant son cœur battre contre sa poitrine. Elle avait confiance en lui. Il tiendrait parole. Son mari était décidément un homme complexe, mais sous ses airs durs se cachait un être intègre.

Se haussant sur la pointe des pieds, elle posa les lèvres sur sa joue bien rasée. Le parfum de la pluie dans ses cheveux humides l'envoûta.

— Oh, Dylan, je t'aime…

Il ferma les paupières. Elle ne put déchiffrer son expression. Il posa la main sur sa nuque et s'empara de sa bouche. Elle accueillit son baiser avec ardeur, lui offrant tout l'amour dont elle était capable.

Dylan voulut l'entraîner vers un divan. Elle résista, un sourire aux lèvres.

— Attends. J'ai quelque chose à te dire. Quelque chose de très important.

— Rien ne peut être plus important que ceci, souffla-t-il en l'embrassant dans le cou, enfouissant son visage dans la vallée de ses seins.

Il glissa les mains dans son dos pour dégrafer les boutons de sa robe.

— Je t'en prie, Dylan ! Écoute-moi.

Elle lui saisit les bras et chuchota :

— Voilà… J'attends un enfant de toi.

Il se redressa lentement, cherchant son regard. Dans le silence, la pluie martelait les vitres.

— Tu… tu es certaine ? demanda-t-il d'une voix rauque.

Elle opina, la gorge nouée par l'émotion. Elle voulait tant qu'il soit heureux, qu'il partage son bonheur.

— Le médecin m'a examinée ce matin. Peu après le Nouvel An, nous aurons un enfant.

Il prit une profonde inspiration. Puis il lui caressa les épaules avec tendresse, comme si elle était aussi fragile que de la porcelaine. Il l'attira contre lui, posant la joue sur ses cheveux.

— Un enfant… murmura-t-il, la voix brisée. Mon Dieu…

Alicia rit de son air abasourdi.

— J'ai eu du mal à y croire moi-même !

— Tu aurais dû m'en parler tout de suite. J'aurais pris garde à me maîtriser. J'aurais évité de te toucher.

Comme pour s'assurer qu'il ne rêvait pas, il posa la main sur le ventre de la jeune femme.

Plus que des mots, ce geste exprimait l'intensité de son émotion. Alicia sentit un lien étroit se tisser entre eux. Il n'avait toujours pas parlé d'amour, mais il le ferait bientôt. Il surmonterait ses préjugés à l'encontre de la noblesse et l'aimerait pour elle-même.

Elle se mit à le taquiner, se frottant contre lui.

— J'aime beaucoup ta façon de me toucher, dit-elle.

— Tu n'es pas souffrante ? s'inquiéta-t-il. Tu sembles un peu pâle…

— Ce n'est qu'une fatigue passagère.

— Tu devrais t'allonger.

Il la prit par la taille et l'entraîna vers la porte.

— Je te raccompagne à la maison. Quant à l'école, j'engagerai un autre enseignant. Tu ne dois pas te fatiguer. Tu dois te reposer, prendre soin de toi…

Ces attentions, loin de l'agacer, lui montrèrent qu'il tenait vraiment à elle.

Elle l'enlaça.

— Je suis en pleine forme. Le médecin affirme que je peux vivre normalement, sans cesser mes activités.

— J'irai le consulter en personne et nous verrons, décréta-t-il gravement.

Soudain, il fronça les sourcils et regarda dans le couloir, en direction du bureau.

Au même moment, Alicia entendit des éclats de voix. Elle regarda par-dessus l'épaule de son mari.

James surgit du bureau, dans son fauteuil, Sarah à son côté. D'abord, Alicia crut qu'ils se querellaient.

Jusqu'à ce qu'elle remarque la présence d'un homme élégant derrière eux.

Lord Hailstock.

24

— Reste ici ! ordonna Dylan d'une voix dure. Je me charge de lui.

Alicia n'avait nulle intention de regagner docilement le petit salon.

— Certainement pas, répondit-elle.

Ignorant les injonctions de son mari, elle se précipita dans le couloir. James et le marquis se regardaient en chiens de faïence. Chaque fois que le fils cherchait à s'éloigner, le père lui barrait le passage.

— Je n'ai pas terminé ! tonna Hailstock. Tu vas m'écouter jusqu'à la fin.

James soutint son regard.

— J'en ai suffisamment entendu, déclara-t-il posément. Que vous le vouliez ou non, je suis en âge de prendre mes propres décisions sans vous consulter.

— Je ne cautionnerai pas ce comportement intolérable, gronda Hailstock. J'étais ravi que tu aies acheté ce fauteuil, tu semblais heureux de tes journées avec la duchesse. Mais tu me faisais croire que tu étais en promenade dans le parc ou en visite chez elle. Pendant ce temps, tu étais ici !

— Je ne suis nullement tenu de vous rendre compte de mes déplacements, père.

— Cette querelle n'a pas de sens, intervint Sarah en posant la main sur le dossier du fauteuil.

Hailstock la foudroya du regard.

— Duchesse, vous devriez savoir que c'est de la folie pour un noble de se mêler aux petites gens !

Arquant les sourcils, elle le dévisagea avec froideur.

— Je n'ai pas à juger du comportement de James. Vous non plus, d'ailleurs.

Alicia s'approcha du marquis. Malgré le mauvais temps, son manteau n'était pas mouillé et ses cheveux étaient impeccablement coiffés, comme toujours.

— Monsieur le marquis, je n'attendais pas votre visite...

Espérant détendre l'atmosphère, elle prit une voix enjouée :

— Si vous voulez bien passer au salon, je vais faire servir le thé.

— Je vous remercie, mais il ne s'agit pas d'une visite de courtoisie, répondit-il, glacial, la toisant d'un air accusateur. Je crois savoir que vous participez à ce projet insensé d'école pour domestiques !

Alicia lui tint tête.

— Oui, j'ai créé cette école. Nous venons en aide à tous ceux qui n'ont pas eu la chance de s'instruire.

— Encore une idée de votre mari, sans doute, grommela Hailstock. Il est prêt à tout pour jeter le discrédit sur ma famille. C'est lui qui a poussé mon fils, mon unique héritier, à fréquenter la fange de la société !

— C'est faux. Dylan n'a appris l'existence de cette école qu'aujourd'hui.

Mais le marquis ne l'écoutait pas. Il se tourna vers Dylan, brandissant un poing menaçant.

— Si j'entends parler du moindre scandale, je vous tiendrai pour personnellement responsable.

Dylan le fixa, implacable.

— Comme vous voudrez, dit-il, mais j'approuve les activités de ma femme. Si elle et votre fils souhaitent instruire les domestiques, ce n'est pas moi qui les en empêcherai.

Il se posta à côté d'Alicia, la rassurant par sa présence. Heureusement, il n'avait pas perdu son calme. Mais il émanait de lui une hostilité flagrante. Elle savait qu'il pouvait à tout moment oublier sa promesse.

Elle se tourna vers lord Hailstock.

— Je suis désolée, mais je vais vous demander de vous retirer, dit-elle.

Il s'empourpra, pinça les lèvres. Son regard furibond passa de Dylan à Alicia.

— Ma chère, si vous souhaitez vous vautrer dans la boue avec Wilder, libre à vous. Mais je refuse que mon fils soit mêlé à cette infamie. Il rentre chez moi.

Il poussa brutalement le fauteuil.

Dylan esquissa un mouvement pour l'arrêter. Mais James saisit lui-même les roues et maintint fermement le véhicule immobile.

— Que diable, père ! Vous me traitez comme un enfant !

— Lâche ces roues ! Tant que tu vivras sous mon toit, tu m'obéiras.

— Dans ce cas, je n'y vivrai plus, décréta James. Je vais emménager chez mon frère.

Lord Hailstock se figea, blêmit, les doigts crispés sur le pommeau de sa canne.

— Votre frère ? répéta Alicia, certaine d'avoir mal entendu.

— Mais vous n'avez pas de frère, intervint Sarah.

— Si, reprit James d'un ton implacable.

Il pivota et plongea le regard dans celui de son père.

— Dites-leur, père... Dites-leur que Dylan Wilder n'est autre que votre bâtard.

Un silence pesant s'installa. Alicia demeura pétrifiée, consciente des battements effrénés de son cœur. Elle eut soudain les mains moites. Ce ne pouvait être vrai. Ce n'était pas possible ! Les idées se bousculaient dans sa tête. Dylan et lord Hailstock... Voilà qui expliquait leur animosité réciproque.

Tout s'éclaircissait.

Elle agrippa la manche de Dylan, espérant qu'il allait nier. Elle sentait la chaleur de sa peau à travers le tissu.

— Je t'en prie, implora-t-elle. Dis-moi que ce n'est pas vrai...

Il la dévisagea, le regard indéchiffrable. Cet instant s'éternisa. Puis, au lieu de répondre, il se tourna vers James et anéantit les derniers espoirs de la jeune femme :

— Comment avez-vous appris la vérité ?

— Vous êtes venu à la maison, il y a quelques semaines, pour rendre à mon père la bague qu'il avait offerte à Alicia. J'étais au salon. Père me croyait endormi. J'ai surpris votre conversation dans le couloir. Vous avez affirmé être son fils. Ensuite, il vous a jeté dehors, conclut le jeune homme en foudroyant le marquis du regard.

— Wilder mentait ! décréta Hailstock d'un ton rauque. James, tu es mon fils unique. Cet homme n'est qu'un escroc qui cherche à te dépouiller de ton héritage !

— Si j'avais voulu de l'argent, rétorqua Dylan, je vous aurais fait chanter. Et vous auriez payé.

Le marquis ébaucha un rictus de colère.

— Vous ne cherchez qu'à salir ma réputation. Je vous préviens, je ne le tolérerai pas !

Leurs voix furieuses semblaient envelopper Alicia, qui sentait la tête lui tourner. Il ne lui était jamais venu à l'idée de chercher une ressemblance entre son mari et James, mais en y regardant bien, elle discernait un air de famille indiscutable. Dylan était plus mat de peau que James, mais ils avaient les mêmes yeux d'un bleu perçant, les mêmes fossettes qui s'accentuaient lorsqu'ils souriaient. Tous deux avaient hérité de la robuste constitution de Hailstock et de la noblesse de ses traits.

— J'admets vous avoir haï, Wilder, déclara James en soutenant son regard. Je vous en voulais d'avoir autant de pouvoir sur mon… sur notre père. Maintenant, je comprends que j'ai eu tort.

Dylan ne répondit pas, se contentant de dévisager son frère.

— Si cela ne vous dérange pas, reprit James, j'aimerais séjourner chez vous et Alicia, le temps de régler certaines affaires.

Il adressa un regard de biais à Sarah, qui l'écoutait, les yeux écarquillés.

— C'est une excellente idée, déclara-t-elle. N'est-ce pas, monsieur Wilder ?

— Naturellement, répliqua Dylan d'un ton dégagé. Ma gouvernante se chargera des détails.

— Non ! tonna Hailstock qui s'agenouilla devant son fils cadet. Je t'en conjure, réfléchis, James ! Tu ne peux revendiquer le moindre lien de parenté avec un vulgaire manant. Les pires ragots vont circuler. Quelle raison donneras-tu pour expliquer que tu vis sous son toit ?

— La vérité.

— Mais c'est un moins-que-rien, un joueur ! Toi, tu es de sang noble…

— Lui aussi, apparemment, coupa James.

Le marquis respira profondément.

— Je t'en conjure, ne fais pas cela. Wilder n'a aucune preuve pour étayer ses allégations. Tu commettrais une terrible erreur.

— J'en doute. De plus, je veux connaître ce frère dont vous m'avez privé pendant tant d'années.

Il contourna son père, toujours agenouillé, la tête penchée, les yeux clos.

— Ma calèche attend devant la maison, annonça la duchesse.

James opina et s'approcha d'Alicia pour prendre sa main dans la sienne.

— Je suis désolé, dit-il avec sincérité. Je ne voulais pas révéler la vérité aussi brutalement. Vous devez être choquée.

Choquée ? Elle avait l'impression que le monde venait de s'écrouler. Elle ne voyait plus qu'une chose : Dylan lui avait menti. Pendant des semaines, il avait inventé mille excuses pour expliquer son hostilité envers le marquis.

Et elle avait été assez stupide pour le croire.

James lâcha sa main.

— Nous en parlerons plus tard, promit Sarah d'un ton apaisant.

Alicia fit un signe de tête. Le couple gagna le vestibule.

Hailstock se releva lentement, voûté. Au lieu de foudroyer une nouvelle fois Dylan du regard, il se mit à observer Alicia avec attention. Elle ne sut que dire. Lui aussi avait menti.

Alors il tourna les talons et suivit James et Sarah.

Lorsque la porte d'entrée s'ouvrit, une bourrasque de vent s'engouffra dans le couloir. La jeune femme se mit à grelotter. Elle sentait la présence de Dylan à son côté, mais leur complicité avait disparu.

Peut-être n'y avait-il jamais rien eu entre eux...

— Tu es pâle, s'inquiéta Dylan en la prenant par la taille. Il faut te reposer.

Comme dans un brouillard, Alicia laissa son mari l'entraîner dans le couloir. Mais quand il voulut la faire entrer dans une chambre, elle hésita.

Ses pensées confuses s'éclaircirent soudain.

Dylan avait toujours su que le marquis était son père. Il ne l'avait donc pas choisie par hasard. C'est sciemment qu'il avait exploité la faiblesse de Gérald. Il l'avait forcée au mariage uniquement parce que Hailstock voulait l'épouser.

Pour se venger de lui...

Avec cette découverte effroyable, s'envolèrent tous ses espoirs d'amour sincère. Cet homme était incapable du moindre sentiment. Il était aveuglé par la haine.

Alicia se détourna de lui, reculant jusqu'à heurter le mur. Afin de ne pas fondre en larmes, elle se réfugia dans une dignité glaciale :

— Tu t'es servi de moi pour te venger, accusa-t-elle. Tu n'as jamais cherché à te faire accepter dans la haute société. Tu m'as épousée pour défier ton père.

Dylan reçut son mépris comme un coup de poignard. Quel imbécile il avait été, de croire qu'il pourrait lui cacher la vérité ! Il s'en voulait terriblement. Il ne pouvait s'en prendre qu'à lui-même, si James l'avait entendu. Au fond de lui, pourtant, il éprouvait une certaine satisfaction de savoir que James connaissait le lien qui les unissait.

Quant à Alicia, il ne pouvait pour l'heure qu'encaisser ses attaques. Plus tard, il chercherait à obtenir son pardon. Si cela était possible...

— Oui, c'est pourquoi je t'ai épousée, admit-il. Hailstock te faisait la cour. Je voulais aussi être accepté dans la noblesse, afin qu'il soit obligé de croiser ce bâtard qu'il avait refusé de reconnaître.

Serrant les dents, il se mit à arpenter nerveusement le couloir. Rien de tout cela n'aurait été nécessaire si Hailstock l'avait accepté, autrefois. Et si cette ordure n'avait pas menacé un enfant innocent...

— Pourquoi ne t'a-t-il pas reconnu ? s'enquit Alicia. Tu n'es peut-être pas son fils, après tout.

Stupéfait, Dylan se tourna vers elle.

— Bien sûr que si, nom de Dieu ! Ma mère ne m'aurait jamais menti !

— Inutile de jurer comme un charretier ! ripostat-elle d'un ton sec. Je veux simplement savoir si elle t'a fourni une preuve quelconque de cette filiation.

Il maîtrisa un peu sa colère. Après tout, la jeune femme ne connaissait pas toute l'histoire.

— Oui, répondit-il. Elle m'a remis une épingle de cravate ornée d'un diamant, portant les armes de sa famille. Cet objet et sa parole me suffisent.

Dylan ne mentionna pas le don pour le calcul mental qu'il avait hérité de Hailstock.

— Cela a dû être pénible pour toi de te voir refuser un titre à cause de ta naissance.

— Ce qui me fait mal, c'est qu'il a exploité ma mère avant de refuser d'assumer leur enfant.

Alicia leva un sourcil.

— Tu avais dix ans quand tu es arrivé à Londres. Tu n'es pas venu en quête de la grande aventure, ou pour suivre une troupe de théâtre. Tu voulais affronter lord Hailstock.

Sa clairvoyance le mettait mal à l'aise, lui rappelait ses mensonges...

— Je suis vraiment entré dans une troupe de théâtre, expliqua-t-il.

— Mais seulement après avoir été rejeté par le marquis.

— En effet.

— Raconte-moi ce qui s'est passé, quand tu es allé le voir.

Hésitant à rouvrir cette vieille blessure, Dylan ne parla pas tout de suite. Il alla regarder par la fenêtre, fixant les gouttes de pluie.

— C'était il y a bien longtemps... En gros, il n'a rien voulu savoir.

— Tu lui as montré l'épingle de cravate ?

— Bien sûr.

Dylan n'aimait pas dévoiler sa vulnérabilité. Mais s'il pouvait obtenir le pardon d'Alicia...

— Il m'a traité de voleur et d'escroc. Ensuite, il a appelé ses domestiques, qui ont voulu m'emmener à la prison de Newgate.

Alicia ne parut absolument pas émue.

— Tu es allé en prison ?

Il secoua la tête.

— J'avais suffisamment l'expérience de la rue pour connaître quelques astuces. J'ai trompé la vigilance des domestiques et j'ai sauté par la fenêtre du rez-de-chaussée.

Alicia ne dit rien. Dans la lumière lugubre, elle se tenait bien droite, sa robe rose moulant ses formes. Si seulement il savait à quoi elle songeait... N'éprouvait-elle donc aucune compassion pour lui ?

Comme il avait été stupide de la faire souffrir ! Il mourait d'envie de la prendre dans ses bras, de l'entendre murmurer des mots d'amour.

— Alicia, pardonne-moi, dit-il en s'approchant, les mains tendues.

— Ne t'avise pas de me toucher, rétorqua-t-elle, implacable.

Il s'arrêta, hésitant. Elle lui rappelait la jeune femme distante, le jour de leur mariage.

Il se sentait méprisable.

— Donne-moi une chance de m'expliquer calmement…

— N'essaie pas de m'embobiner, dit-elle, les bras croisés. Tout est clair, à présent. Lors de notre premier bal, tu guettais l'arrivée du marquis. Tu voulais lui montrer que tu étais là, toi aussi. Parmi les grands du royaume.

— C'est vrai.

— Tu m'as interdit de fréquenter James. Non parce qu'il était oisif et prétentieux, mais parce qu'il est ton demi-frère.

— Les deux raisons étaient valables. Il est hautain et arrogant.

— Tu as essayé par tous les moyens de me tenir éloignée de lui. Tu as usé de ton charme pour me manipuler, tu m'as même séduite, ce jour-là, dans ton bureau.

— Tu as aimé mes attentions, protesta-t-il.

— Ce n'est pas la question. Toute ta vie, tu n'as recherché que la vengeance. Je ne serais pas étonnée que tu considères mon enfant comme un nouveau moyen d'atteindre Hailstock.

Elle posa les mains sur son ventre, comme pour protéger son bébé.

Cette accusation stupéfia Dylan. Il n'avait pu trouver les mots pour exprimer son bonheur d'être père. Un homme n'avait pas l'habitude de montrer ses émotions.

— Alicia… tu te trompes. Mon bonheur d'avoir un enfant n'a rien à voir avec Hailstock.

— Comment te croire ? Après tous ces mensonges ?

Elle secoua la tête.

— Cette promesse ne valait rien non plus, ajouta-t-elle.

Il fronça les sourcils.

— Quelle promesse ?
— De cesser les hostilités.
— J'étais sincère, marmonna-t-il. Je comptais faire des efforts.
— Et si j'avais rendu visite à James ou à lord Hailstock ? demanda-t-elle. Aurais-tu mis de côté tes ressentiments mesquins ?
— Il n'y a rien de mesquin… C'est vrai, j'ai voulu te tenir éloignée de Hailstock. Il t'aurait montée contre moi.
Alicia le considéra avec mépris.
— Non, Dylan. Tu as très bien réussi tout seul…
Sur ces mots, elle entra dans la chambre et claqua brusquement la porte.

25

Alicia avait une question cruciale à poser à sa mère.

Ce soir-là, en descendant de la calèche, elle chercha à se convaincre que c'était l'unique raison qui la poussait à regagner le domicile conjugal. D'ailleurs, elle n'avait pas à redouter une confrontation avec son mari. Il se trouvait au cercle.

Sa gorge se noua. Après le départ de Dylan, Mme Molesworth s'était occupée d'elle, lui apportant du thé et des biscuits. Puis elle avait posé une couverture en laine sur ses épaules et allumé un feu dans la cheminée. Recroquevillée dans son fauteuil, Alicia était restée un long moment à écouter le martèlement de la pluie sur les carreaux, les yeux dans le vague, passant des sanglots à l'abattement le plus total, de la douleur à la colère. Elle en voulait terriblement à Dylan de s'être servi d'elle pour assouvir sa vengeance. Pourtant, malgré son tourment, elle avait l'impression d'être passée à côté d'un élément vital, d'un détail qui la tracassait…

Enfin, elle s'était assoupie, pour se réveiller à la tombée de la nuit, l'esprit clair.

Une question troublante la taraudait, à laquelle seule sa mère pouvait donner une réponse.

La pluie avait fait place à une bruine tenace. S'abritant sous un parapluie, la jeune femme remonta l'allée sans se soucier des flaques d'eau. Elle avait fini par s'attacher à cette vaste demeure de quatre étages, avec ses colonnades et ses grandes fenêtres... tout comme elle avait appris à aimer le propriétaire des lieux, un homme fourbe, sans cœur, obstiné, dominateur et stupide.

Elle gravit les marches du perron. Dans le vestibule, Mme Yates disposait des tulipes dans un vase de cristal. La gouvernante fit volte-face.

— Bonsoir, madame.

Hochant distraitement la tête, Alicia gagna le grand escalier.

— Lady Éléonore est dans sa chambre ?

— Non, madame. Lady Éléonore se trouve dans la salle de bal avec Mme Philpot, répondit Mme Yates, qui semblait apprécier la vieille dame. Ce soir, elle se prend pour Aliénor d'Aquitaine.

Alicia hésita à rejoindre sa mère pour l'interroger. Si elle était plongée dans quelque délire, elle serait incapable de répondre à sa fille.

Mme Yates s'éclaircit la gorge.

— Je dois vous préciser, madame, que monsieur a fait installer une chambre pour le jeune comte dans le bureau du rez-de-chaussée, afin qu'il puisse y accéder en fauteuil. Ils s'y trouvent tous les deux en ce moment, pour régler les détails.

Le cœur de la jeune femme battit la chamade. Dylan était là, à quelques mètres d'elle...

Une impulsion irrépressible l'incita à aller le rejoindre, à pardonner ses erreurs, à lui dire qu'elle resterait même s'il ne lui donnait pas son cœur.

Mais il était en compagnie de son frère. Le fils de lord Hailstock.

Cette idée lui rappela la perfidie de son mari.

— Je vais informer monsieur de votre arrivée, déclara Mme Yates.

La gouvernante tourna les talons, mais Alicia protesta :

— Non. Je ne veux pas le déranger.

— Monsieur souhaite être prévenu de votre retour. Il a beaucoup insisté, expliqua Mme Yates qui ne dissimulait pas sa curiosité. Il m'a ordonné de rester ici pour vous guetter.

Alicia crispa rageusement les poings. Ce gredin allait encore chercher à la séduire…

— Pas un mot à mon mari ! s'exclama-t-elle. Vous avez compris ?

Elle redouta un instant que la gouvernante ne se rebelle, car elle était d'une loyauté sans faille envers Dylan, qui lui avait sauvé la vie.

— Comme Madame voudra, répondit-elle pourtant, avec un hochement de tête.

Aurait-elle appris à ne plus considérer sa maîtresse comme une intruse ? À moins qu'elle ait deviné la vérité et souhaite éviter une réconciliation possible ?

Qu'importe. Alicia gravit les premières marches de l'escalier.

— Il faut que je vous dise, ajouta Mme Yates. Monsieur fait les cent pas comme un lion en cage. En cas de mésentente, je peux peut-être lui transmettre un message…

La gouvernante était donc à l'affût des ragots. Alicia afficha un sourire désinvolte.

— Je lui parlerai moi-même… plus tard.

Se hâtant de monter à l'étage, elle longea le couloir et ses tableaux familiers. Il faudrait faire préparer ses bagages et ceux de sa mère, pour les expédier à la résidence Pemberton.

Mais pas tout de suite.

Elle entra dans la chambre de lady Éléonore et referma la porte.

Sur le lit, l'édredon brodé était rabattu, révélant des oreillers blancs. Les rideaux jaunes étaient tirés.

Une lampe à huile était posée sur le secrétaire. Alicia s'y précipita.

L'épais tapis vert amortissait le bruit de ses pas. S'en voulant de violer ainsi l'intimité de sa mère, elle ouvrit chaque tiroir. Du papier à lettres, des plumes, quelques boutons de nacre… Dans le dernier tiroir, un dessin représentant des cœurs et une guirlande de fleurs portait l'inscription : *À ma chère maman. Alicia.*

Souriant malgré elle, elle prit la feuille entre ses mains. Sa mère avait la manie de collectionner les vieux papiers. La jeune femme fit le tri, parcourant les dissertations, poésies, devoirs d'arithmétique, tous rédigés de son écriture de petite fille ou du gribouillis de Gérald.

Mais elle ne découvrit pas ce qu'elle cherchait.

Elle examina ensuite le contenu de la table de chevet : un mouchoir brodé, un bout de chandelle, un livre de prières, rien de très important. Elle porta ensuite la lampe dans la garde-robe, pour fouiller méthodiquement les armoires, examinant les costumes que Dylan avait offerts à sa belle-mère.

Son cœur se serrait chaque fois qu'elle pensait à lui. Comment un homme capable d'une telle gentillesse pouvait-il se laisser guider par la haine et la vengeance ?

Pourtant, elle l'aimait. Au plus profond d'elle-même brûlait une flamme qui refusait de s'éteindre. Elle avait cédé au charme de Dylan. Jamais elle n'aurait dû se convaincre qu'il lui rendrait cet amour, qu'une passion charnelle pouvait se transformer en affection véritable.

Maudits soient les joueurs... Elle aurait dû savoir qu'il ne fallait pas faire confiance aux hommes de son espèce.

Ravalant des larmes de colère, elle écarta les robes une à une, déterminée à tout vérifier. Elle fouilla les tiroirs, les étagères, glissa les doigts dans les moindres recoins.

Enfin, résignée, elle s'assit sur une chaise et réfléchit. Où sa mère aurait-elle pu dissimuler un objet précieux ? Il n'existait aucune autre cachette possible...

C'est alors que ses yeux se posèrent sur le coffret recelant les fausses pièces d'or, celles que lady Éléonore utilisait quand elle se prenait pour un pirate.

Retenant son souffle, elle l'ouvrit et y plongea la main. Plusieurs pièces tombèrent à terre. Au fond du coffret, ses doigts fébriles rencontrèrent un petit paquet.

Des lettres.

Il y en avait une dizaine, jaunies par les ans, nouées à l'aide d'un petit ruban de satin rose. Alicia savait que sa mère les avait conservées. Elle les avait déjà aperçues, cachées sous le plancher de sa chambre à la résidence Pemberton. Mettant ce secret sur le compte de sa maladie, la jeune femme les avait laissées en place sans les lire. Elle avait pensé qu'il s'agissait d'un souvenir sans grande importance, sauf aux yeux d'Éléonore.

Jusqu'à aujourd'hui.

Fermant les paupières, Alicia serra le paquet contre son cœur. Il s'agissait bien des lettres que lord Hailstock cherchait désespérément à récupérer.

Si ses soupçons se révélaient justifiés, elle allait bientôt fournir à Dylan un moyen bien plus efficace de se venger.

Après avoir passé une heure à donner des ordres à ses domestiques, Dylan se retrouva seul en compagnie de son frère.

Il avait fait descendre un lit à baldaquin en acajou, allumer une flambée dans la cheminée et fermer les volets. On avait ensuite roulé le tapis, pour que James puisse actionner les roues de son fauteuil sur les dalles de marbre. Dans l'antichambre, un valet s'affairait à déballer les vêtements du jeune homme.

En le regardant poser une lampe sur la table de chevet, Dylan se demanda pourquoi il avait accepté cet arrangement stupide. Jamais il n'aurait dû ouvrir la porte de sa maison à son aristocrate de frère. Pas un instant il n'avait envisagé de se venger en séparant le marquis de son héritier. Il ressentait comme une impression d'irréalité.

En une journée, il avait perdu une épouse et gagné un frère…

Il avala une gorgée de cognac, qui lui parut fade. Bien qu'il ait déjà vidé la moitié d'une carafe, l'alcool ne lui avait pas embrumé l'esprit. Il se sentait encore plus malheureux.

Tout son être lui criait de ne pas laisser Alicia à la résidence Pemberton. Pendant un moment interminable, il avait fixé la porte close de la chambre. Il mourait d'envie de la ramener à la maison, à sa place. Elle aurait refusé, mais il l'aurait portée jusqu'à la calèche, au besoin !

Mais le regard qu'elle lui avait lancé, avant de claquer la porte, l'avait arrêté.

Sa femme le méprisait, encore plus que le jour de leur mariage forcé. Il redoutait à présent de ne pouvoir la reconquérir. Plus jamais ils n'échangeraient taquineries et boutades, plus jamais il ne reverrait son sourire ou son regard pétillant, plus jamais sa voix douce ne lui murmurerait des mots d'amour…

Son cœur se serra. Pourquoi ressassait-il ces pensées, au lieu de chercher à la convaincre ? Il fallait agir. Réfléchissant, il se dirigea vers la porte.

— Attendez un peu, fit James en s'approchant. Vous ne pouvez partir tout de suite.

— Je vais à mon cercle, mentit Dylan.

— Prenez votre soirée et parlons un peu. Et asseyez-vous, que diable ! Je ne vais pas me tordre le cou pendant des heures à vous regarder !

Il voulait sans doute que Dylan se prosterne devant lui et se comporte comme un laquais.

Vêtu d'une chemise blanche, d'une culotte foncée, son frère le défiait du regard. Si James avait tenu debout, ils auraient été de la même taille.

De façon inexplicable, Dylan devina que James se sentait seul et cherchait de la compagnie. Après tout, il ne connaissait personne dans cette maison – à part, peut-être, lady Éléonore. Même Alicia était partie.

Alicia.

Pourquoi l'avait-elle transformé en petit chien, prêt à la suivre au bout du monde ?

Furieux contre lui-même, il alla remplir son verre. Puis il s'installa dans un fauteuil de cuir, près de la cheminée. Autant rester encore quelques minutes. Tous les détails n'étaient pas réglés.

James vint le rejoindre.

— Je vais vous assigner un valet, déclara Dylan sans préambule. Il s'occupera de vous.

— Je n'ai pas besoin d'aide, répondit James. J'ai amené Tilford, mon fidèle valet.

— Comme vous voudrez… Mais veillez à ce qu'il ne dérange pas mon personnel.

Dylan refusait de voir ses domestiques critiqués par quiconque.

— Tilford est très discret.

— Si vous avez des instructions à donner à la cuisinière, prévenez-la au moins une demi-journée à l'avance. Mes serviteurs ne peuvent se permettre de partir au marché à tout moment.

— Comme il vous plaira, répliqua James en levant son verre avec emphase.

— Demain, les domestiques ôteront tous les tapis du rez-de-chaussée. Ainsi, vous pourrez vous déplacer à votre guise. La bibliothèque est au fond du couloir. Ma gouvernante vous la fera visiter…

— Je trouverai mon chemin tout seul, coupa James. Mais… je voulais vous poser une question. Puis-je savoir qui est votre mère ?

Dylan s'attendait à cette question directe. Il rechignait à révéler son passé à cet arrogant, mais James devait connaître la vérité sur les agissements de son père.

Il lui relata brièvement les faits. Pendant qu'il parlait, il ne quitta pas James du regard, prêt à réagir à la moindre allusion désobligeante contre sa mère. Infirme ou pas, il prendrait son poing dans la figure.

Mais James ne dit rien. Il se contenta de secouer la tête, accablé. Puis il déclara :

— Je me suis souvent demandé si mon père finirait par prendre une maîtresse, après la mort de ma mère.

— Il ne l'a pas fait.

— Comment pouvez-vous en avoir la certitude ? répliqua James avec un regard perçant.

— Je vous ai fait surveiller tous les deux.

James émit un sifflement.

— Vous deviez vraiment nous mépriser…

Dylan but une gorgée de cognac. Il fit la grimace. À quoi bon discuter ainsi avec son frère, comme s'ils pouvaient devenir amis ? Ils n'avaient rien en commun.

— Père a l'esprit rigide, autoritaire, mais il n'est pas aussi immonde que vous semblez le croire, expliqua James. Le soir, nous jouions aux échecs ou nous discutions politique. Il est aussi cultivé que tous mes professeurs à Oxford, et il a un don extraordinaire pour le calcul mental. Il publie des traités de mathématiques.

Dylan les avait lus. Il les avait même admirés. Mais il ne voulait admettre aucune qualité chez son père, surtout pas devant James.

— Si vous vous entendez si bien, pourquoi êtes-vous parti de chez lui ?

— Comme je l'ai dit, répondit James avec un regard altier, j'ai envie de connaître mon frère.

— Nous sommes trop différents pour être amis, affirma Dylan en vidant son verre. Restons-en là.

James ricana.

— Ne montez pas sur vos grands chevaux, Wilder. Je ne m'imposerai pas longtemps chez vous. Il est grand temps que je fonde mon propre foyer.

Dylan profita de cette occasion pour détourner la conversation.

— Vous l'avez demandée en mariage ?

— La duchesse ? fit James en s'empourprant.

— Qui d'autre ?

Dylan remplit une nouvelle fois son verre.

— Vous voudrez sûrement qu'elle s'installe chez vous, ajouta-t-il.

James vida son verre d'un trait et répondit d'un ton moqueur :

— Elle mérite mieux qu'un infirme.

— J'ai dans l'idée qu'elle ne voit pas les choses de cette façon.

— Nous entretiendrons une liaison, rien de plus, marmonna James en avançant son fauteuil pour se servir à boire. Ensuite, elle pourra partir.

Dylan tressaillit. Il ne pourrait jamais laisser partir Alicia. Comment avait-il pu se faire prendre au piège de l'amour ?

— Ne soyez pas aussi stupide ! lança-t-il comme s'il s'adressait à lui-même. Vous n'avez pas le droit de prendre cette décision à sa place.

— Vous êtes un expert du beau sexe, n'est-ce pas ? se moqua James. Si vous aviez un peu de bon sens, vous seriez à genoux devant Alicia, à implorer son pardon.

— Je ne me mets pas à genoux devant une femme.

James désigna la porte.

— Dites-le-lui vous-même…

Dylan fit volte-face et découvrit Alicia sur le seuil. L'avait-elle entendu ?

Sa frêle silhouette se dessinait dans la pénombre du couloir. Elle s'agrippait au chambranle, comme si elle ne se sentait pas bien. Sa robe rose était toute froissée. La jeune femme semblait trop pâle, elle avait le souffle trop court, l'air trop angoissé…

Elle l'avait entendu.

S'en voulant à mort, il se précipita vers elle et lui prit le bras. Sa peau était glacée. Elle tremblait de tous ses membres.

— Tu es au bord de l'évanouissement, dit-il.

À la grande surprise de Dylan, au lieu de reculer et de laisser éclater sa colère, elle le fixa comme si elle cherchait à lire ses pensées, à pénétrer son âme.

— Il faut que je te parle, souffla-t-elle.

— Montons à l'étage.

C'était peut-être sa chance de l'amadouer, de la convaincre qu'il ne cherchait plus à humilier son père, qu'elle était la seule qui comptât pour lui.

— Non, fit Alicia en dégageant son bras. Ce que j'ai à dire concerne aussi James.

— James ?

Maîtrisant sa frustration, il la laissa se diriger vers son frère. Elle lui prit la main.

— Alicia, que se passe-t-il ?

— Je dois vous lire un document.

Dylan remarqua alors la feuille de papier qu'elle tenait fermement. Une lettre jaunie, à l'encre fanée. Une élégante écriture féminine. Brûlant de savoir ce qui pouvait mettre sa femme dans un tel état, il voulut s'en emparer, mais Alicia la serra contre sa poitrine.

— Je vais vous demander de m'écouter, car j'ai plusieurs points à vous expliquer, dit-elle. J'ai réfléchi tout l'après-midi. Je me suis rappelé un paquet de lettres appartenant à ma mère. Elles provenaient de Claire, son amie d'enfance.

Alicia fixa son mari avec gravité.

— Alors ? fit-il, impatient.

Elle se mit à faire les cent pas dans la pièce.

— Claire Donnelly était une orpheline irlandaise très pauvre, une servante qui travaillait dans la maison de campagne où ma mère a grandi. Les deux jeunes filles sont devenues amies. Ma mère a convaincu ses parents d'élever Claire comme leur fille. Elles ont étudié ensemble, ont appris les bonnes manières. À l'âge de seize ans, Claire est tombée amoureuse de lord Hailstock. Ils ont fui en Écosse pour se marier sans le consentement de leurs parents.

— La première femme de mon père, expliqua James. J'ignorais qu'elle était roturière.

— Et dire qu'il méprise les domestiques, commenta Dylan.

Son frère lui adressa un regard agacé.

— Épargnez-nous vos réflexions. Alicia est assez bouleversée comme cela…

Dylan se demandait pourquoi. Il ne voyait pas en quoi l'histoire de sa famille les concernait.

— Lord Hailstock et sa femme ont séjourné un certain temps en Écosse, reprit-elle. Presque un an… jusqu'à la mort de Claire.

Elle s'arrêta devant Dylan et effleura le revers de sa veste.

— Cette année-là, tu es venu au monde, lui dit-elle.

Son émotion l'alerta. Il se tourna vers James.

— Ce vaurien a trompé sa femme, lança-t-il avec un rire forcé. Voilà qui ne m'étonne guère !

— Moi, si, fit James le plus sérieusement du monde. Ce n'est pas du tout son genre.

— De toute évidence, il l'a trompée au moins une fois, insista Dylan, qui prit Alicia par le bras. Tout cela est fort intéressant, mais il ne faut pas te mettre dans cet état pour une tragédie qui remonte à des années. Tu devrais te reposer…

Elle se dégagea.

— Cesse de me donner des conseils et écoute-moi. Ce que j'essaie de te dire, c'est que… cette lettre prouve… que tu n'es pas le bâtard de Hailstock.

Dylan crispa les mâchoires. Elle ne lui faisait donc pas confiance ?

— Nous avons déjà discuté de cette question, gronda-t-il. C'est bien mon père.

Elle regarda James, inquiète.

— Je sais, fit-elle. Mais tu es... son fils légitime.

26

Le cœur battant à tout rompre, Alicia observa Dylan. Il semblait pétrifié par le choc.

Seuls le crépitement du feu et le tic-tac de l'horloge venaient troubler le silence. Le front plissé, James paraissait aussi stupéfait que son frère.

— Donne-moi cette lettre, ordonna enfin Dylan à sa femme, la gorge nouée.

Sans un mot, Alicia lui tendit le document. Se sentant soudain très faible, la jeune femme s'écroula sur une chaise et le regarda déchiffrer l'écriture presque enfantine.

— Que dit cette lettre ? s'enquit James. Pour l'amour du Ciel, lisez à voix haute !

Dylan rendit brutalement la lettre à son épouse.

— À toi l'honneur.

Alicia aurait aimé pouvoir épargner cette épreuve à James. Elle avait d'ailleurs sérieusement songé à brûler la lettre. Toutefois, il y avait eu suffisamment de mensonges dans la famille.

S'humectant les lèvres, elle commença à lire.

Avant-hier, à minuit, j'ai donné un enfant à Richard, un beau garçon en parfaite santé. Chère Éléonore, si seulement tu voyais mon fils ! Il est si beau, avec ses cheveux noirs et ses yeux bleus. Je l'ai baptisé Dylan, en souvenir de mon père disparu.

Richard, lui, semble s'en moquer.

Je regrette amèrement qu'il n'accorde aucune attention à son fils. Dans mes précédentes lettres, je t'ai dissimulé mes peines et mes chagrins, mais je dois à présent te révéler que mon mariage est un échec. Ma chère amie, je me meurs. Et je crains que Richard ne renie son fils.

Il m'accuse de l'avoir trompé avec un autre homme, ce qui est absolument faux, et déclare que mon sang de roturière me pousse à la débauche. Pourtant, le soir de nos noces, je lui ai offert mon innocence. Depuis le départ, il est jaloux de tous les hommes qui m'adressent la parole, que ce soit un valet ou même le pasteur. Un jour – nous étions mariés depuis à peine un mois –, il est rentré plus tôt de ses occupations, pour trouver le ramoneur dans ma chambre à coucher, affairé à sa tâche. Je surveillais son travail. Richard était furieux. Depuis, il n'a cessé de me soupçonner d'infidélité.

Son regard me glace. Je l'ai supplié d'accepter notre enfant. Mais il refuse de le prendre dans ses bras, et même de le regarder. Je l'implorerai jusqu'à mon dernier souffle, mais je ne puis protéger mon fils plus longtemps. À chaque heure qui passe, je sens mes forces m'abandonner. Je suis seule au monde. Tu es mon dernier recours, chère Éléonore. Tu dois cacher ces documents. Que nul n'en prenne connaissance, surtout pas Richard. Garde-les pour mon fils, qu'il puisse, le moment venu, faire valoir ses droits d'héritier de Hailstock.

Dieu te bénisse, chère Éléonore. Je te remercie de m'aider en ces terribles moments.

Alicia releva la tête.
— C'est signé lady Claire Hailstock.
Le souffle court, Dylan avait le regard fixe. Pour la première fois de sa vie, il se sentait perdu.
Il éprouvait une impression d'irréalité. Ainsi, il était le véritable héritier de Hailstock...
— Où sont ces fameux documents ? demanda James, livide. Un certificat de mariage, je présume ? Une preuve de la naissance de Dylan ?
— Je l'ignore, répondit Alicia en secouant la tête. Mère n'est... pas très bien, ce soir. Il ne sert à rien de lui poser la question.
Dylan arpenta nerveusement la pièce. Ses pas résonnaient sur le marbre froid. Il se passa la main dans les cheveux.
— Ce doit être une erreur... C'est Mary Wilder qui m'a mis au monde. Elle ne m'aurait pas menti.
— Celui qui lui a confié l'enfant l'a peut-être contrainte à se taire, suggéra Alicia. Il a pu la menacer de te retirer à elle, si elle révélait son secret.
— Contrainte, répéta Dylan entre ses dents. Par qui ? Hailstock ? S'il avait voulu se débarrasser de l'enfant de Claire, il m'aurait éliminé, tout simplement.
James frappa du poing sur le bras de son fauteuil.
— Mon père n'est pas un assassin ! Jamais il n'aurait pu tuer un bébé !
— Décidément, nous ne le voyons pas de la même façon.
Les deux hommes s'affrontèrent du regard.
— Arrêtez, tous les deux ! lança la jeune femme. Vos querelles puériles ne feront qu'empirer la situation. Mary Wilder a-t-elle jamais prononcé une parole qui puisse confirmer cette histoire ?

— Non, rien…

Soudain, Dylan s'immobilisa, le regard vague, comme s'il revivait son passé.

— Tu te rappelles un détail ? s'enquit Alicia.

— C'est sans importance.

— Dis toujours.

Dylan gagna la fenêtre et écarta les rideaux pour contempler la nuit.

— Sur son lit de mort… quand elle m'a dit d'aller à Londres pour retrouver mon père, elle a précisé qu'elle n'avait jamais pu avoir d'enfants, qu'elle en avait perdu plusieurs, que j'avais été pour elle une bénédiction, un don du Ciel…

Ces paroles donnèrent la chair de poule à la jeune femme.

— Tu vois ? fit-elle d'une voix tremblante. Mary t'a élevé, mais elle ne t'a pas mis au monde.

Dylan secoua la tête.

— Elle voulait dire qu'elle n'a pu mener à terme qu'une seule grossesse. Qu'elle a eu de nombreuses fausses couches avant ma naissance. Enfin…

Alicia percevait ses doutes. De l'incrédulité, il était passé à une sorte de résignation prudente. Profiterait-il de cette occasion pour assouvir sa soif de vengeance ?

James paraissait impatient.

— Il faut absolument trouver les documents qui confirment cette lettre. Lady Éléonore est donc si perturbée qu'elle ne se souvient pas où elle les a cachés ?

— Elle a des moments de lucidité, expliqua Alicia. Il va falloir attendre le prochain.

— Seigneur !

James actionna furieusement les roues de son fauteuil et fit demi-tour devant Alicia.

— Je ne puis rester ainsi à attendre, à me demander si mon père a fait cela… Avez-vous fouillé la chambre de votre mère ?

— Oui. Lorsque je cherchais les lettres.

Elle replia la lettre avec soin, s'efforçant de se ressaisir.

— James, ajouta-t-elle, il faut que vous sachiez que votre père recherche également ces documents.

— Que voulez-vous dire ?

Avant qu'elle puisse répondre, Dylan intervint :

— Alicia l'a surpris en train de fouiner dans le bureau de la résidence Pemberton. Il prétendait chercher des vieilles lettres ayant appartenu à son père.

— Ce n'est pas tout, poursuivit Alicia. Hier soir, pendant que Dylan et moi étions au cirque, le marquis est venu ici et a harcelé ma mère à propos d'une lettre. Je suis sûre qu'il s'agissait de celle-ci.

— Cette brute est venue chez moi ? gronda Dylan. Il a malmené ta mère ?

Les poings crispés, il s'approcha de sa femme :

— Tu aurais dû m'avertir…

— J'avais autre chose en tête, dit-elle fermement. J'ignorais ses intentions. Je me demandais pourquoi il s'intéressait à de vieilles lettres. Jusqu'à cet après-midi.

Lorsqu'elle avait appris que Dylan était le fils du marquis.

Incapable de rester en place plus longtemps, elle se leva d'un bond.

— Je vais voir ma mère. Si elle est lucide, je lui demanderai où elle a caché les documents.

— Je t'accompagne, déclara Dylan. Je la persuaderai que je suis… le fils de Claire, dit-il avec une grimace de douleur.

— Non, fit Alicia sans chercher à dissimuler son émotion. Ne viens pas. Je préfère y aller seule.

Il s'arrêta net, le regard impassible. Il avait le don de fermer son cœur et son esprit aux autres.

La gorge nouée, Alicia tourna les talons et s'éloigna.

Elle serra la lettre contre son cœur. Claire... la vraie mère de Dylan. En moins d'une journée, le monde s'était écroulé. Son mari ne serait plus un roturier des bas-fonds, méprisé de tous. Par sa naissance, il devenait l'un des puissants d'Angleterre. Les portes de la haute société s'ouvraient devant lui. Il n'avait plus besoin d'une épouse noble. Elle venait de lui donner le moyen de vaincre lord Hailstock à jamais.

Quant à James... le triomphe de Dylan le privait de son titre d'héritier. Cette idée la bouleversait.

Que pouvaient se dire les deux frères ? se demanda-t-elle. Pourvu que Dylan ne pavoise pas trop...

Foulant le marbre du couloir, elle gagna la salle de bal, située dans l'aile opposée.

Elle voulait s'assurer que sa mère s'y trouvait toujours. Peut-être obtiendrait-elle la réponse dès ce soir.

Une lueur filtrait depuis la vaste salle.

Désormais, Dylan pouvait lancer des invitations, inviter la noblesse, organiser des bals ici. Il le ferait sans elle. Ils n'avaient plus besoin l'un de l'autre...

Franchissant le seuil, elle contempla les murs bleu vénitien et les hautes colonnes, les moulures du plafond. À l'extrémité de la pièce se dressait une estrade destinée à l'orchestre. Deux lampes à huile étaient posées par terre. Entre elles, une chaise faisait office de trône. Sur une table étincelait un service à thé en argent.

Les pas de la jeune femme étaient presque silencieux. La silhouette frêle de lady Éléonore se détachait dans la pénombre. Près d'elle se tenait une haute silhouette masculine. Aurait-elle réussi à convaincre Mme Philpot de se déguiser en homme ?

Alicia esquissa un sourire. Mais, en s'approchant, son amusement s'envola.

Près de l'estrade, elle distingua une forme inerte recroquevillée par terre. Elle plissa les yeux. Avec effroi, elle reconnut les cheveux gris et le visage ridé de Mme Philpot.

La jeune femme se tourna vers sa mère. Elle se débattait. Alicia entendait son souffle saccadé.

— Mère ! s'exclama-t-elle en se précipitant.

À cet instant, l'homme se retourna. En le reconnaissant, Alicia se figea, le cœur battant.

Elle vit l'éclat métallique d'un pistolet braqué sur la tête de sa mère.

— Approchez donc, ma chère, fit lord Hailstock. Vous m'évitez la peine de partir à votre recherche…

27

Le marquis attira sa prisonnière dans la lumière. Resplendissante dans son bliaut médiéval, lady Éléonore avait le port d'une reine, son inséparable capeline posée sur ses frêles épaules. Un diadème en or retenait un voile sur ses cheveux.

Elle leva le bras d'un geste autoritaire.

— Faites quérir les gardes ! Qu'ils arrêtent ce traître ! Il a osé poser les mains sur moi ! Sacrilège !

Lord Hailstock la secoua brutalement.

— Taisez-vous, Éléonore ! Sinon, je me charge de vous clouer le bec !

Ivre de rage, la vieille dame s'exécuta.

Cherchant à retrouver ses esprits, Alicia esquissa une révérence.

— Je vous salue, Votre Majesté, déclara-t-elle d'une voix mal assurée, afin d'apaiser sa mère.

Que faire ? Si elle appelait à l'aide, lord Hailstock risquait de tirer sur sa mère. Si elle se jetait sur lui, toutes deux pouvaient être blessées. Le marquis était plus puissant que les deux femmes réunies.

Elle regrettait de ne pas avoir permis à Dylan de l'accompagner. Pourquoi l'avait-elle repoussé ?

Parce qu'il l'avait trahie. Parce qu'il avait anéanti

sa confiance en lui… Désormais, elle ne devait compter que sur elle-même.

— Qu'avez-vous fait à Mme Philpot ? demanda-t-elle, espérant détourner son attention.

— La malheureuse a reçu un coup sur la tête. Figurez-vous que cette insolente m'avait ordonné de sortir !

La jeune femme fut atterrée. La veille encore, elle considérait le marquis comme un homme honorable.

— Posez ce pistolet, milord, implora-t-elle. Vous me faites peur.

— J'espère bien ! Vous parviendrez peut-être à convaincre cette vieille folle de me révéler sa cachette.

— Une cachette ? répéta Alicia, feignant la surprise.

— Elle détient quelque chose que je veux récupérer. Et je crois que vous savez de quoi je parle.

Il jeta sur elle un regard menaçant. Elle tressaillit.

— Je ne comprends rien à vos allusions, milord.

Il poussa sa prisonnière, lui faisant contourner la chaise.

— Vous mentez. Je me doutais que vous finiriez par tout découvrir. Vous en savez trop sur le passé de Claire.

— Claire ? fit soudain lady Éléonore. Qu'avez-vous infligé à ma chère amie ? Si vous lui avez fait le moindre mal, je vous ferai jeter aux oubliettes !

Il l'ignora, ses yeux gris et froids rivés sur Alicia.

— Qu'est-ce que ce papier ? On dirait l'écriture de Claire…

Alicia serra la lettre contre son cœur. Lord Hailstock allait la détruire. Ensuite, elle n'aurait plus la moindre preuve de la filiation de Dylan.

Réfléchissant à une solution, elle hésita. Puis, du coin de l'œil, elle perçut un mouvement sur le seuil. Un pan de jupe noire, une coiffe blanche sur des cheveux flamboyants...

Mme Yates.

La gouvernante irait-elle chercher de l'aide ? À moins qu'elle ne profite de cette occasion unique de se débarrasser de la jeune femme une fois pour toutes...

Dans la nouvelle chambre de son frère, Dylan faisait les cent pas. Il ne parvenait toujours pas à croire que Mary Wilder n'était pas sa véritable mère. Pourtant, elle l'avait choyé comme une mère. Dans les moments les plus difficiles, elle avait lutté pour le nourir. Elle lui avait donné beaucoup de bonheur, et il l'aimerait toujours.

Claire l'aimait aussi. Sur son lit de mort, elle avait voulu assurer son avenir en tant qu'héritier de Hailstock.

Dylan respira profondément. Jamais il n'aurait osé rêver plus belle vengeance contre Hailstock.

Il était son héritier, il serait reçu par les plus grands du pays. Il était leur égal.

L'égal de Hailstock.

Pourtant, cette idée ne parvenait pas à apaiser le tourment de son âme. Il voulait qu'Alicia soit à ses côtés, il voulait qu'elle partage tout de son existence.

Mais ses sentiments à son égard étaient très clairs.

Elle ne voulait plus de lui. Elle préférait s'occuper seule d'interroger sa mère. Elle n'avait plus besoin de lui. Plus jamais.

Près de la cheminée, James l'observait.

— Elle vous pardonnera. Alicia n'est pas rancunière.

Rancunière ? Si seulement il s'agissait seulement de rancune !

— Comment savez-vous à quoi je pense ? demanda Dylan, agacé. Je pourrais me réjouir à l'idée de vous dépouiller de votre titre.

— Si tel était le cas, vous ne tourneriez pas en rond comme un lion en cage.

Dylan s'arrêta et s'approcha de son frère. À présent, celui-ci semblait étonnamment calme.

— Pourquoi ne me maudissez-vous pas ? Je vous prive d'un statut et d'un avenir assuré.

James haussa les épaules.

— Un avenir fondé sur le mensonge ne m'intéresse pas.

Il fit rouler son fauteuil vers une table et posa son verre.

— Dès demain, j'irai voir mon notaire. Il saura comment gérer cette situation inattendue.

— C'est un peu tôt, objecta Dylan. Nous ne retrouverons peut-être jamais la preuve de mes origines. Cette lettre seule ne suffira pas.

— Ces documents finiront par réapparaître. Alicia va les retrouver.

— Et je les détruirai, ajouta Dylan. Je n'ai nulle envie de devenir le prochain marquis de Hailstock.

Ses propres paroles le stupéfièrent. C'était pourtant la vérité. Toute sa vie, il n'avait poursuivi qu'un seul objectif : anéantir le marquis. Désormais, ce n'était plus la vengeance qu'il voulait. C'était l'amour d'Alicia.

— Vous n'avez pas le choix, dit James d'un ton dur. Vous avez un devoir envers vos futurs enfants.

Leur enfant... Alicia attendait leur enfant. Dylan

fut submergé de tendresse à cette pensée, mais se garda bien de l'exprimer.

— Je pourrai subvenir aux besoins de ma famille, affirma-t-il, les dents serrées. Je ne veux pas de l'argent de Hailstock.

— Bon sang ! Je parlais du patrimoine familial ! Votre fils sera un pair du royaume, et votre fille portera le titre de lady. Ne laissez pas votre stupide fierté priver vos enfants du rang auquel ils ont droit.

— Je veux que mes enfants grandissent dans l'idée que tous les hommes sont égaux. Ce n'est pas la noblesse qui leur inculquera ce principe.

— Il ne tient qu'à vous d'en faire des penseurs et des bienfaiteurs. N'oubliez pas que, en les privant de leurs droits naturels, vous ne feriez que reproduire le comportement de notre père.

Cette vérité toucha Dylan de plein fouet.

Bien sûr, il n'était pas tout à fait d'accord avec James. Son père et lui étaient très différents. Jamais il n'abandonnerait son fils...

Se méfiant un peu de la générosité de son frère, il croisa les bras et s'appuya contre la cheminée.

— Et vous, dans tout cela ?

— Je serai heureux auprès de ma duchesse, fit James d'un ton enjoué. Et je me réjouis de ne pas devoir subir les sessions du Parlement.

À cet instant, des pas précipités retentirent dans le couloir. Eliza Yates surgit, la coiffe de travers, les yeux écarquillés d'effroi.

— Monsieur ! Vous êtes là !

Inquiet, Dylan la rejoignit.

— Que se passe-t-il ?

— C'est Madame ! fit la gouvernante. Dans la salle de bal... avec le marquis... Il est armé.

Il tressaillit.

— Hailstock !

Elle hocha la tête.

Le cœur battant, il écarta la gouvernante et se précipita hors de la pièce.

Bien que déguisée en reine, lady Éléonore semblait vulnérable sous l'emprise du marquis. Le pistolet étincelait à la faible lueur de la lampe à huile. Il devait être fou pour s'attaquer à sa pauvre mère.

Alicia s'efforça de maîtriser la panique qui menaçait de la submerger. Elle ne pouvait compter sur une aide extérieure. Il fallait sauver sa mère. La lettre était peut-être son unique monnaie d'échange.

— Vous avez raison, milord, dit-elle en se forçant à rire. J'ai reconstitué toute l'histoire. Ensuite, je me suis mise à la recherche des preuves.

Elle brandit le papier.

— Claire a rédigé cette lettre sur son lit de mort. Elle confirme tous mes soupçons.

— Donnez-moi ça !

Malgré sa peur, Alicia sentit la colère l'envahir. Cet homme avait abandonné un bébé innocent… Pensant à son propre enfant, celui de Dylan, elle comprenait le désespoir de Claire, son désir de protéger son fils de cet homme cruel.

— Non, dit-elle. Vous allez la brûler. Dylan a besoin de cette preuve pour justifier qu'il est votre fils légitime.

— Ce n'est qu'un bâtard, lança le marquis en s'approchant, l'air menaçant, entraînant lady Éléonore derrière lui. Claire avait un amant. Jamais je ne permettrai à un vulgaire bâtard de revendiquer mon titre.

— Il est votre fils, déclara soudain Éléonore, qui ne semblait pas le craindre le moins du monde. Tel est mon décret.

De nouveau, il l'ignora.

— Cessez vos enfantillages, Alicia. Montrez-moi cette lettre.

Elle eut envie de refuser, mais il risquait de tirer sur sa mère. La gorge serrée, elle déplia la feuille.

— Où sont les documents ? demanda-t-il. Où les avez-vous cachés ?

— Je ne les ai pas vus. Je suppose que ma mère a dû savoir où ils étaient, autrefois, mais elle a tout oublié. Autant la laisser partir…

— Je me rappelle, maintenant ! s'indigna la vieille dame. Cet homme est un mécréant ! Il est prêt à renverser le trône pour s'emparer du trésor !

— Pauvre folle ! s'exclama Hailstock en la secouant de plus belle. Dites-moi où vous avez rangé le certificat de la sage-femme !

Éléonore se redressa fièrement.

— Vous pouvez me soumettre à toutes les tortures, je ne dirai pas un mot à un renégat de votre espèce, déclara-t-elle, les lèvres pincées.

Sa mère avait-elle conscience de ce qu'elle disait ? Si elle reprenait ses esprits, elle les conduirait à la cachette, et lord Hailstock la libérerait.

Mais la jeune femme avait peu d'espoir. Claire avait demandé à son amie de ne jamais remettre les documents à lord Hailstock. Sa mère avait tenu sa promesse pendant trente ans : ce n'est pas aujourd'hui qu'elle parlerait.

— Votre place est à l'asile, grommela Hailstock à la comtesse. Là-bas, seuls les fous seront témoins de vos divagations.

La reine Aliénor d'Aquitaine leva la tête sans un mot.

— Voilà pourquoi vous vouliez m'épouser, déclara Alicia. Vous n'éprouviez aucun sentiment pour moi. Vous vouliez éloigner ma mère, afin qu'elle ne révèle jamais votre secret.

— Et pour vous empêcher de trouver cette preuve, précisa le marquis, l'air déterminé. Comme votre père.

— Mon père ?

— Il a trouvé la lettre et il est venu me voir. Il était au bord de la ruine. Il m'a proposé de rembourser ses dettes de jeu, en échange de son silence. Jusque-là, j'ignorais qu'il existait une preuve.

Alicia sentit sa gorge se nouer.

— Vous avez tué mon père ?

— Non ! J'ai proposé de lui donner l'argent, s'il me remettait le document. Cet imbécile a refusé. Il ne voulait pas obliger Éléonore à trahir la promesse faite à Claire. Alors il est rentré chez lui et il s'est suicidé.

Lady Éléonore poussa un gémissement de douleur. Ses lèvres se mirent à trembler. Une larme coula sur sa joue.

Sa mère avait compris, songea Alicia avec angoisse.

Elle froissa la lettre dans sa main.

— Je vous échange cette lettre contre ma mère.

— Apportez-la-moi, fit le marquis. Je veux savoir exactement ce que raconte Claire.

— Libérez d'abord ma mère.

— Non ! Approchez.

Alicia fit prudemment un pas vers lui, mais s'arrêta hors de sa portée. Elle devait le persuader que cette lettre était très précieuse, que c'était une monnaie d'échange valable.

— Dois-je vous la lire ? proposa-t-elle. Claire

révèle que Dylan est votre fils. Elle le nomme, elle décrit votre jalousie, votre refus de reconnaître l'enfant...

— C'est son bâtard ! cracha-t-il. Elle m'a fait croire qu'elle était une femme convenable, mais elle n'avait aucune morale. Elle se conduisait comme une chienne en chaleur. Son enfant peut être celui de n'importe quel manant !

Une voix retentit depuis le seuil :

— Selon la loi, tout enfant né dans les liens du mariage est un enfant légitime.

Le souffle court, Alicia se retourna. La silhouette imposante de son mari se découpait sur le seuil. Il entra. Ses pas résonnèrent dans la vaste salle.

— Taisez-vous ! gronda Hailstock. Vous ne pouvez prouver que vous êtes mon fils.

Dylan s'arrêta à quelques mètres de l'estrade. Il posa les yeux sur Alicia, puis revint à lord Hailstock.

— Cette lettre permettrait de me justifier devant les tribunaux. Elle jetterait en tout cas le discrédit sur votre nom. Si vous libérez la comtesse, je la brûlerai.

Le cœur d'Alicia battait la chamade. Soudain, le marquis poussa la comtesse en avant.

— Allez voir le bâtard de Claire !

Aussitôt, il s'empara d'Alicia. Il l'attira violemment contre lui. La lettre lui tomba des mains et voleta vers le sol. Elle se débattit, cherchant à se dégager de son emprise. Mais un contact froid la fit s'immobiliser.

Le canon du pistolet sur sa peau.

Lady Éléonore trébucha dans les bras de Dylan. Il aida sa belle-mère à retrouver l'équilibre.

Hailstock tenait Alicia en respect, un pistolet contre sa tempe.

Réprimant un hurlement, Dylan se raidit, prêt à bondir.

— N'avancez pas ! menaça Hailstock en appuyant davantage le pistolet. Je n'hésiterai pas une seconde à tirer.

Le cœur de Dylan battait à tout rompre. Il voyait les yeux bleus de la jeune femme écarquillés d'effroi. Il ne pouvait mettre sa vie en péril, ni celle de leur enfant.

Lady Éléonore l'observait.

— On peut dire que vous avez mis du temps à répondre à mon appel, déclara-t-elle comme s'il s'agissait d'un jeu. À présent, je sais pourquoi votre visage m'est si familier. Vous êtes le fils de Claire. Vous avez son teint, ses cheveux noirs et ses yeux bleus. La ressemblance est frappante…

Dylan ne quittait pas Alicia des yeux.

— Je vais vous demander de reculer, madame, murmura-t-il. Vous êtes en danger.

— Je n'ai pas peur. Je suis la reine.

— Même les reines doivent se protéger. Partez, Votre Majesté.

Resserrant sa capeline sur ses épaules, la vieille dame disparut dans l'ombre.

Soulagé, Dylan s'adressa à Hailstock :

— Lâchez-la ! Je ne veux pas de votre maudit titre, ni de votre fortune. Tout ce que je veux, c'est ma femme.

— Vous me croyez assez stupide pour avaler ces sornettes ? railla le marquis. Vous ignorez tout de l'honneur.

Dylan se garda de répliquer que son père était la plus vile créature qui puisse exister sur terre. Il savait que, au moindre mouvement, le coup de feu partirait.

— Lâchez-la, répéta-t-il. C'est une affaire entre vous et moi. Elle n'a rien à voir avec nos querelles.

— Vous pouvez prendre la lettre, milord, intervint Alicia, très calme. Je l'ai fait tomber par terre.

Elle désigna du pied le document.

L'entraînant avec lui, Hailstock se dirigea vers la lettre tant convoitée. Dylan crispa les poings, réduit à l'impuissance. Il ne supportait pas de voir sa femme prise en otage.

— Père ! lança James depuis le seuil, sa voix résonnant dans la salle. Que faites-vous donc ?

Hailstock se redressa, alarmé.

— Va-t'en tout de suite ! Tu n'as rien à faire ici.

— Mais si. Je veux savoir pourquoi vous menacez Alicia de votre arme.

— Je protège ton héritage de ce moins-que-rien.

— Je vous répète que James peut garder son héritage, insista Dylan. Faire du mal à Alicia ne vous rapportera rien, si ce n'est la pendaison.

James s'avança vers l'estrade.

— Auriez-vous perdu la tête ? demanda-t-il à son père. Posez ce pistolet. Relâchez Alicia, et nous oublierons cet incident.

— Ce n'est pas un incident. Si je ne l'en empêche pas, il va te dépouiller lorsque je serai mort, fit Hailstock, la voix brisée par l'émotion. Tu seras ruiné. Un pauvre infirme désespéré…

— Je ne suis pas désespéré ! répliqua James. Quant à votre titre, je n'accepterai jamais ce qui ne me revient pas de droit.

Hailstock plissa le front.

— Tu ne comprends pas. Tu as du sang bleu. Ta mère était une Quincy. Ce titre doit te revenir.

— Non, père. Je ne l'accepterai pas. Vous voyez, il ne sert à rien de garder Alicia en otage.

Le pistolet trembla dans sa main.

Dylan serra les poings. Il redoutait de prononcer une parole qui puisse le contrarier.

C'est alors que lady Éléonore réapparut, comme par enchantement. Elle tira sur la manche de Dylan.

— Psst, fit-elle.

— Restez en arrière, Votre Majesté, chuchota-t-il.

Elle se haussa sur la pointe des pieds pour lui parler à l'oreille :

— J'ai quelque chose pour vous, monseigneur.

Serrant les dents, il se tourna vers elle et vit sa capeline pliée sur son bras. La doublure de satin bleu semblait décousue. Elle glissa la main dessous et en sortit un document replié, au papier jauni.

Elle le tendit à Dylan.

Il s'agissait apparemment d'un document officiel, accompagné d'un acte notarié et signé.

Il sentit des picotements étranges sur sa peau et s'empara du document. Lady Éléonore ne s'en était jamais séparée. C'était la preuve de sa naissance. Il était bien le fils légitime de Claire Hailstock...

— Ce sont les documents ? s'enquit le marquis d'une voix rauque. Donnez-les-moi.

— Je vais faire mieux que cela, répondit Dylan. Je vais vous épargner la peine de les brûler.

Sur ces mots, il saisit une lampe à huile et en souleva le verre. Alicia retint son souffle. Il la regarda droit dans les yeux. Le papier mit un certain temps à s'embraser.

Dylan se tourna vers le marquis.

— Lâchez-la.

Surpris, Hailstock déclara d'un ton incrédule :

— Vous êtes certain de ne pas vouloir de ce titre ?
— Je n'en ai jamais voulu.
Le marquis abaissa lentement le pistolet et relâcha la jeune femme, qui s'éloigna vivement. Elle rejoignit sa mère dans l'ombre. Le soulagement de Dylan était si fort qu'il eut envie de se précipiter pour la prendre dans ses bras.
Il perçut le son des roues du fauteuil derrière lui. Il ne quitta pas des yeux le document, dont les bords commençaient enfin à s'enflammer.
— James, soyez témoin de mon geste. À présent, vous pouvez conserver votre maudit titre et...
Le jeune homme heurta son frère de son fauteuil. Dylan trébucha. La lampe lui échappa. Elle se fracassa sur le sol dans un bruit de verre brisé.
James rattrapa les documents au vol. Il bondit avec une telle puissance qu'il bascula de son fauteuil. De ses mains nues, il éteignit les flammes. Mais l'huile répandue sur le sol s'embrasa à son tour, formant un sillon de feu.
Dylan se releva d'un bond. Hailstock se précipita, dérapant dans l'huile, tout en tirant James de toutes ses forces hors des flammes. Dylan intervint à son tour pour mettre son frère en sécurité.
Mme Yates, qui avait surveillé la scène depuis le seuil, surgit avec des couvertures pour éteindre le feu. Plusieurs valets arrivèrent à la rescousse.
Un cri de douleur s'éleva.
Un cri atroce. Dylan vit une torche vivante tourbillonner près de l'estrade.
Hailstock.
Sans réfléchir, Dylan accourut. Il poussa son père à terre et étouffa les flammes avec son manteau. Mais il était trop tard. Le marquis était gravement brûlé.
Dylan s'accroupit devant lui.

— Allez chercher le médecin ! Vite ! cria-t-il à ses domestiques.

Perdu dans un brouillard, il vit à peine ses autres serviteurs venir à bout de l'incendie. Une fumée âcre flottait dans l'air. Alicia et sa mère étaient aux côtés de Mme Philpot, qui toussait. Mme Yates l'aida à se relever.

James avançait péniblement, à la force de ses bras.

— Père, murmura-t-il d'une voix blanche.

Le marquis gémissait de douleur. Son souffle se fit plus difficile, puis s'éteignit. James ne put réprimer un sanglot, tendant la main vers son père inerte. Puis il baissa la tête et fondit en larmes.

Dylan ferma les paupières du marquis. Il fut soudain submergé par l'émotion, par le regret de ne pouvoir changer le passé. Hailstock avait donné sa vie afin de sauver James, et Dylan l'admirait pour ce sacrifice.

Alicia raccompagna sa mère dans sa chambre. Puis les valets emportèrent la dépouille du marquis sur un brancard de fortune. D'autres se chargèrent du fauteuil roulant.

Dylan aida son frère à s'installer.

Il avait le visage et la chemise couverts de suie. Une mèche de cheveux lui tombait sur le front. Il paraissait fatigué, triste, le regard voilé.

— Il disait que je ne comprenais pas, mais c'est lui qui n'avait rien compris…

Dylan ne sut que répondre. Il ne trouvait aucune parole de réconfort.

James s'approcha de l'extrémité de l'estrade.

— Ramassez-moi cette lettre, ordonna-t-il à un valet. Et le pistolet.

Le valet obéit.

Dylan désigna l'arme.

— Nous avons eu de la chance que le coup ne soit pas parti, commenta-t-il, la gorge nouée.

— De la chance ? fit James.

Sans prévenir, il pointa le pistolet sur son frère et appuya sur la détente. Seul un clic retentit.

— Ce maudit pistolet n'était pas chargé.

Stupéfait, Dylan se demanda si, pendant toutes ces années, il avait vraiment compris son père. Celui-ci n'était pas le monstre qu'il avait imaginé.

Raison de plus pour refuser son titre.

— Je vais prendre ces documents, dit-il en tendant la main.

James empocha la lettre, ainsi que le certificat et la déclaration de la sage-femme.

— Je les garde, jusqu'à ce que votre réclamation soit acceptée.

— Ne soyez pas stupide ! gronda Dylan. Hailstock voulait les brûler. Il faut respecter ses dernières volontés.

James secoua la tête.

— Il n'en est pas question, répondit-il avant d'esquisser un sourire. Tu dois te résigner, cher frère. À présent, tu es lord Hailstock.

28

Trois semaines plus tard, Alicia alla ouvrir la porte de la résidence Pemberton.

Encore un bouquet de fleurs…

Il s'agissait cette fois de fleurs sauvages, bruyère, jacinthes et boutons-d'or, disposées dans un vase en porcelaine chinoise. Il était si énorme qu'il dissimulait le visage du livreur. Celui-ci entra et adressa un sourire à la jeune femme, ses cheveux châtains emmêlés par la brise.

— Gérald ! Je te croyais au cercle, en plein travail !

— J'y étais, répondit-il en traversant le vestibule. Mais ton mari m'a chargé de cette commission.

Dylan.

Elle suivit son frère dans le salon, saisie d'un trouble qu'elle réprima très vite. Jamais elle ne laisserait Dylan la séduire de nouveau. Depuis que sa mère et elle avaient regagné leur ancien domicile, son mari déployait mille efforts pour la reconquérir.

Le salon regorgeait de bouquets, plus extravagants les uns que les autres. Les pièces de la maison baignaient dans un chatoiement parfumé de roses rouges, d'orchidées précieuses, de camélias et de violettes.

Dylan la couvrait aussi de cadeaux. Sur les tables s'accumulaient confiseries délicates, chocolats, flacons de parfum et bijoux. Dans la bibliothèque s'accumulaient les ouvrages de poésie, de philosophie, ainsi que les derniers romans parus. Dylan semblait avoir un instinct infaillible pour deviner les goûts d'Alicia en matière de lecture.

Pourtant, il ne comprenait rien à son cœur…

Déguisée en bohémienne, lady Éléonore était installée devant une boule de cristal, un turban jaune sur la tête, arborant de grosses boucles d'oreilles et une cape de satin bleu nuit sur les épaules. Ce costume était encore un cadeau de Dylan, qui poussait la perfidie jusqu'à se faire une alliée de sa belle-mère.

Celle-ci frappa gaiement dans ses mains, faisant tinter ses bracelets en or.

— Ah, des fleurs ! N'avais-je pas prédit leur arrivée il y a à peine dix minutes ?

Mme Philpot fit de la place sur le piano, pour permettre à Gérald de poser son bouquet.

— Certainement, madame, répliqua-t-elle, amusée. Je dois avouer que M. le marquis est très aimable d'envoyer celles-ci dans un vase. Nous n'en avons plus un seul de disponible !

Elle quitta la pièce pour aller chercher de l'eau.

Gérald brossa la manche de sa veste.

— Je te signale que ton mari est allé à la campagne les cueillir lui-même.

— Encore un mensonge ! railla Alicia.

— Non, c'est vrai, insista son frère. Il vient de rentrer. En fait, je n'ai jamais vu un homme aussi…

Il s'interrompit pour sortir son mouchoir.

Un homme aussi… quoi ?

Alicia se refusa à lui poser la question. Elle s'en moquait.

Elle tapota le dos de son frère.

— Aurais-tu attrapé froid ?

— Non, ce sont ces maudites fleurs qui me font éternuer.

Il sortit de sa poche une enveloppe scellée.

— Ce message accompagne le bouquet, expliqua-t-il avec un sourire.

Alicia prit le message, caressant le fin papier ivoire du bout des doigts. Depuis son départ, Dylan n'avait cessé de lui envoyer des petits mots. Il avait d'abord essayé de l'enjôler, de la convaincre de rentrer à la maison. Il avait exprimé des regrets pour tous ses mensonges, avant de préciser qu'il se résignait à devenir marquis uniquement dans l'intérêt de leurs enfants.

Leurs enfants.

Alicia se sentit enveloppée d'une douce chaleur. La présence de ce petit être, dans son ventre, la rassurait. Elle savait que Dylan serait un bon père. Mais elle lui en voulait de croire qu'il pouvait regagner son amour avec des cadeaux. Ce n'était pas ce qu'elle attendait de lui.

Jamais elle n'oublierait cette nuit où elle était restée devant la porte de James, hésitante, puisant en elle le courage de révéler à Dylan qu'il était un enfant légitime. Elle avait alors entendu son mari affirmer qu'il ne se mettrait jamais à genoux devant une femme.

Cette simple remarque témoignait de son incapacité à aimer.

Oh, bien sûr, elle ne voulait pas le voir se prosterner à ses pieds. Loin de là. Mais elle avait toujours rêvé d'un homme prêt à tout par amour, un homme pour qui elle représenterait le centre du monde...

— Ouvre donc ce message, conseilla Gérald.

Lady Éléonore agita la main, réclamant le silence, puis fixa sa boule de cristal d'un air concentré.

— Je vois… je vois… Ce message provient d'un homme qui se consume d'amour pour toi.

Alicia avait très envie de l'ouvrir, mais elle résista.

— À la bonne heure ! Qu'il continue à me désirer, décréta-t-elle.

— Allons, aie pitié de lui, implora Gérald. Le pauvre ! Je te jure qu'il est à bout.

Vraiment ?

S'adoucissant un peu, Alicia fit les cent pas, se rappelant tout ce qu'elle reprochait à son mari.

— Je ne puis avoir pitié d'un homme qui a privé James de son titre.

— Ce titre lui revient de droit, objecta son frère. Le tribunal le confirmera sous peu.

Lady Éléonore leva les yeux de sa boule de cristal, le regard limpide.

— Ma chère fille ! s'exclama-t-elle. Suggères-tu que le fils de Claire n'est pas le marquis de Hailstock ?

De plus en plus souvent, sa mère semblait retrouver ses esprits, même si elle adorait se déguiser.

— Je pense qu'il est injuste de léser James, c'est tout, expliqua-t-elle pour ne pas la contrarier.

— Il serait tout aussi injuste de léser le fils légitime de Claire, rétorqua lady Éléonore. Ce malheureux garçon a déjà perdu de nombreuses années de bonheur. Claire est morte avec l'espoir de le protéger. Voilà pourquoi j'ai conservé ces documents aussi longtemps.

Un peu contrite, Alicia posa la main sur son épaule.

— Je sais, murmura-t-elle. Vous avez tenu votre engagement.

Elle prit une profonde inspiration, consciente de

la pertinence des propos de sa mère. Peut-être se montrait-elle trop entêtée ? Elle avait peur que Dylan ne lui brise une nouvelle fois le cœur. Elle ne parvenait pas à admettre que son mari ait souhaité renoncer à sa vengeance.

Elle le revit, cette tragique nuit, lever les documents vers la flamme de la lampe à huile, cherchant à détruire les preuves de sa naissance. Il ne l'avait pas quittée du regard, comme s'il voulait la persuader qu'il était un homme honorable.

Que contenait ce message ? Dylan aurait-il tiré un trait sur le passé ? S'il chassait la haine qui avait brûlé en lui, apprendrait-il enfin à aimer ?

Alicia voulait tant y croire...

Gérald la fixait de ses yeux verts.

— Il faut que tu saches qu'il a cédé la fortune du marquis à James, à part l'héritage réservé à la lignée, bien sûr.

La jeune femme se redressa, heurtant de son épaule un bouquet de roses.

— James ne m'en a rien dit.

— Dylan lui a demandé de se taire. Il n'aime pas se vanter de ses bonnes actions, surtout lorsqu'il s'agit de son frère. Ils sont vite devenus amis, tu sais.

Elle acquiesça. James ne tarissait pas d'éloges au sujet de Dylan. Il venait chaque jour enseigner à l'école, accompagné de Sarah. Tous deux avaient annoncé leurs fiançailles, même s'ils devraient attendre le printemps pour se marier, à cause du deuil de la duchesse. Leur bonheur donnait des regrets à Alicia...

Elle avait l'impression qu'il s'était écoulé une éternité depuis sa dernière étreinte avec Dylan. Au fil des jours et des nuits, elle avait souvent pensé à lui, avec colère et douleur, mais aussi avec amour.

Elle avait beaucoup réfléchi à l'amitié de Dylan pour James, et à sa générosité envers son prochain.

Maintes fois, elle l'avait imaginé à l'âge de dix ans, désireux de connaître son père, blessé d'avoir été accusé de vol. Bien des enfants auraient été anéantis à jamais par cette indifférence paternelle. Dylan, lui, avait lutté de toutes ses forces, usant de son intelligence pour amasser une fortune au jeu. En réalité, il ne cherchait qu'à surmonter sa douleur d'avoir été rejeté. Comment lui en vouloir ?

De plus, s'il n'avait pas voulu se venger, ils ne se seraient jamais rencontrés. Elle n'attendrait pas leur enfant, ce miracle né de leur amour...

— Ouvre la lettre, Alicia, ordonna Gérald d'un ton sévère. Il est fou de toi. Donne-lui une chance de se racheter, bon sang !

Lady Éléonore acquiesça.

— Vas-y, chérie, murmura-t-elle d'un air de conspiratrice. N'aie pas peur. La boule de cristal te promet des merveilles.

Rassurée par cette gentillesse, Alicia oublia ses doutes. La douleur de ces dernières semaines s'évanouit. Elle se sentit légère. Elle était la femme de Dylan, elle voulait vivre avec lui.

Elle l'aimait.

De ses doigts tremblants, elle rompit le sceau.

29

À trois heures précises cet après-midi-là, au cercle de jeu, Alicia suivit Fergus dans le grand escalier.

Leurs pas résonnèrent dans le vaste vestibule aux élégantes colonnes de marbre blanc. Quelques membres du cercle étaient déjà présents. Deux messieurs jouaient aux cartes tandis qu'un autre lisait son journal près de la fenêtre.

Alicia se rappela sa première visite en ces lieux. Par désespoir, elle avait été prête à se donner à Dylan pour sauver sa famille de la ruine.

Mais aujourd'hui, c'est en tant qu'épouse qu'elle se présentait à lui.

Un frisson d'appréhension la parcourut tout entière. Pour ce rendez-vous, elle s'était parée de sa plus belle toilette. Après avoir changé mille fois d'avis sur sa tenue, elle avait finalement opté pour une robe qui moulait à ravir ses formes arrondies. Son décolleté révélait une poitrine épanouie.

— Il est temps de soulager votre mari de sa misère, déclara Fergus dans le couloir. Depuis des semaines, il erre comme une âme en peine.

Alicia esquissa un sourire.

— Vraiment ? fit-elle. J'aurais aimé voir cela.

Fergus baissa les yeux vers elle, l'air malicieux.

— Vous allez assister à un spectacle encore plus intéressant, madame. En tout cas, il est très amoureux de vous.

Sans un mot de plus, le vieil homme ouvrit la porte et la fit entrer. Puis il se retira.

Un spectacle encore plus intéressant ? Que voulait-il dire ?

Alicia n'allait pas tarder à le découvrir...

Impatiente et fébrile, elle traversa vivement l'antichambre et pénétra dans le bureau de Dylan. Comme le premier jour, elle balaya du regard les murs bleu marine, les fauteuil de cuir bordeaux, les livres. Les rideaux étaient tirés. Un chandelier était posé sur le grand bureau en acajou.

Une sourde inquiétude s'empara d'elle. Où se cachait-il donc ?

J'ai quelque chose qui t'appartient.

Le message était succinct, mais il lui donnait rendez-vous ce jour, à trois heures précises, dans son bureau. Alicia pensait trouver son mari contrit mais charmeur, décidé à la reconquérir. Cette fois, elle se laisserait faire. Dylan la prendrait dans ses bras, et elle succomberait enfin...

Son regard se porta sur la statuette représentant un couple enlacé. Elle effleura des doigts l'albâtre lisse et froid. Naguère, cette posture l'avait choquée. À présent, la jeune femme savait que cette intimité merveilleuse n'était qu'une expression de l'amour partagé. Si Dylan n'était pas entré dans sa vie, elle n'aurait jamais connu ce bonheur. Grâce à lui, elle s'était épanouie. Il avait fait d'elle une femme. Et une mère. Comment avait-elle pu imaginer vivre sans lui ?

Derrière elle, une porte s'ouvrit.

Aussitôt, Alicia fit volte-face. Son mari se tenait

dans l'ombre, sur le seuil, dissimulé par d'épais rideaux.

Il s'avança. La gorge sèche, elle sentit son cœur s'emballer. Dylan portait une tenue de Romain, une tunique de coton qui lui arrivait aux genoux. Ses jambes étaient nues.

Elle comprenait à présent l'amusement de Fergus. Elle ne put s'empêcher de sourire.

Il s'inclina.

— Je suis ton esclave, maîtresse, déclara-t-il humblement.

Alicia n'en croyait pas ses yeux. Il était prêt à jouer les esclaves pour lui plaire. Dylan, cet homme arrogant et fier, désormais soumis et docile ?

— Approche, dit-il d'une voix grave, troublante. Je suis sur terre pour satisfaire le moindre de tes désirs.

Il désigna le couloir.

La jeune femme ne se fit pas prier. Elle entra dans une confortable chambre décorée de bleu, où un feu crépitait gaiement dans la cheminée. Elle découvrit un grand lit à baldaquin. Les draps étaient parsemés de pétales de roses, dont le parfum enivrant flottait dans l'air.

Elle se retourna vers Dylan. Ses yeux sombres lui promettaient mille délices.

— Je me réjouis que tu sois venue à moi, déclara-t-il. Te servir m'a beaucoup manqué.

Elle ne pouvait détacher les yeux de ses lèvres sensuelles. Comme elle avait envie de ses baisers...

— Tu m'as manqué, toi aussi.

Elle voulut se blottir dans ses bras, mais il lui prit la main et la fit asseoir près de la cheminée. Surprise, mais acceptant de jouer le jeu, elle se laissa faire tandis qu'il saisissait un objet sur la cheminée.

Avec respect, il s'inclina, révélant sous la tunique son torse puissant. Puis il lui tendit un petit écrin à bijoux.

— Pour toi, maîtresse.

J'ai quelque chose qui t'appartient.

Timide, elle effleura l'écrin de cuir.

— Dylan, tu n'as pas besoin de m'offrir des cadeaux coûteux pour me reconquérir. Ce n'est vraiment pas nécessaire.

— Je cherche simplement à te courtiser. Je ne l'ai jamais fait…

Submergée de tendresse, Alicia sentit sa gorge se nouer. Elle comprit qu'elle avait mal jugé son mari. Il ne cherchait pas à l'acheter : il lui faisait la cour. Il souhaitait tout recommencer à zéro, effacer les circonstances de leur mariage forcé.

Il ouvrit l'écrin. Sur le velours blanc se détachait une bague en or incrustée de diamants. Comme dans un rêve, elle leva vers lui un regard interrogateur.

Alors il la surprit encore. Il se mit à genoux et plongea son regard d'azur dans le sien.

— C'est ton alliance, chérie. Acceptes-tu de la passer à ton doigt ?

Cette fois, il ne lui donnait pas d'ordre. Il lui posait simplement la question.

Les yeux de la jeune femme s'embuèrent de larmes.

— Oh oui ! répondit-elle, incapable de cacher son bonheur.

Il lui prit la main et glissa le précieux anneau à son doigt. Les diamants étincelaient de mille feux. Puis il porta sa main à ses lèvres, les yeux pétillants.

— J'ai quelque chose qui t'appartient, annonça-t-il.

Ce n'était donc pas la bague…

— Toi, murmura-t-elle en se penchant pour l'enlacer. Tu es à moi, Dylan. Je t'en prie, fais-moi l'amour.

Il la prit par les épaules et la repoussa doucement.

— Pas tout de suite.

Troublée, Alicia fronça les sourcils.

— Mais tu es mon esclave ! Tu dois m'obéir.

Il esquissa un sourire charmeur.

— Patience. Tout se déroulera selon tes souhaits.

Le désir brûlait dans son regard.

— Ces dernières semaines ont été un enfer, avoua-t-il. Je te veux à mes côtés pour toujours. Toi et notre enfant.

— Je sais. Moi aussi. Je n'aurais pas dû me montrer aussi intransigeante.

Dylan posa un doigt sur ses lèvres pour la faire taire.

— Laisse-moi terminer. Ce que j'ai à te donner, Alicia, c'est mon cœur. Je t'aime.

Une félicité absolue envahit la jeune femme, comme une vague déferlante. Elle avait à la fois envie de pleurer et de rire. Se blottissant dans ses bras, elle perçut les battements précipités de son cœur.

— Je t'aime, moi aussi… À présent, séduis-moi.

Cette fois, son sourire se fit plus sensuel.

— Je suis à tes ordres, maîtresse.

Dylan se leva et l'attira vers lui. Puis il déboutonna lentement son manteau.

Il baissa les yeux et contempla sa poitrine gonflée d'un regard qui n'avait rien de soumis.

— Caresse-moi, ordonna-t-elle.

— Tes moindres désirs sont des ordres.

Doucement, il explora les formes de son corps. Se glissant derrière elle, il la dévêtit. La robe tomba au sol dans un bruissement de soie, suivie de sa chemise et de son jupon. Il se pencha vers elle, les lèvres contre son oreille.

— Tu n'as pas de corset, aujourd'hui ? murmura-t-il d'une voix rauque. Maîtresse, tu fais tout pour rendre ma tâche... délicieuse.

Comme elle aimait ce petit jeu sensuel...

Elle leva les bras.

— Finis ton travail, esclave.

Il s'exécuta en lui ôtant sa camisole, puis il prit ses seins dans ses paumes. Elle laissa échapper un soupir, savourant le contact de sa tunique de coton sur sa peau nue, la chaleur de son corps ferme, son désir vibrant.

— Embrasse-moi, murmura-t-elle. Dylan... embrasse-moi, sinon je vais devenir folle.

Il s'empara de sa bouche, contrôlant sa passion. Mais elle ne voulait pas de cette retenue, elle voulait un baiser ardent. Enroulant les bras autour de son cou, elle entrouvrit les lèvres et le taquina de sa langue. Il réagit avec un gémissement rauque, glissant les mains vers ses hanches.

— À présent, esclave, porte-moi au lit.

Dylan la déposa parmi les pétales de roses. Elle se sentit noyée dans leur doux parfum, qui enflamma ses sens. Il ôta vivement sa tunique et se pencha vers elle, fort et musclé, extrêmement viril.

Il prit un mamelon entre ses lèvres et le titilla doucement, avant de se pencher sur l'autre sein. Alicia réprima un cri de plaisir, enfouissant les doigts dans ses boucles noires. Il se mit à la tourmenter de ses caresses expertes, s'attardant entre ses cuisses, jusqu'à ce qu'elle crie grâce.

N'y tenant plus, elle l'accueillit en elle avec une ardeur décuplée.

Ils ne formaient plus qu'un. Il n'y avait plus ni

maître ni esclave. Se laissant aller à sa passion, Dylan commença un va-et-vient sensuel. Chaque coup de reins était une torture exquise.

Il plongea son regard dans celui d'Alicia.

— Regarde-moi, ordonna-t-il. Regarde l'homme qui t'aime comme un fou.

Elle obéit. Les yeux bleus de Dylan ne recelaient plus aucun mystère : ils brûlaient d'amour. Lorsqu'il accentua son rythme, Alicia le suivit, sans le quitter des yeux. Au seuil de l'extase, les traits de Dylan s'assombrirent. La sensation fut si intense qu'elle crut s'évanouir.

Ensuite, ils demeurèrent longuement enlacés, apaisés et repus. Un subtil parfum de rose les enveloppait. L'alliance ornée de diamants étincelait. La jeune femme s'étira et soupira d'aise, avant de se blottir contre son époux. Cette intimité lui avait cruellement manqué, de même que cette impression de bien-être, de bonheur absolu, au côté de l'homme qu'elle aimait.

Il lui caressa doucement la hanche.

— Je constate que ma maîtresse est satisfaite de mes services.

Elle reconnut son ton arrogant et s'en réjouit.

— Je crois que je vais te garder, finalement, répondit-elle en ôtant un pétale de rose sur son épaule.

— Du moment que tu ne me demandes pas de porter chaque fois cette tunique ridicule !

— Comment ? Pour priver notre fidèle Fergus d'une franche rigolade ? Je t'imagine très bien paré d'une peau de bête, ou en prince oriental...

— Pitié ! dit-il, les yeux pétillants de malice.

Il l'embrassa avec une tendresse infinie.

— Tu sais, avoua-t-il d'un ton bourru, en toute honnêteté, j'étais prêt à venir ramper à tes pieds pour te reconquérir. J'ai même songé un moment à vendre le cercle, puisque tu méprises autant le jeu.

Elle secoua résolument la tête.

— Cheever et Fergus perdraient leur travail. Les autres aussi. Où iraient-ils ?

— C'est exactement ce que je me suis dit.

— Mais tu passeras moins de temps ici, n'est-ce pas ? Tu vas avoir d'autres tâches.

— En effet, répondit-il en effleurant ses seins du bout des doigts. J'ai l'intention de veiller au bien-être de ma femme.

— Je parlais de tes tâches en tant que marquis de Hailstock, le gronda-t-elle gentiment.

Avec une grimace, il roula sur le dos, faisant voler des pétales de roses.

— Ne m'appelle pas ainsi. Je n'ai jamais voulu de ce maudit titre.

Alicia esquissa un sourire.

— C'est le prix à payer pour votre vengeance, cher marquis.

— N'oublie pas que cette vengeance m'a permis de t'épouser.

— Vaurien ! fit-elle en se blottissant contre lui. N'oublie pas que j'ai fait de toi un homme meilleur.

Il lui décocha un sourire canaille, ce sourire qui la faisait chavirer.

— Tu as toute la vie pour me rappeler mes péchés. Pour l'heure...

Ses mains glissèrent dans son dos.

— Pour l'heure, reprit-il, je vais essayer de te séduire à nouveau.

Rendez-vous au mois de mai
avec trois nouveaux romans de la collection

Aventures et Passions

Le 2 mai 2001

Héritier malgré lui

de Johanna Lindsey (n° 5848)

Angleterre, XIXe siècle. Riche héritier écossais, Duncan McTavish apprend qu'il hérite également de son grand-père anglais et qu'il doit épouser une très belle femme, Ophelia. Mais leur rencontre est un désastre et Duncan rompt les fiançailles. Surtout qu'il a rencontré la séduisante Sabrina, dont il est tombé amoureux. Mais Ophelia veut l'épouser à tout prix...

Le 10 mai 2001

Dangereuse alliance

de Leslie LaFoy (n° 5849)

Massachusetts, en 1835. Depuis la mort de son père, Rebecca est contrainte, pour vivre, de délester les bourses des passants. Mais, en tentant de détrousser Aiden Terrell, elle s'attaque à plus fort qu'elle et est démasquée. Aiden l'oblige à faire équipe avec lui et à l'aider à retrouver son frère, Julian, redoutable tueur en série. Les rapports entre Aiden et Rebecca, au départ très tendus, tournent rapidement à la tendre complicité...

Le 28 mai 2001

Orages sur la plaine

de Rosanne Bittner (n°5850)

En ce milieu du XIXe siècle, les États-Unis offrent encore de vastes territoires inexplorés. Le père d'Elsa Landers veut construire un chemin de fer qui rallierait l'Illinois à la Californie à travers les Rocheuses. Elsa, dont le caractère passionné et non conformiste s'accommode mal des règles de bienséance, tombe amoureuse des grandes plaines... à moins que ce ne soit de Nick Travis, un éclaireur d'origine cheyenne qui lui a sauvé la vie à plusieurs reprises...

5870

Composition Chesteroc International Graphics
Achevé d'imprimer en Europe (France)
par Maury-Eurolivres – 45300 Manchecourt
le 9 mars 2001.
Dépôt légal mars 2001. ISBN 2-290-31072-7

Éditions J'ai lu
84, rue de Grenelle, 75007 Paris
Diffusion France et étranger : Flammarion